一生必讀的
十五個京劇經典故事

張實 著

一生必讀的十五個京劇經典故事

一、：「趙氏孤兒」

春秋時期，晉靈公荒淫無道，寵信奸臣屠岸賈，引出了一段轟轟烈烈、義薄雲天的故事。

桃園進諫

這一日，屠岸賈在桃園中造好了絳霄樓，請晉靈公上樓飲宴。靈公上得樓來，見這樓居高臨下，滿城風光，一目了然，心中高興，連連誇獎屠岸賈有功。靈公飲了幾杯，嘆了一口氣，將杯放下。屠岸賈忙問主公為何不飲？靈公道：「想個法兒取樂方好！」屠岸賈欲叫美女歌舞，靈公卻厭煩了。屠岸賈想了一想，看到樓下往來百姓甚多，便提出打彈消遣：君臣二人，各持彈弓，向那往來行人打去，打中頭顱者為勝，不中者罰酒三杯。靈公覺得新鮮有趣，命宮女捧來彈丸，和屠岸賈持弓在手，對著百姓一陣狂彈，只打得眾百姓無處躲藏，抱頭逃竄，二人樂得哈哈大笑。

此事鬧得城中民怨沸騰，怒惱了大將軍魏絳。想起平日靈公不理朝政、貪戀酒色、寵信奸佞，如今又如此殘害百姓，便要闖到桃園去講理。走到路上，遇見老大夫公孫杵臼，也是為了彈打百姓之事，要去桃園，便一同前往。君臣相見，靈公卻先發制人，問魏絳道：「命你帶領兵將去鎮守邊關，不在校場點動人馬，來到桃園何事？」魏絳和公孫把遇見百姓抱頭而逃，問知是被主公打傷的事說了。

魏絳道：「常言道『民為邦本，本固邦寧』。主公萬不可任意取樂，傷及百姓。」靈公啞口無言。屠岸賈卻振振有詞：「想這晉國百姓皆是主公的子民，慢說彈弓誤傷，就是打死幾個，又何必這樣大驚小怪！」靈公一聽，正中下懷。魏絳大怒，指著屠岸賈大罵：「你用酒色誘惑君王，監造絳霄樓勞民傷財，今日又彈打百姓，你陷主公於不義！」公孫杵臼也大罵他禍國殃民，死有餘辜。屠岸賈惱羞成怒，奈何魏絳不得，就要拔劍殺公孫。靈公不想把事情鬧大，輕描淡寫道：「為此小事，何必爭吵。」回頭對魏絳道：「魏卿，明日還要帶兵出征，回府歇息去吧！」魏絳心猶未甘，還想說些什麼；公孫杵臼情知說也無益，便對靈公說自己年邁，請恩准告職歸林。靈公並不挽留，說你年過七十，已至告老之年，還鄉去吧！公孫謝了靈公，先自退下。魏絳見靈公不聽忠言，也只好先去邊關，打算得勝回來再懲奸讒。

過了一會，又見老丞相趙盾怒氣沖沖地走來，屠岸賈忙放下酒杯站在一邊。趙盾施禮已畢，靈公問他有何本奏？趙盾的口氣就一大好：「臣有一事不明，要在主公駕前請教。」靈公心裡厭煩，嘴裡只得敷衍：「老丞相有話請講。」趙盾道：「主公連日不上早朝，把國事置於不顧，只知寵信奸賊，飲酒作樂。飲酒麼倒還罷了！怎麼，還在高臺上彈弓傷人？只打得百姓東逃西散，叫苦連天，這是何理也！」靈公顯得很輕鬆：「我道什麼大事，原來是件小事！」趙盾據理力爭道：「『小事不諫，即成大事』。況且主公身為一國之主，不知勤政愛民，反用彈弓傷人，以此為樂，怎麼還說這是小事？」屠岸賈見靈公受窘，乘機挑撥道：「老丞相，打彈之事，乃是誤傷，你又何必相逼太甚！難道你就忘了這君臣之分麼？」這話看似為靈公辯護，實則是給趙盾強加罪名，煽動靈公對趙盾不滿。趙盾本來就恨屠岸賈引誘靈公作惡，見他逞強出頭，更加憤怒，指著他大罵。屠岸賈有恃無恐，大大咧咧：「主公玩玩，打了幾個老百姓，又有什麼大不了的？」趙盾還要和他講道理，屠岸賈卻道：「君要臣死，臣不敢不死。老丞相你連這個都不懂嗎？我看你是有意藐視主公，欺壓主公。」趙盾愈怒，連說趙家世代忠良，只知一心為國。屠岸賈一口咬定，說他欺君罔上，妄圖獨霸朝綱。趙盾怒極，一把抓住屠岸賈的袍帶，奮力一掌打去。靈公一聲斷喝，走下位來，沉著臉道：「有理就好好講理嘛，拉拉扯扯成何體統？」回頭吩咐左右道：「你們送老丞相回府！」

趙盾走後，靈公也沒了興致。屠岸賈又進讒道：「趙盾當面侮君，就該將他治罪。」那靈公厭煩趙盾絮絮叨叨，不得安寧，又聽了屠岸賈的刁唆，何嘗不想殺了趙盾，只因他是三朝元老，先王在世時又曾將自己的妹子莊姬許配給趙盾之子趙朔，若是殺了他，只怕滿朝文武不服。屠岸賈摸清了靈公的心意，忙獻上一計。靈公應允，就命他去辦。

屠岸賈回府，喚來家將鉏麑，先繞了兩個彎子，問道平日待你如何，又說有一件大事你可敢辦？鉏麑自然要感恩戴德，一口應承。屠岸賈這才說出：「趙盾在朝欺君誤國，主公有旨，命你去刺殺他！」鉏麑心中一驚，略一遲疑，屠岸賈頓時變了臉色。鉏麑慌忙答應願去。屠岸賈道：「今夜去到趙盾府中，乘其不備，將他刺死。事成之後，必有重賞。」鉏麑應了，轉身要走，又聽得屠岸賈叫道：「轉來！事若不成，休想活命！」

鉏麑觸槐

趙盾回到府中，滿懷憂憤，寢食不安。這夜三更時分，月色朦朧，星光黯淡，便在後園中設下香案，叩拜已畢，仰望星空，長嘆一聲，口中喃喃祝禱。

鉏麑早已潛入趙府，此時跟蹤尋到此處，見趙盾獨自一人，正好下手。又見他正在禱告，便掩到一株兩三人合抱的老槐樹後面，聽他說些什麼。只聽得趙盾低沉說道：「望上蒼保佑！一願我主公改變性情，遠奸佞，近賢臣，戒酒色，接納忠言；二願文臣武將，忠心赤膽，力挽狂瀾，保我晉國轉危為安；三願黎民百姓，昭雪冤案，無禍無災，安居樂業。」

禱告多時，已是夜深。老相爺正要回轉前院，忽然樹後閃出一人，跪在面前。趙盾吃了一驚，忙問：「你是何人，到此何事？」那人正是鉏麑，便把自己是屠岸賈府中的家將，奉命前來行刺，一一說了。趙盾心中震驚，轉念又坦然問道，為何還不下手？鉏麑道：「適才聽老丞相禱告天地，方知老丞相忠心赤膽，為國為民，故而不肯下手。」趙盾連連點頭，盛讚他深明大義。忽然想起，驚問道：「你空手而歸，那屠岸賈豈肯與你甘休？」鉏麑無言以對。趙盾正在低頭思索，突然鉏麑驚叫一聲：「有人來了！」趙盾回頭一看，鉏麑猛地縱身躍起，一頭向那老槐樹的樹身撞去；趙盾攔阻不及，鉏麑頓時氣絕身亡。趙盾見他死得慘烈，更加悲憤，恨不得立即上朝參奏奸賊。

鬧朝撲犬

屠岸賈見鉏麑一夜未歸，情知有變。派人打聽，得知鉏麑觸槐身亡，心中惱恨。又設下一計，喚來親信裴豹，作了佈置，來見靈公。靈公言聽計從，君臣一心，布下羅網，定要害死趙盾。

頃刻早朝，趙盾出班將夜來之事奏明，要靈公將屠岸賈治罪。屠岸賈狡辯道：「既有人前去行刺，哪有刺客觸槐而死之理？分明是他誣告不實，請我主公將趙盾治罪。」話音未落，靈公便道：「著哇！」與屠岸賈一唱一和。趙盾對屠岸賈道：「那刺客乃是你府中家將鉏麑。是他見我忠良，不肯加害，故而觸槐而死。任你口若懸河，也難逃謀殺大臣之罪！」屠岸賈反咬一口道：「分明是你將我的家將殺死，反來誣告於我，任你舌如利刃，也難免有欺君之罪！」兩人正在爭鬧，靈公發話道：「忠者自忠，奸者自奸。孤有一靈獒神犬，乃外邦所進，能辨忠奸。」趙盾十分驚愕，忙道：「誰忠誰奸，主公聖心明鑒，滿朝文武盡知，何必用犬辨忠奸！」靈公不聽，呼來裴豹，叫他放出靈獒。這犬原是屠岸賈事先訓練就的，只見裴豹拍拍靈獒的頭，靈獒四顧，見趙盾身穿白袍，便向白袍撲去，一口咬住趙盾。這時怒惱了殿前武士提彌明，衝上前去，一錘將靈獒打死，叫道：「老丞相快快逃走！」趙盾急忙逃下殿去。提彌明轉身撲向屠岸賈，被屠岸賈踢倒在地，裴豹上前綁了。提彌明大罵屠岸賈殘害忠良，屠岸賈下令將他斬了。提彌明臨刑揚聲大笑，不屈而死。

屠岸賈回頭上奏道：「犬撲趙盾，定是奸臣，請主公降罪！」靈公一不作，二不休，下令封屠岸賈為上卿，就命他將趙氏滿門斬盡殺絕，駙馬趙朔賜死，莊姬公主帶進宮來。

報信設謀

這時，有一人神色焦急，大步流星，急急走到趙朔駙馬府第門前，匆匆回頭一望，似乎怕有人跟來。門前的小太監認得是老相爺的門客程嬰，便叫了一聲「程先生！」程嬰無暇答話，邊走邊叫他快去請駙馬。

趙盾的兒子趙朔聞信出來，程嬰一見便道：「大事不好了！老丞相不知為了何故，被奸賊屠岸賈一劍劈死。如今抄斬你的滿門去了！」趙朔聞此巨變，如五雷轟頂，急忙請出公主。公主帶了侍女卜鳳出來，見駙馬痛哭，一問緣由，頓時就暈倒了。公主救得醒來，便要進宮去與他兄長靈公辯理。趙朔說他昏庸無能，聽信讒言，去也無益。公主也知有理難辯，便要丈夫快快逃命。趙朔念著公主身懷六甲，就要臨盆，自知必死，便囑託道：「我死之後，公主若生一男，取名趙武，日後也好與我家報仇雪恨！」莊姬道：「那賊知我有孕，焉能放過！」卜鳳焦急道：「公主乃是金枝玉葉，諒他不敢加害；只是這產下的嬰兒恐怕難逃毒手吧！」趙朔和莊姬聞言，又哭了起來。

程嬰報信後，一直在焦急地聽他夫妻商議，緊皺著眉頭思量。在此緊急關頭，突然挺身而出道：「駙馬！我程嬰雖是一市廛庶民，頗知大義，如今你一家被害，我豈能袖手旁觀，我有意等公主分娩之後，將嬰兒抱到我家撫養，將來也好與你趙家報仇雪恨！」趙朔萬分感激，立即跪下拜謝。程嬰忙跪下扶起道：「屠岸賈這樣的亂臣賊子，哪個不痛恨？可惜我們這些小民無力殺賊！」話音未落，程嬰突然神情一緊：「將來公主回到宮中，門禁森嚴，如何能進宮去將嬰兒救出？」大家一聽，更加著急。緊張思索了片刻，還是程嬰有了主意：「等公主分娩之後，就在宮外張貼榜文，上寫：公主得下不治之症，太醫束手無策，招草澤醫人進宮調治。那時我揭下榜文，應聘進宮，將嬰兒盜出，你看如何？」公主覺得倒也可行。

這時遠遠聽得人聲喧鬧。趙朔道：「想是奸賊領人來了，大事託付在程先生的身上，你快快逃走了吧！」程嬰不敢稽遲，告辭出門，回頭看了趙朔一眼；又四下一望，幸好尚未被人發現，便匆匆去了。

少時，屠岸賈領了校尉衝進府來，宣讀旨意：「只因趙盾欺君誤國，命屠岸賈抄殺趙氏滿門，駙馬恩賜一死，莊姬公主隨旨進宮。」公主抱住趙朔哭成一團，難捨難分。屠岸賈那裡容得，示意將公主拉走。公主被宮女擁著走了兩步，掙脫回來要與趙朔說話。就在拉拉扯扯之際，屠岸賈注視著公主，看出她有孕在身。卜鳳見狀，忙上前擋住屠岸賈的視線，扶了公主進宮。

屠岸賈拿出一柄尚方寶劍，逼著趙朔自盡。趙朔大罵，屠岸賈下令將他斬首，又將他滿門三百餘口斬盡殺絕。屠岸賈志得意滿，從此在晉國就可以一手遮天，為所欲為。同時，他也沒有忘記，莊姬腹中還有一個趙家的後代，必須斬草除根。

入宮盜孤

過了不久，宮前張貼榜文，莊姬身染重病，太醫調治無效，招聘草澤醫人。

這天卜鳳正在焦急地等候，小太監引來了一個揭榜的醫人，卜鳳一見，正是程嬰。卜鳳道：「程先生，你可來了！」程嬰並不答話，略一擺手，又回頭掃了一眼。領進內室，莊姬公主一見便哭泣起來，程嬰忙向公主搖手，又示意卜鳳出去把風。公主抱著嬰兒流淚道：「此子起名趙武。想我趙家只留下這一顆根苗，先生帶回撫養，要好好看待；等他長大成人，也好與趙家報仇。非但本宮，就是屈死的三百餘口，也感你的大恩大德！」說罷，跪倒在地。程嬰連連擺手制止，又不好上前攙扶，便也跪倒在地。莊姬欲將嬰兒交給程嬰，想到初生嬰兒剛離娘胎就要遠離親娘，從此天各一方，生死難測，也不知何時才能相逢，哭得越發悲切。程嬰心中不忍，忙勸公主請放寬心，一定把嬰兒當作親生兒子撫養，有什麼禍事由程嬰一力承當。正要去抱嬰兒，嬰兒突然大聲啼哭起來，哭得程嬰膽戰心驚，唯恐被人聽見。莊姬忙哄得嬰兒止住啼哭。卜鳳唯恐耽擱得久了，也進來催促。

公主忍痛，剛要把嬰兒放進藥箱，程嬰忽然想起一件大事，忙問：「公主，我將嬰兒帶出宮去，日後他長大成人，你母子如何相認？」公主暗暗點頭，覺得此人深謀遠慮，十分精細，便答道：「孤兒胸前生有三顆紅痣，以做憑證。」程嬰眼睛一亮，連忙答應：「我記下了！」公主將嬰兒藏在程嬰藥箱的底層。程嬰左肩背起藥箱，快步出門，看看四下無人，回頭一揮手，制止公主相送，便埋頭沿著牆根疾走。莊姬站在門內，依依不捨地目送著程嬰漸漸走遠了，耳邊似乎還聽得嬰兒在啼哭，忙問卜鳳。卜鳳靜靜一聽，卻是風吹得殿角的鐵馬作響。

韓厥盤門

程嬰背著藥箱，匆匆疾走，正要出宮，卻在宮門遇見將軍韓厥。韓厥奉命守衛在這裡，見他行色匆匆，便叫他回來。程嬰吃了一驚，忙鎮定下來，自管走路。韓厥奉命守衛在這裡，見他行猝然之間，程嬰吃了一驚，忙鎮定下來，自管走路。程嬰慢慢轉身回來，一手護住藥箱，似乎有些不解地望著韓厥。韓厥厲聲問道：「什麼人？」程嬰坦然答道：「草澤醫人。」「進宮何事？」「與公主調治病症。」「公主得何病症？」「肝鬱不舒！」「可曾治好？」「藥到病除。」韓厥見他左手扶著藥箱，便又問道：「箱中何物？」程嬰手心暗暗捏了一把冷汗：「甘草、薄荷。」「可有孤兒？」程嬰略一停頓，緩緩答道：「這，這倒不曾聽過有這味藥材！」韓厥見他對答如流，並無破綻，便放他走。

那程嬰內心極度緊張，全神貫注，應付盤問。聽說讓他走，恨不得插翅飛去，答應一聲，抬腳就走。腳未落地，卻聽得韓厥叫道：「轉來！」問道：「你為何神色慌張？」程嬰稍現緊張道：「小人乃是鄉里郎中，見將軍威嚴神武，心中有些害怕！」韓厥突然喝道：「你定有夾帶！」幾乎是同時，程嬰斷然答道：「並無夾帶！」韓厥反問：「並無夾帶？」程嬰更加肯定：「並無夾帶！」韓厥扶著腰中的寶劍，盯著程嬰，圍著他轉了一圈：「你將箱兒放下，俺要搜！」程嬰略一思索，索性沉住氣，放下藥箱，單腿跪在地上，打開藥箱讓他搜，雙眼卻緊緊盯著韓厥。韓厥見程嬰大大方方讓他搜，反倒減了幾分疑心，略看一看藥箱，並無破綻，又叫他走。

程嬰如釋重負，剛剛將藥箱關上，不料一聲嬰兒啼哭突然迸發。程嬰本能地用手急捂藥箱；韓厥搶步上前，一腳踩住藥箱，拔出劍來，喝道：「嘟！你說這箱內俱是甘草薄荷，為何又有『人參』（人聲）？」程嬰一手護住藥箱，眼睜睜望著韓厥，情知再也無法隱瞞，便橫下一條心來，合盤托出，想要絕處逢生，打動韓厥：「哎呀，將軍啊！我是個草澤醫人，與趙家非親非故；只因他全家被害，可嘆這世代忠良，只留下這一條根苗，是我不顧生死，前來搭救。今被將軍看破，你若貪圖富貴，將我獻與奸賊，請功受賞去吧！」程嬰這番話，說得理直氣壯，字字句句，落地有聲。韓厥心中震驚，踩在藥箱上的腿，不覺就撤了下來，退後一步，打量程嬰，心中暗想：此人頗有膽量！說話正合我的心意。大丈夫活在世上，理當見義勇為，還是救孤兒一命罷！打定了主意，便對程嬰揮手道：「去罷！」程嬰大喜，口稱「多謝將軍！」忙背起藥箱，臨走又擔心地問道：「若屠岸賈怪罪將軍，如何是好？」韓厥慨然答道：「大丈夫何計個人生死！」直催程嬰快走。

程嬰走了幾步，心中仍不放心，又轉了回來。韓厥奇怪，問他為何去而復轉。程嬰唯恐他日後應對不當，走露了消息，再三叮囑道：「此事萬不可洩漏。倘若走漏風聲，我程嬰一死無關緊要，倘若孤兒有一差二錯，可嘆趙氏三百餘口冤沉海底！」韓厥更加震驚，暗想如此關係重大，如何能讓程嬰放心？只聽得不遠處大呼小叫，想是屠岸賈搜查來了，心中一急，不再猶豫，拔出劍來橫在頸上一勒，頓時倒地。事出意外，程嬰攔阻不及，搶上前去，撲在他身上，眼看著已是氣絕身亡了。程嬰跪在地上，耳聽得人聲漸近，哭又不敢哭，叫也不敢叫，只得牢牢將此人暗記在心中，擦了一把淚水，背著藥箱，大步去了。

屠岸賈聞報，趕來一看，果然韓厥已死，心知必有原因，逕直帶人闖進宮去，逼迫莊姬交出嬰兒。莊姬只說是產下一名女嬰，落地便死，已經丟棄了。屠岸賈不信，虛聲恐嚇，又令校尉們在宮內搜尋，一無所獲，被公主轟了出來。

屠岸賈那肯干休，令人張貼榜文，曉喻全國百姓：三日內獻出孤兒賞賜千金；三日後無人獻孤，要將這晉國中的嬰兒與孤兒同庚者俱都斬盡殺絕。又將卜鳳傳來審問，卜鳳也說是產一女嬰，落地而死。屠岸賈不信，叫人將她帶回府去細細審問。

首陽定計

那公孫杵臼告老以後，住在首陽山中，閉門不出。

這一日，忽見程嬰行色匆匆找上門來。他二人乃是生死之交，公孫見他神色不寧，坐下一問，程嬰便道莊姬公主在宮中生下一子，被他盜出來了。公孫一聽，急忙制止，獨自出門張望了一番，關好門後，欣慰道：「趙家有後，這三百餘口的冤仇得報也！」那知程嬰卻嘆氣道：「這『報仇』二字談何容易！」便把屠岸賈貼出榜文，若不獻出孤兒，要將全國與孤兒同庚者斬盡殺絕之事，一一說了。公孫氣得只罵這真是豺狼心腸，又急切問道：「賢弟，這孤兒就無救了麼？」程嬰此時方說出來意，他思得一計，特來商議。公孫急問，程嬰便道：「我有一子，名喚金哥，與孤兒般大。我將孤兒抱至仁兄家中，由仁兄撫養；你去出首，就說我程嬰隱藏孤兒不獻。那奸賊必然將我父子斬首；一來救了孤兒姓命，二來救了全國的嬰兒。仁兄，你看此計如何？」

公孫見程嬰竟要捨己救人，極為欽佩，心中激蕩，頓時有了一個主意，站起來問道：「賢弟，這撫孤與捨命，何難何易？」程嬰此來早已將生死置之度外，想到撫孤年長月久，前途莫測，便應道：「自然是捨命容易，撫孤難哪！」公孫杵臼叫道：「著呀，愚兄已是風燭殘年，倒不如你將捨命之事讓與愚兄了吧！」程嬰不解，這捨命之事如何能讓？公孫杵臼一字一字，字字千斤重地說道：「賢弟，你將金哥抱到我家，你去出首，就說我公孫杵臼隱藏孤兒不獻，那賊將我和金哥殺死，那時你安心撫養孤兒，豈不是好嗎？」程嬰恍然大悟，略一思忖，覺得如此更為周全，也不再多說，立即向公孫跪下就拜。這一拜是欽敬，是默契，是感謝，是生離死別，千言萬語都在這一拜之中。

說定照計行事，程嬰便要告辭。公孫出門一望，正好四下無人，一揮手，程嬰匆匆去了。

獻孤救孤

再說屠岸賈一心要斬草除根，這天正在白虎大堂審問卜鳳。

卜鳳被押上來，昂然站立，口稱無罪，並不下跪。屠岸賈不由分說，便是一頓毒打。反覆追問：公主生下是男是女？嬰兒何在？屍首何處？卜鳳只是一口咬定：公主所生乃是一女，落地而死，屍首抛到御河之內。屠岸賈要她招認勾結外人將嬰兒盜走，卜鳳反駁道：「你道我勾結外人，那外人是誰？今在何處？分明是你血口噴人！」屠岸賈指著兩旁的刑具道：「我勸你說出實情便罷，如若不然，你來看！這兩旁的刑具，都要用在你的身上！」卜鳳不屑一顧，反而縱聲大笑，笑他為了一個嬰兒竟如此大驚小怪。屠岸賈見她並不懼怕，倒緩和下來，許她說了實話，便有享不盡的榮華富貴。卜鳳冷笑道：「嬰兒已死，我無福享受你的榮華富貴！」屠岸賈焦躁道：「執意不招，難道你就不怕死？」卜鳳道：「雖死無愧。」屠岸賈無計可施，喝令動刑，只把那卜鳳打得皮開肉綻，幾番昏死過去，仍然無有半句口供。

忽然外面有人擊鼓。屠岸賈命帶上堂來，問他的姓名，那人小心恭敬答道：「小人名叫程嬰。」卜鳳在昏迷之中，聽得「程嬰」二字，心中一驚，忙掙扎著半跪起來朝這邊張望。這時屠岸賈問程嬰道：「到此何事？」程嬰極力鎮定，朗聲答道：「前來獻孤！」說話間，程嬰已看到了卜鳳，也吃了一驚，便拿眼看著她，心中有話卻無法說出來。卜鳳又驚又怒：「啊？程嬰哪！你好狠心！」程嬰聽她口氣，並未招認，這才鬆了一口氣，故意冷笑了兩聲。卜鳳竭盡全力從地上掙扎起來，踉踉蹌蹌撲到程嬰身上，發狂似的又抓又咬，恨不得把程嬰撕成碎片。兩旁的校尉急忙上前將她拉開，才拖開了兩步，卜鳳掙脫了校尉，又向程嬰撲去。不等卜鳳撲到，屠岸賈上前，一腳將卜鳳踢倒在地。卜鳳再次掙扎起來，卻向屠岸賈撲去；屠岸賈眼也不眨，劈頭一劍，鮮血四濺，將卜鳳活活砍死。程嬰頃刻之間親見卜鳳慘死，內心極度震驚憤恨，直瞪瞪地盯著屠岸賈，半晌說不出話來。屠岸賈用沾滿鮮血的劍尖指著他問道：「程嬰，你為何變臉變色？」程嬰回過神來，趕緊答道：「目睹殺人，我有些害怕。」

屠岸賈叫他不必害怕，轉身坐下，便問孤兒今在何處？聽說在首陽山公孫杵臼家中，又問他是怎樣知道的？程嬰收攝心神，按照原來想好的話緩緩回道：「小人與公孫杵臼有八拜之交，那日去到他家探望，忽見他家多了一個嬰兒。我想公孫年過七十，哪有這未滿一個月的嬰兒。是我追問此事，他言語支吾；方知他隱藏孤兒不獻。我好意勸他獻出，他執意不肯，反將小人辱罵一場。故而前來出首。」屠岸賈聽得清楚，便命人立即去抓公孫杵臼。屠岸賈看著程嬰，想了一下，又問道：「你與那公孫杵臼有仇？」程嬰說無仇。又問：「有恨？」程嬰說無恨。屠岸賈驟然翻了臉，大喝一聲，嚇得程嬰慌忙跪倒在地；只聽得上面咆哮道：「你與他無仇無恨，前來出首，分明有詐。來呀，與我綁了！」程嬰雙手攔住如狼似虎的校尉，向上道：「小人有下情回稟。」屠岸賈把桌子一拍：「講！」程嬰道：「小人與公孫原無仇恨，只因大人有榜文在外：三日之內，有人獻出孤兒，賞賜千金；若有知情不舉者，罪上加罪。小人怕牽連在內，特地前來密告。」屠岸賈聽他說得倒還有理，又問他可敢與公孫對質？程嬰毫不遲疑地答應了。

少時，將公孫拿到。屠岸賈想起那日在桃園的往事，開口便罵：「大膽的老狗，隱藏孤兒不報，你該當何罪？」公孫杵臼反問；「你道我隱藏孤兒，何人得見？」屠岸賈將手一指，公孫扭轉頭來與程嬰相互望了一眼。公孫叫道：「哎呀，大人哪！程嬰與我舊有仇恨，乃是誣告。」程嬰挺立一旁，似乎胸有成竹，不屑與他爭辯。屠岸賈不聽公孫分說，一陣咆哮，說他隱藏孤兒，罪該問斬。公孫一口咬定是程嬰與他有仇，無有孤兒獻出。屠岸賈喝令校尉們亂棍齊下，一棍一道血痕，打得公孫滿地亂滾。程嬰不忍再看公孫如此受苦，便將臉背轉過去。屠岸賈見公孫不肯招認，心生一計：命程嬰拿皮鞭拷打公孫，邊打邊問，看他招不招！說罷，便將一根皮鞭擲到程嬰面前。

程嬰此時，心內十分淒苦。知道屠岸賈猶自懷疑，故意借此進行試探，不能不動手；若要動手，心中又實在不忍。都是為了要救孤兒，自己才找到公孫兒，定下了這個苦肉計，連累他白髮蒼蒼飽受苦刑，只怕今天是無法逃過這一關了！事已至此，為了救孤兒，自己這個惡人必須要作下去，決不能露出半點破綻。種種念頭，一閃而過，不容他長久遲疑，只得勉強拿起皮鞭向公孫走去，開口說道：「公孫兄，我勸你還是從實招認了罷。你若是再三不肯招認，奉了大人的嚴命，休怪小弟我無情了！」公孫緊閉雙目，並不答話。只聽得屠岸賈喝道：「你與我著實地打！」程嬰低了頭，強忍著淚，咬緊牙關，舉起皮鞭，一下一下地打去，下下都打在自己的心上。忽然公孫從地上掙扎起來，似乎要說話。程嬰急忙住手，心中卻又一緊，唯恐他神志昏迷，說出什麼不當的話來。只見公孫顫顫巍巍地指著他罵道：「程嬰你這無恥的小人，我就是死了，在陰曹地府也不會放過你！」程嬰心裡鬆了一口氣，但也不敢拖延下去，乘機對屠岸賈道：「既然公孫老兒不肯招認，不如到首陽山去搜查孤兒。」這話正合屠岸賈的心意，便立即命人去搜。

過了不久，果然抱來一個嬰兒。屠岸賈一把抓了過來，舉起用力一擲，可憐那嬰兒頓時成了一團血泥。程嬰知道，這摔死的嬰兒，正是自己親生的骨肉金哥，一時萬箭穿心，雙手蒙住臉面，全身顫抖。公孫杵臼慘叫一聲，攢盡全身氣力，爬起身來，逕直向屠岸賈撲去。屠岸賈順手抓住他的右手，不慌不忙拔出劍來，當胸一劍，頓時將公孫杵臼刺死。眨眼工夫，眼睜睜看著愛子和摯友，血淋淋地慘死在面前，程嬰卻不能有任何表示，此時如同一個木偶，神情呆滯，不言不語，癡癡立在一旁；屠岸賈連叫了兩聲，他都未曾聽見。屠岸賈又大叫了一聲，程嬰方才驚醒。屠岸賈說他獻出孤兒，立了大功，要給他獎賞。程嬰卻不願領賞：「我將孤兒獻與大人，今後恐被人忌恨陷害。小人有一子名喚程武，望求大人另眼看待我父子。」屠岸賈殺死了孤兒，已經將趙氏斬草除根，正是志得意滿，聽了程嬰的言語，頗為順耳：「好！老夫膝下無兒，就將你子拜在老夫膝下，作我的螟蛉義子，你夫妻二人便在我府中吃碗安樂茶飯。」程嬰連連稱謝。屠岸賈哈哈大笑，揚長而去。程嬰跟在他身後，走了幾步，木然回頭看了看嬰兒和公孫的屍骨，強自掙扎著高一腳低一腳地走了。

誤打程嬰

轉眼之間，過了十五年。晉國靈公已死，新主登基，調魏絳還朝。魏絳想著要與趙家報仇，朝見已畢，便去探望莊姬公主。

那莊姬公主十五年來，孤孤單單，冷冷清清，懷抱著一點報仇雪冤的希望，苦熬歲月，等待時機。聽說魏絳還朝求見，忙宣他進來。一見那魏絳，鬢髮皆已白了。想起公爹趙盾在世之日，與他十分交厚，心中傷感，便摒退左右的宮女，單獨問他，此番回朝，可知趙家滿門冤死之事？魏絳道：「晉國之中，哪個不道趙家冤深似海？此番進宮，探望公主，正要問個明白，人言程嬰獻孤，可是實情？」提起孤兒之事，公主肝腸痛斷，深悔當初不辨賢愚，錯把程嬰當作了忠義之士。便把程嬰如何設計盜走孤兒，後來又將孤兒獻出，一一對魏絳說了，要魏絳設法為趙家報仇伸冤。魏絳聽得怒火滿腔，咬牙切齒，痛恨屠岸賈殘暴，程嬰無恥。安慰了公主一番，一口應承了報仇伸冤之事。

魏絳回到府中，怒氣難忍。想了一個主意，立即把兒子魏忠喚來，囑咐一番，命他去請程嬰。程嬰聽說魏絳有請，心內打算先用言語試探，但願他仍是忠良，也好為趙家伸冤。兩人相見，魏絳開口便向程嬰賀喜：「你獻出孤兒，甚得大司寇恩寵，如今享榮華、受富貴，豈不是一喜！」程嬰未想到魏絳竟也如此說話，不知如何回答是好。魏絳看了程嬰一眼，接著說道：「想當年我在桃園與大司寇爭吵了幾句，此番回朝，還望程老先生在大司寇面前多多美言，與我二人解和。」程嬰「哦」了一聲，口裡說道：「原來如此！」心中卻詫異：當年魏絳嫉惡如仇，難道竟也變了？魏絳不容他多想，緊追著說道：「老先生乃大司寇之近人，此事料無推卻，事成之後，我也是千金奉贈！」程嬰聽得句句刺心，好不失望，無意再談下去，苦笑了兩聲，對魏絳道：「大將軍，恕我程嬰老邁昏庸，此事萬難從命！」站起身來，拱一拱手，就要往外走。不想魏絳將他攔住，頓時拉下臉來，指著他大罵：「你貪圖富貴、賣友求榮，害死孤兒，無恥之極！」程嬰正要說話，那魏忠不由分說，將他推倒在地，舉起皮鞭便打。程嬰掙扎起來，想對魏絳說明，那魏絳又將他推倒，奪過鞭來，親自鞭打。程嬰想要辯解，卻是無法開口，只打得他皮開肉綻，傷痕累累。

程嬰雖然飽受皮肉之苦，心中卻越來越亮堂。十五年來壓在心頭的大事，無限沉重，無處可講，今朝要撥開雲霧見青天了。突然，只聽得他揚聲大笑起來！魏絳一楞，手上皮鞭一停，程嬰忙叫道：「我有話講！大將軍，那孤兒他不曾死！」魏絳忙問：「現在何處？」程嬰道，現在他家中。魏絳哪裡肯信？程嬰叫道：「將軍啊，當年我與公孫杵臼定下一計：他捨性命，我捨姣兒。首陽山搜出摔死的乃是我的兒子，名叫金哥；如今孤兒長大成人，名叫程武。」程嬰見那魏絳滿臉驚詫，震驚中尚有一些疑惑，又把孤兒胸前有三顆紅痣為證的秘密對他實說了。此時程嬰如釋重負，笑對魏絳道：「將軍的皮鞭打得好，若不如此，我焉敢吐露實言！」

魏絳此時如夢方醒，忙將皮鞭一丟，衝上前去，跪在地上，雙手攙著程嬰，萬分歉疚地將他扶了起來。口裡連連賠罪：「原來這內中還有許多隱情！也是我老邁昏庸，一時魯莽，先生休怪。」程嬰就座之際，無意中又碰著了鞭傷，十分痛楚。魏絳五內翻騰，暗想這程嬰和公孫杵臼，為救趙氏孤兒，一個捨了獨子，一個捨了性命，都是大義之人。自己不知，反將程嬰拷打一頓；十五年來，他在這晉國上下，遭人唾罵，又忍受了多少屈辱？心中肅然起敬，連聲贊道：「先生忍辱負重，如此高風亮節，當如蒼松翠柏，萬古長青。」

魏絳忽然又想起一事：「啊，先生，孤兒未死，為何不報與公主知道？」程嬰道：「公主幽居深宮，無法送信，萬一走露風聲，豈不前功盡棄！」魏絳見他思慮周全，點頭稱是。程嬰又道：「自從大將軍離朝之後，那屠岸賈奸賊橫行霸道，民不聊生，將軍此番回朝，就該滅卻奸賊，一來為萬民除害，二來與趙家報仇才是。」魏絳答應道：「必須定計而行。」並請他對孤兒說明，方好行事。程嬰一口應承。

陵園巧遇

那孤兒趙武，十五年來，由程嬰精心教養，一面讀書，一面習武，練就了文武雙全。屠岸賈膝下無兒，對這個義子十分鍾愛，常常帶在身邊。

這天屠岸賈又帶他到郊外射獵遊玩，見他騎射精通，身手不凡，很是歡喜。忽然聽得一陣雁鳴，抬頭一看，只見天上一群大雁飛過。趙武張弓搭箭，覷得真切，一箭射去，竟射落了一雙大雁。眾人齊聲喝采，趙武也十分得意，縱馬向雁落處馳去，自有那小軍趕到前面去撿。不一會，卻見小軍空手回來，說是雙雁落在陰陵園內，陵園中有先王的陵墓，不敢擅自入內。趙武終究是少年心性，不免覺得掃興。那屠岸賈卻道：「我兒不必煩惱，莫說陰陵，就是金鑾寶殿，我兒只管前去。有人阻攔，抓來見我！」如此慫恿，趙武便領命去了。

趙武進到陵內，卻遇著莊姬公主正在掃墓，那雙雁已被宮主身邊的宮女撿著了。宮女見到一個男子擅自闖了進來，便大聲喝斥，要趕他出去。公主聞聲，止住了宮女，命將來人喚來。趙武聽說是莊姬公主在此，忙恭恭敬敬上前施禮。公主將他上下打量，問他到此何事？趙武說了箭射雙雁的經過，道是為尋雁而來。宮女驚奇地亮出雙雁道：「敢莫是這一雙麼？」趙武一看那箭，便答道正是這一雙。公主聞言，對這少年添了幾分好感，便好言問道：「你一箭能射雙雁落地，今年有多大年紀？」聽說是十五歲，公主心中一動，又打量了他一番，想起了自己的兒子，若不是早早被人害死，長到今天，定然也是和他般長般大了。心中一陣悲痛，便落下淚來。趙武站在那裡，正等著還他的雙雁，見到公主忽然落淚，心中同情，忍不住便問公主為何落淚？公主頓了一頓，也是覺得這少年可親，便如實對他說道：「我有一子，與小將軍年歲相似，不幸他早年喪命。今見小將軍，引起了思子之情。」趙武更加同情，又問道：「但不知他是得何病症而死呢？」旁邊的宮女忿然插嘴道：「不是病死，是叫奸臣害死的。」公主陡然警覺，忙問趙武：「你是哪家大人的公子？」趙武說他父親並無官職，義父在朝乃是司寇。公主急問他義父的名字，聽說是屠岸賈，又更急促地問他的生父。一聽「程嬰」二字，公主面色慘變，怒氣沖沖，命人將他快快趕走。說罷掉頭便走。那宮女滿臉憤懣鄙夷之色，將雁擲在地上，轉身追隨著公主去了。

丟下趙武一人，呆呆站在那裡，一時不知所措，半晌方回過神來。滿腹疑團，只好回家去再問父親。

畫圖說破

此時程嬰獨自緊閉了房門，在畫冊上畫著一幅幅《雪冤圖》。提起筆來，十五年間的件件往事，對奸臣佯裝笑臉的屈辱，遭國人誤解唾罵的辛酸，捨卻了親兒的隱恨深痛，撫養孤兒的耗盡心血，一齊湧上心來，思緒萬千，起伏激蕩，一面畫，一面潸然淚流不止。

突然，門外有人大聲叫門。程嬰嚇得膽戰心驚，忙將畫冊掩藏在一邊。仔細再聽，原來是兒子回來了。打開門來，見了兒子，上下打量，神色悽楚之中，卻又滿含著期望。讓他進來，又叫他關好房門，父子坐下。趙武面帶不平，開口就說今天打獵遇見了莊姬公主，程嬰一聽，頗覺意外，急於要知道說了些什麼。趙武道，聽說她有一個兒子被奸臣所害。又道：「是我提起爹爹和義父的名字，公主大怒，將我趕出來了！」程嬰長嘆了一聲，心如刀絞。趙武追問：「他的兒子如何被害，爹爹知道麼？」程嬰說是知道，便將畫冊交與趙武看。

趙武看罷，以為是一個故事，好奇地問道：「好像穿紅袍的與穿白袍的不和，穿紅袍的把穿白袍的害死了麼？又為何有許多人被殺呢？」程嬰苦心孤詣畫了這圖，原就是要他認清仇人，明辨忠奸，於是一一從頭講道：穿紅袍的奸臣，如何陷害穿白袍的忠臣，君王昏庸，降旨將穿白袍的滿門家眷三百餘口斬盡殺絕了！說到此處，程嬰的嗓音沙啞、顫抖了。

趙武聽得心中好生不平，連連追問：「爹爹！後來便怎麼樣？」程嬰繼續講到嬰兒出生，趙武急問：「是男是女？」程嬰用眼打量著趙武，有些欣慰地答道：「是一個男兒。」趙武便問叫什麼名字？程嬰稍一猶豫，只說他叫「孤兒」！趙武道：「這個男孩長大成人，定與他一家報仇哇？」程嬰慨嘆道：「難，難，難啊！這個穿紅袍的要斬草除根，帶領校尉進宮搜孤！」趙武極為關切，叫了起來：「哎呀！那孤兒莫非也被殺了嗎？」程嬰想起了替孤兒去死的金哥，欲言又止：「他、他、他……他不曾死！」趙武急問：「誰救了他？」程嬰指著畫面道：「被一個穿青袍的人兒將他救出宮去了！」趙武這才鬆了一口氣：「這就好了！」

程嬰繼續講下去，講到頂替孤兒的那個孩子被摔死了！程嬰傷心得閉上雙眼，垂下頭來，陷入沉默。趙武聽得義憤填膺，覺得真是千古奇冤，緊追著問那孤兒的下落。程嬰說，他已然長大成人，文武雙全。趙武道：「既是文武雙全，為何不與他全家報仇？」程嬰嘆息道：「怎奈這奸賊的勢力浩大！」趙武激起了伸張正義的豪情：「爹爹也曾說過：亂臣賊子，人人得而誅之。孩兒願替他全家報仇！」

程嬰站起身來，滿臉凝重，沉著地說道：「好！我就對你實說了罷！這個穿白袍的是你祖父趙盾，這個穿綠袍的是你父趙朔，穿紅袍的就是奸賊屠岸賈，莊姬公主是你親生之母，你就是那奸賊屢害不死的孤兒——趙武！」話音未落，「哎呀」一聲，趙武氣得昏死過去。程嬰急忙上前，將他扶起。趙武悠悠醒來，淚流滿面，哭叫祖父、爹爹，又抱著程嬰哭叫「恩父！」猛地拔出劍來，恨得咬牙切齒，就要去殺屠岸賈。程嬰連忙拉住：「此事不可莽撞，必須定計而行，為父自有安排！」

除奸雪冤

這天程嬰在家中擺下盛宴，專請屠岸賈赴宴。程嬰早早候在門前，殷勤地將屠岸賈迎了進來。屠岸賈帶了校尉，一面走，一面四處張望，口裡問道，今日相請，為了何事？程嬰說道：「今當清明佳節，小兒打來野味，一來祭奠先靈，二來共用佳味。」屠岸賈又問還有何人？得知並無外人時，屠岸賈方叫校尉們退下，兩人坐了。趙武氣勢洶洶走來，朝上一拜，屠岸賈要他一同飲酒。趙武在他身邊坐下，按捺不住，就想動手；見程嬰暗中示意，只好暫且忍耐。

才飲得兩杯，忽然魏絳領人闖了進來，先打招呼道：「大司寇也來了！」屠岸賈勉強應了一聲，心中疑慮，起身告辭，卻被魏絳和程嬰雙雙留住。屠岸賈心中驚惶，一再拿眼看他的義子，趙武卻使眼色讓他安坐。

魏絳舉起酒來，先敬屠岸賈，然後問道：「我出鎮邊關一十五年，為何不見趙家父子在朝奉君？」屠岸賈推在靈公身上，說他欺君誤國，先王在世將他全家斬首了。魏絳又問，新主登基可曾過問趙家的功勞？屠岸賈說他功不抵過。魏絳再追問趙家的後代，屠岸賈含含糊糊說在首陽山死了。魏絳冷笑道：「斬草除根，乾淨得很哪！」程嬰也別有含意地笑道：「乾淨得很！」屠岸賈越發不安，起身離座道：「天已不早，老夫告辭了。」程嬰叫道：「且慢！還有一位貴客要見大司寇。」

屠岸賈抬頭一看，堂後的帷幕高高捲起，整整齊齊排列著一群甲士，宮女們簇擁著一位貴夫人端坐在正中，正是那莊姬公主！

屠岸賈大驚，急呼侍從衛士，卻見埋伏的甲士擁出，將他團團圍住。轉身急叫：「我兒快來！」趙武上前，提劍便刺，屠岸賈愕然不知所措，趙武當胸一劍刺去，大叫道：「我就是你害不死的趙氏孤兒報仇冤！」

二、：「宇宙鋒」

趙豔容，正如她的名字，是一個容顏美麗的少婦，美得你一見到她，就會為她的美所震懾。

此刻，她卻是愁容滿面，彷彿是夏夜裡醞釀著雷雨的天空。她穿著一件黑色的衣裳，頭上結著白色的頭繩，身戴重孝，剛剛經歷了一場家族的重大變故。她不知道皇帝賜給她公爹的那把名叫「宇宙鋒」的寶劍，為什麼會落到刺客的手裡；也不知道為什麼那刺客偏偏要拿了「宇宙鋒」去向皇帝行刺。雖然皇帝安然無恙，公爹全家卻因此而大禍臨頭。自己之所以倖免，僅僅因為她是深受皇帝寵信的首相趙高的女兒。憑著這特殊身份，憑著她的機智，倉卒中極其隱秘地幫助丈夫匡扶化裝逃脫了，現在她又回到了父親的家中。

聽說父親呼喚，她帶了日常侍候她的啞丫環，緩緩向書房走去。對於父親在這場變故中所扮演的角色，她是有所懷疑的。她知道父親在朝中專橫得一手遮天，留下了「指鹿為馬」的醜聞；她知道公爹為人正直，雖然是關係密切的姻親，卻不肯依附自己的父親；她也知道行刺案發後，父親對待匡家似乎毫無呵護之意，而且像是在推波助瀾。她不敢那樣想，但又不得不那樣想：會不會是父親一手炮製了這個陷害匡家的陰謀？

她壓抑著悲痛，也壓抑著疑慮，凝重地來到書房。原來是趙高聽到了風聲：匡扶喬裝逃走了，死的是冒名頂替的家丁趙忠。面對父親的盤問，她堅決地否認了；她進一步提出，「兒夫已死，公公年邁」，希望父親奏請皇帝免了匡家之罪。這在她，也許只是一次試探，意外地竟得到了極其滿意的答覆。看著在燈下連夜起草本章的父親，她得到了幾許寬慰，也萌生了幾許希望，父親終於出面說話了，也許匡家就可以免了這場災難吧。

意想不到的事情發生了：一個衣著極其豪華的青年男子，十分無禮地擅自闖進了書房。趙豔容發現他時，他正在用一種火辣辣的眼光打量自己，同時肆無忌憚地發出了刺耳的笑聲。父親慌張地站起來，示意她們回避；就在她匆匆退出的瞬間，她看見父親向那個青年跪下叩頭，並稱他為「萬歲」。

等到微服出遊的當今皇帝秦二世離開了相府，趙豔容看到父親滿臉堆著的都是得意。父親興沖沖地告訴她，皇帝看了他的本章，宣佈對匡家的事一概都不追究。這當然是天大的喜訊，刹那間，她剛才對皇帝的些許不快頓時化為衷心的感激。只是轉瞬之間，她又愕然了：父親喜孜孜地向她祝賀，皇帝見她貌美，要將她納進宮去。惶急中，她忙問父親是如何回話的，得到的答覆毫無遲疑：「明日早朝送進宮去。」父親心中喜從天降的榮耀，她卻認為是莫大的恥辱。她憎惡這樣的父親，怒斥他「貪富貴不顧羞慚」。

父女倆話不投機，不可避免地正面衝突起來。父親抬出「父命」、「聖旨」對她施加壓力，逼她就範；她奮力抗爭，甚至剛烈地揚言：「慢說是聖旨，就是鋼刀，將兒的人頭斬了下來，也是斷斷不能依從的呀！」

僵持中，她感到了事態的嚴重，意識到僅僅強硬地對抗並不可能改變父親的決定。

她緊張地思索，猛然間，只見那啞女正在對她比比劃劃。從小伴她一起長大的這位閨中密友，口不能言卻異常聰穎，善解人意；她倆長期相處，憑了一個眼神、一個手勢、眉尖兒一蹙，心靈便可無聲的交流。看著啞女的手在頭髮上、臉上、衣服上比劃，頓時便明白了她的意思。這是一個大膽而艱難的方案。情勢不容她遊疑。牙一咬，眼一閉，使勁在自己的臉上抓了一把。鑽心的疼痛使她失聲叫了起來；看著尖尖的指甲上的鮮血，她委屈地哭了。等到啞女拉了父親過來時，她已經是披頭散髮，衣衫零亂，鞋襪不全了。

父親見她這模樣，吃驚地問道：「你是瘋了麼？」這一問，正中下懷，倒叫她平添了幾分信心。她雙手撐在腰際，兩眼直盯著父親，一步一步地逼過去；雙手向著父親指指點點，驀地衣袂飄舞，就地旋轉了一圈，跌倒在地。剛剛被攙起來，對著惶惶然不知所措的父親的詢問，她似乎清醒了，「啊！」了一聲。不料，旋即拍手哈哈大笑，手舞足蹈起來，順手一掌向父親的臉上摑去。看著掩面躲開的老父，她遲疑了一剎那；眼角一掃，卻見啞女豎起一個指頭，指著天上。她會意地一點頭，口裡哈哈笑著，揮手擋開啞女；笑聲未落，她又兩手高舉，大叫道：「我要上天，我要上天！」聽著父親像哄小孩一樣對她說：「兒啊，天高無路，上不去！」她似懂非懂地問道：「哦，上不去？」旋即又拍手大笑，手舞足蹈地鬧著要入地。

如此胡言亂語、上天入地的鬧騰了一番，她似乎連人也認不清了。她撲到父親面前，叫著爹爹，捧著他的鬍鬚，伸出蘭花一般的纖手，抽出幾根來玩弄著；偷眼望去，啞女正伸出了一隻小指頭。她喃喃自語似的：「你是我的……」不等父親「爹爹」二字落音，她手上用勁一扯，口裡卻叫道：「兒啊！」話一出口，她自己也吃了一驚，立即就被惱怒交加的父親推開了。

趁著父親背過身去的瞬間，啞女輕輕扭動腰肢，擺動雙手。她偷覷了父親一眼，彷彿從睡夢中剛剛醒來，兩眼似睜似閉，如同春風中婀娜舞動的柳枝，嫋嫋婷婷地向父親走去。偷空回頭望了一眼，只見啞女翹起雙手的大姆指，並排著，彎了彎。剎那間，熱血上湧，她那俊俏的臉龐漲得通紅。她急揮長袖，掩住啞女的手，望了望父親，又望了望啞女，目光裡露出了猶疑和惶惑，緩緩向後退去；經不住啞女的一再催促，她遲疑地向前剛走了幾步，卻又退了回來。終於，她的臉上綻開了笑容，甜甜的，彷彿坐在那裡的不是她那可惡的父親，而是她心上的匡郎，她輕輕地依偎著他，一隻手臂軟軟地搭在他的肩上，一隻手柔柔地撫摸他的胸膛；她挽起他的手，輕移了幾步，指指她的閨房，牽著他的衣袖，輕輕地拉了拉；沒有得到應有的回應，她似乎有些著惱，嬌嗔著一揮袖，卻又微微地扭動腰肢嬌羞地笑了。

趙高悟出了那些無聲語言的含義，既窘且怒，劈頭啐了她一口。這對他是有力的一擊。他縱然奸詐，看到平時貞靜賢淑的女兒，竟把親生的老父當作了丈夫，露出了秘室中思春的風情，如何不信她是真的瘋了？她也趁勢從那內心再也難以忍受的不堪中解脫出來，突然臉上滿是恐懼和驚惶，指著門外的庭園高叫著「打鬼，打鬼！」不論父親如何解釋，說那不過是些太湖石，她只是凝望著半空中，叫喚著：「你看你看，牛頭馬面都來了！」一會兒滿臉驚疑，一會兒又面露喜色，望著空中連連拱手施禮，哈哈大笑道：「玉皇爺駕著彩雲來接我上天了！」

望著父親垂頭喪氣地呆立在一旁，半晌又絕望地揮了揮手，讓啞女把她扶回房去，她和啞女互相看了一眼，暗中點點頭，知道這一關總算是過去了。

第二天，早朝時分，她坐著龍車鳳輦出現在金殿前，神情木然，一臉愁雲。聽說昨晚在燈下見到的好端端的美人，一夜之間，竟然瘋了，這叫秦二世如何能信？他決定要親自察看驗證。

她輕輕拭去眼角的淚痕，低頭跨下車來，走到玉石階前，示意啞女就在這裡等候。抬頭看看那巍峨高聳的龍樓鳳閣，看看那兩邊密麻麻戒備森嚴的武士，看看他們手中那明晃晃的刀槍斧鉞，對她來說，這是一個完全陌生的環境。這裡不比在她家裡，她面對的是主宰生死殺伐的權勢的極峰。這裡潛伏著無限的難以預測的兇險，等待著她的是一場勇氣加智慧的較量，是一場性命攸關的考驗。她已經沒有退路了，生死禍福，在此一搏。她收拾起少婦的嫵媚、柔弱、羞澀，像一個男子漢一樣，昂首闊步走上前去。

隨著守候在殿前的父親登上了金殿，她好像沒有看見高高在上的當今皇帝，也沒有看見冠冕堂皇的滿朝文武，獨自背著手嘿嘿一陣冷笑。實際上她的心弦已經繃得很緊，很緊，隨時在提防著皇帝的發難。已經是惴惴不安的父親越發地惶恐，告訴她上面坐的就是皇帝，要她上前見駕行禮。她對父親不屑一顧，大模大樣地以極其誇張、放肆的動作撣撣塵土，整整頭上的鳳冠，向著秦二世調侃道：「上面坐著的敢莫是皇帝老倌麼？恭喜你萬福，賀喜你發財呀！」聽到皇帝責問她為何不下跪，她彷彿是一個玩世不恭的窮酸秀才闖進了官府，狂傲地回答道：「這位大人不下位，我生員麼——」說到這裡，她翹起手指，先指一下皇帝，再點點自己的鼻尖，伸手一拍蹺起來的右腿，轉過身來，酸溜溜地伸出一隻食指，橫著在鼻孔下一抹，「喏喏，是不下跪的喲！」

她見秦二世被逗得哈哈大笑，有幾分相信她是瘋了，膽量便又大了幾分。極力壓抑著憎恨和憤怒，也跟著一起笑了起來，拍著手，轉著圈子，笑得像一個天真的兒童。她當然是希望皇帝相信她瘋了；一旦皇帝把她當作瘋子來逗弄戲耍時，她那柔弱而純真的心靈卻又被更加殘酷地刺痛了。她機敏地抓住皇帝問她笑什麼的機會，大膽地宣洩自己的真實感情，公然大罵秦二世荒淫無道。她本能地感到，她罵得越大膽，越是肆無忌憚，越是痛快淋漓，也許倒偽裝得越像，自己也許更安全。她罵他任用奸佞，她罵他沉迷酒色、不理朝綱，甚至指出他的江山不穩。罵得興起，索性衝到秦二世面前，雙手一上一下地拍著桌子。

秦二世被她當著群臣辱罵，氣得臉也白了，連連說這真是瘋話；但又不甘心就這樣放過如此美麗的女人，召喚來一群武士，還想以暴力威嚇再作一次檢驗。她被一群如狼似虎的武士團團圍在垓心，明晃晃的刀槍斧鉞就架在她的頭上。她心裡明白，這些人雖然氣勢洶洶，其實是聽命於皇帝，嚇唬嚇唬她而已，因此也就不把他們放在眼裡，繼續隨機應變地發揮。一會兒，她儼然是一個頤指氣使的官僚，訓斥他們放肆、大膽，責罵他們是狐假虎威的強盜，狗仗人勢的奴才，左右揮舞著長袖，把他們一一趕開；一會兒，又宛若是一員怒氣沖沖的武將，扯下頭上的鳳冠，脫下身上的霞帔，丟在地上，做出揮舞刀槍的架式，宣稱要決一死戰，把他們斬首馬前。

秦二世見武士們奈何她不得，便拿「斬頭」來威脅她。此時她彷彿又回到了天真的少女時代，嫵媚中含有幾分嬌癡，「哦喲喲，我也不知道這皇帝老倌有多大的臉面，動不動就要斬頭來見。你要曉得，一個人的頭斬了下來，是還能長得上喲。」一直手足無措的趙高，忙插嘴告訴她，一個人的頭砍下來，是長不上了。她像一個不懂事的孩子還有疑問：「長不上了？」聽到父親的回答後，她嘆了一口氣，叫了一聲爹爹，牽著他的手，撫著他的背，哀哀地哭了起來。趙高以為她終於清醒了，不料她突然用右肘一拐，一把將他推開，又「老哥哥」、「我的兒」一陣亂叫。

金殿上這一場混亂，讓秦二世十分失望，好不沮喪，只得下令把她趕走。她不等武士們近身，反而昂首挺胸向武士們欺過去，逼得他們退後了，才步下殿來。一見啞女迎了上來，她精疲力盡地倒在她的懷裡。此刻，她從堅持偽裝的高度緊張中解脫出來，全身都癱軟了，唯有啞女這個親人，才能理解她的滿腹辛酸與憂憤，才能分享和慶幸她的成功。剎那間，她又警覺了，她又拍著雙手哈哈大笑起來。在蒼涼的笑聲中，在啞女的攙扶下，她緩緩地艱難地走去。

三、

「蕭何月下追韓信」

秦朝末年，劉邦率先攻下咸陽，引起項羽和他部下的忌恨，雖然在鴻門宴上逃出了性命，後來卻被項羽貶為漢王，困在漢中。劉邦一心要早日回到中原，與項羽爭天下，便在漢中招兵買馬，訓練士卒；又設立了招賢館，搜羅天下賢士；還與張良商定，請他去尋訪一位具有雄才大略的奇才來擔任興漢滅楚的大元帥。

張良選中了韓信。這時韓信在項羽帳下充當一名執戟郎官，多次獻計不被採納，不受重用，十分煩惱。張良見了韓信，認定他是蓋世奇才，足以擔當平定天下的大任；可惜項羽有勇無謀，不能識人，勸他去投劉邦。韓信也早有此意，張良便為他寫了一封書信，並囑咐他到了褒中，先去見蕭何，必然會受到保薦。

韓信從項羽那裡逃出來，到了褒中。心想，要是我只靠張良的書信推薦，豈不被人恥笑。便去了招賢館，揭下招賢的榜文，自報姓名是淮陰人韓信。

負責招賢館的夏侯嬰，聽說韓信揭榜求見，倒也知道這個人。這韓信雖然是個蓋世奇才，卻一直懷才不遇，皆因他有兩個話柄：「乞食漂母」，「受辱胯下」，流傳甚廣，遭人輕視。原來在他年輕時，既未被推薦去作官，又不能經商維持生計，經常到別人家裡乞討飲食，未免教人討厭。他常到亭長家裡去吃飯，時間長了，亭長的老婆受不了，有一天，大清早起來把飯做好，坐在床上就把飯吃了。到了吃飯的時間，韓信去了，看見亭長家裡不打算做飯，明白了人家的意思，一生氣就再也不上亭長家去了。後來韓信到城外河邊去釣魚，當時有一些老婆婆也在那裡漂絲綿。有位老婆婆看到韓信老是餓著肚子釣魚，便把帶來的飯分給韓信吃，一連幾十天，直到婆婆把絲綿漂完，天天都是這樣。韓信很感激，就對婆婆說：「將來我一定會重重地報答您！」誰知老婆婆聽了卻很反感：「一個男子漢都不能養活自己，我是可憐你，難道是希望你報答嗎？」有一次，淮陰肉市上的一夥年輕人欺侮韓信，對他尋釁：「別看你長得那麼高大，還喜歡挎刀帶劍的，實際上是個膽小鬼！」許多人都跟著起哄，羞辱韓信。有個無賴逼近韓信道：「你要是不怕死，就用劍刺死我；要是你不敢殺我，就從我的胯下爬過去。」韓信和這個無賴臉對臉看了很久，終於還是從他胯下爬過去了。

夏侯嬰聽說是韓信，就想起了他的這些故事，也想起他是在項羽那裡作執戟郎官，怎樣到這裡來了呢？再一想，既然招賢，何論貴賤，且看他才學如何。見了韓信，故意問道：「將軍可曾出仕否？」韓信照實說道：「也曾出仕。只因項羽不能重用，故而棄暗投明。」接著夏侯嬰問他有何才能，韓信答道：「兵書戰策，略知一二。」這話好像是很謙遜，實際上口氣很大。夏侯嬰有些不信，問了幾個兵法上的問題，韓信不僅對答如流，而且都有很高明的見解。兩人談了半天，夏侯嬰十分敬佩，便向韓信賠禮道：「果然是將帥之才，有眼不識英雄，將軍莫怪。」備酒與韓信接風，並陪了韓信去見蕭何。

蕭何這幾天正惦記著張良，尋訪興漢滅楚大元帥的事，怎麼到如今無有音信。只見夏侯嬰臉上掛著笑走來，說是招賢館招得一位賢士，特來保薦。蕭何問了姓名，聽說是韓信，臉上並無喜色，沉吟一會兒，方對夏侯嬰道：「此人在淮陰時，乞食漂母，受辱胯下，大王也知此人，只怕未必重用罷。」夏侯嬰心想，暫且不說大王如何，眼前先得說動你蕭相國。便對蕭何鄭重說道：「相國，此人雄才大略，若能重用，必建奇功。」蕭何聽罷，「哦！」了一聲，應允面試其才，讓人去請韓信。

韓信此時想法與見夏侯嬰時有些不同。張良曾經對他說過，蕭何如何識才、愛才，他便想試一試蕭何究竟如何。韓信進來，見了蕭何恭恭敬敬地施禮：「相國在上，韓信大禮參拜。」那蕭何並未在意，只當是日常接見下屬，坐在上面既未起身，也未還禮，只說得一聲：「罷了。」韓信見此情景，頓時怒形於色，說聲「告辭」，轉身就走。蕭何自然要把他叫住，說道：「察言觀色，賢士似有不悅之意。」韓信道：「我有一言，請恕唐突之罪。」蕭何知道是自己有不到之處，得罪了人家，話便說得客氣而誠懇：「將軍若有高論，蕭何洗耳恭聽。」那韓信卻講了一個故事：「昔日齊王好鼓瑟。晉有一賢士，善於鼓瑟。王坐在堂上，命鼓瑟之人，立在堂下。那賢士不悅，言道，今王坐而臣立，臣為何作賤自己，甘心為王奏樂！」說到這裡，韓信的語氣加重了：「相國，你想那鼓瑟之人都以立於王側為羞恥，何況韓信！」蕭何一聽，便覺得韓信這人與傳說的不一樣，不僅有志氣，還有些高傲，拿古人的故事作例子來指責自己，很會說話，很聰明。便很認真地向韓信認錯道歉：「將軍請坐。不知將軍駕到，有失迎迓，望乞恕罪。」說罷，深深施了一禮。韓信見蕭何如此，便也謙讓，並道明自己的本意：「豈敢，久聞漢王聖明，丞相賢達，故不遠千里，特來投效。」蕭何憂容滿面，說道：「將軍雖有奇才，但是棧道燒絕，不能東歸，也是枉然。」韓信一聽，便哈哈大笑道：「棧道燒絕，不過是免了項羽西顧之憂；此事瞞得了項羽，瞞不了我韓信。」蕭何的話原是真真假假，未始沒有試探韓信的意思；現在見他一針見血，揭穿了其中的奧秘，便也哈哈大笑，十分佩服。回頭對夏侯嬰道：「夏侯將軍，張良先生火燒棧道的時節，言道尋訪興漢滅楚元帥，以角書為憑，到如今無有音信；我想韓將軍雄才大略，不請他，還請何人！」又望著空中對想像中的張良喊道：「呵，呵，子房呀子房，你往日機警，這一回也失了機會了。」夏侯嬰當然也很高興，隨聲附合道：「是啊，他也失了機會了。」只有韓信心裡明白，微微含笑，卻不說破。蕭何便令夏侯嬰趕緊準備本章向漢王保薦。

第二天，蕭何喜孜孜地早早起來去見劉邦。一路上，他想起了自從跟隨劉邦起義以來，奉楚國的後裔作懷王，號召天下推翻秦朝，劉邦和項羽約定了兩路分兵向咸陽進攻，他們這一路得到了張良、陸賈、酈生這些智謀之士的幫助，自己又給劉邦出主意，訂下了約法三章，廢除了秦朝的嚴法酷刑，受到了老百姓的擁護，所以順利地先進了咸陽。現在雖然暫時困在漢中，可喜的是終於有了韓信這樣傑出的軍事人才，但願得漢王能夠言聽計從地重用他，重振雄風，我們就可以一起打回老家去了。蕭何彷彿是已經看到了勝利的曙光，見了漢王劉邦就說道：「夏侯嬰在招賢館得來一位賢士，可為大將，特來保薦。」劉邦一問，聽說是韓信，心裡就有疑問，說道：「我想此人不得第之時，乞食漂母，受辱胯下，出身微賤，若用此人為將，恐三軍不服，項羽恥笑。」蕭何立即反駁道：「大王說哪裡話來。古之大將，出身微賤者多，韓信蓋世奇才，若棄之不用，我君臣東歸無日了。」劉邦看在蕭何的份上，也不再多說，就命召見韓信。那夏侯嬰興沖沖地領了韓信上殿，不想劉邦對韓信說道：「卿千里而來，未見才能，難以重用；今命你為連廒官，試看你能否勝任。」這連廒官就是管理糧食倉庫的，蕭何一聽，馬上阻止：「慢來。大王命他為連廒官，豈不是大才小用了！」劉邦站起來，說了一聲「容孤思之」，便回去休息了。劉邦的這句話，就是現代人常說的「研究研究」，不過是個推託。蕭何眼睜睜地看著劉邦走了，沒想到竟是這樣任用韓信，十分感慨，長吁短嘆道：「啊呀呀，大材小用了！」夏侯嬰也頗有同感：「是啊，大材小用了。」倒是韓信，似乎早就料著了幾分，心平氣和地對蕭何說道：「啊，相國，暫且上任，再作道理。」自己到倉廒上任去了。

過了不久，劉邦還不見張良推薦元帥的書信到來，心中又十分思念押在項羽那裡作人質的父親劉太公和妻子呂雉，不知道哪天才能東歸，打回中原去。心中煩悶，便找蕭何來商議。蕭何聽說漢王找他，知道一定是有要事，不由得感慨：要說漢王對自己的信任，那是沒有說的了；怎麼漢王就不能成為韓信的知音呢？見了劉邦，蕭何剛剛坐下，劉邦先就長長地嘆了一口氣。蕭何便從嘆氣問起，聽劉邦說了煩悶的緣由，笑道：「哈哈，臣保薦一人，不但太公、夫人可見，三秦可得，項羽可滅，天下也在掌握之中。」劉邦大感意外，忙問現在何處？聽說就在褒中，又問叫何名字？這次蕭何賣了一個關子，話到嘴邊卻停住了：「他……不說也罷。」逗引得劉邦不解，急問為何，蕭何便把話說在前頭：「微臣說出來，大王又要說他出身微賤，不肯重用呃。」劉邦心切，忙說道：「真是賢士，哪有棄而不用之理。」蕭何還不放心，又問了兩遍，得到的回答都很肯定，這才說出賢士的姓名：「韓信哪！」劉邦聽說就是韓信，大失所望，非常掃興：「想那韓信，自身尚不能謀，豈能當此重任！封他為連廒官，恐怕也不能勝任吧！」蕭何忙道：「大王封他為連廒官，到任之後，將一月所積公文事件，立刻迅速辦理完畢，屬下人等，盡皆嘆服。」劉邦仍不以為然：「一節之事，何足道哉。」蕭何還想說動劉邦：「只此一節，可見他滿腹經綸。」劉邦深知蕭何，見他如此執著，若不答應，必不甘休。只得敷衍道：「也罷。既然丞相稱讚，就升他為治粟都尉。」治粟都尉負責糧食的徵收、調集、供應等，也算是一個方面的主管官員。在劉邦看來，這對韓信已經是夠重用的了；對蕭何這保薦人，也可以說是給足了面子。無奈蕭何還是不領情：「治粟都尉，還是大材小用啊！將他宣上殿來請他作大將。」劉邦不讓蕭何再糾纏，說道：「容孤思之。」站起身來就走，又把蕭何晾在了那裡。

過了不久，有幾個鄉民，要見相國。蕭何把他們叫進來一問，原來是挽留韓信的。那些鄉民說道：「我們往年納糧，費盡了周折；自從韓大老爺接任以來，一切之事，迅速辦理，對我們還有許多幫助。聞聽韓大老爺要升到別處，故而前來留他，望丞相允准。」蕭何聽了連連點頭，更加覺得韓信是大材小用了，不覺就隨口說了出來。那些鄉民聽得蕭何也是這個口氣，更是挽留不已，要是蕭何不答應，他們便要跪著不走。蕭何婉言勸阻，讓鄉民們暫且回去了。這件事，倒叫蕭何看到韓信上任不久，就深得民心，促使他下定了決心，第三次向劉邦保薦。

這段時間，劉邦心情不好，一連幾個晚上都作惡夢。蕭何傾聽了劉邦的訴說，便道：「大王連日夜夢不祥，為臣倒想起一輩古人來了。大周駕下有一鎮諸侯，名曰齊景公，夜夢上山見虎，入草見蛇，命他駕前賢臣晏平仲圓解。那晏子奏道：『上山見虎，入草見蛇，何謂不祥？』我國中倒有三不祥。」劉邦忙問：「哪三不祥？」蕭何道：「有賢士不知，一不祥；知而不能用，二不祥；用而不能重用，三不祥。呵呵，大王此夢與齊景公一般無二。」劉邦聽了，半是解釋半是反駁地說道：「相國說哪裡話來，孤自入褒中以來，立下招賢館，搜羅賢士，若有賢才，孤當重用，怎奈無有賢士耳。」蕭何又說：「眼前就有一賢士，大王不用啊。」引得劉邦問時，蕭何繞來繞去，才笑著說出：「呵呵，韓信哪。」劉邦一聽，繞了一個大彎子，還是說的韓信，心裡更加不高興，出口便含著質問：「哎，我想韓信，自到褒中以來，升官兩次，也就是了，相國為何苦苦的保奏？」蕭何不管不顧，仍然堅持道：「他不是百里之才，大材小用，豈不可惜！」劉邦見蕭何如此固執，雖然不能同意，也還留點情面，便推諉道：「也罷，等候張良先生角書到此，再作道理。」哪知蕭何迫不及待：「等不及了，快快宣他上殿，拜他為大將。」催得劉邦失去了耐性，把臉一板，站起身來，也不說話，大袖子一甩，逕自走了。

蕭何三次保薦韓信，劉邦都不肯重用，這消息很快就傳遍了褒中。韓信覺得沒有臉面再留下去了，打算採取行動，棄官逃走。他這一逃，也可以說是以退為進，再試探試探蕭何，看看他對自己逃走是個什麼態度，是不是真正的識才愛才。打定了主意，便更換了裝束，在住所的牆上題詩一首，出門上馬自去了。

韓信棄官逃走，蕭何聽了，大吃一驚。急忙親自趕到韓信的住所，看了粉牆上的詩句，知道韓信真是棄官走了，更是又驚又急。轉身便問：「韓將軍怎生打扮，往哪道而去？」僕役們答道：「身背寶劍，胯下青鬃馬，直奔東門而去。」蕭何抬腿就走，急著要到東門去問個明白。僕役們給他準備馬匹，蕭何心焦，哪還等得及，撩起袍角，邁開大步，匆匆奔去。一邊思緒翻滾，不禁埋怨漢王，三番兩次保薦，也不知為什麼，大王就是不肯重用。這次要是能把韓信追回來，大家同心協力扶助劉邦，事業就大有希望；要是追不回來，韓信為別人所用，今後劉邦要想爭天下就難了。焦躁不安，心慌意亂，腳下一絆，撲地摔了一跤。站起來一看，已是到了東門。叫來守城官一問：「你可曾看見一位將軍，胯下青鬃馬，身背寶劍，喏，喏，喏，由此道而去呀？」城官答道：「有的，過去一日了。」蕭何聽說去了一日，心中更加焦急，擔心追趕不上。正在躊躇，只聽得有人高喊：「相國慢走！」回頭一看，只見夏侯嬰騎著一匹快馬，飛奔而來，滾鞍下馬，連連說道：「相國，大事不好！」蕭何又吃了一驚，忙問何事驚慌？夏侯嬰喘息道：「韓將軍逃走了。」蕭何顧不得和他細說，口裡說道：「我，我我我……知道了！」伸手奪過他手中的馬鞭和韁繩，飛身上馬，一連加了幾鞭，急馳出城去了。夏侯嬰躲閃不及，跌倒在地，爬起來急急地叫人備馬，跟著匆匆趕出城去了。

蕭何飛馬急馳了半天，只是不見韓信的人影。奔到一個岔路口，蕭何不知該往哪裡走。放眼四顧，幸好路邊山坡上有一位樵夫正在那裡砍樵。蕭何馬上拱手施禮，向樵夫問道：「你可曾看見一位將軍，胯下青鬃馬，身背寶劍，喏，喏，喏，由此道而去啊？」樵夫答道：「有的，有的，算來過去已有五十餘里了。」蕭何心裡一沉，抬頭看看，透過樹梢，只見遠處天邊現出一輪月影，已是黃昏；猛然間一陣饑腸轆轆，這才想起一天都不曾進食。此刻蕭何全都顧不得了，把馬韁一拎，又加了幾鞭，沿著樵夫指的方向急急追去。

此時，在褒中向東去的山路上，前後三人三騎疾駛，鐵蹄翻飛，揚起了一股股煙塵。前面逃的是心事重重的韓信，後面緊緊追趕的是滿懷焦慮、不辭辛勞的蕭何，隨後跟著趕來的是惴惴不安的夏侯嬰。但見浩月當空，光照萬里，天際澄明，山川如洗。韓信一路馳騁，不覺錯走了一條岔道，誤入絕路，只得原路折回，又牽著馬走到高處尋覓路徑，耽誤了許多功夫。剛剛走上正路，便聽得身後有人高喊：「將軍慢走！」韓信一聽，識得是蕭何的聲音，心中一熱；卻又似未曾聽見一般，只顧埋頭策馬前行，卻把全部心神關注著身後的動靜。那蕭何朦朧見到前面的人影好像是韓信，一連叫了幾聲，不見對方答應，便又連連加鞭疾馳；突然那馬前蹄踏空，身子向前一躥，蕭何本來就疲憊不堪，一心只盯著前面的韓信，不曾提防，竟從馬上一筋斗摔倒在地，連頭上的帽子都摔落了。韓信大驚，急忙回身，下馬扶起蕭何，連連呼喚：「相國，相國。」蕭何睜開眼睛，看清是韓信，一把抓住，喘息道：「韓……將軍，你……絕人太甚哪！你……怎麼不辭而別了？」韓信苦笑道：「想我韓信，自到褒中以來，蒙相國恩待，連保三本，怎奈漢王不允，有何面目留在褒中。情願去歸故里，耕種為生，相國大恩，容圖後報。」蕭何叫道：「韓將軍，將軍哪！你有管樂之才，伊呂之志，我連保三本，大王說你出身微賤，不肯重用；怒惱將軍，投奔家鄉，我聞聽此言，如雷轟頂，顧不得山高水深，路途遙遠，忍饑挨餓，急急忙忙追趕前來。望將軍暫且息怒，隨我回去，我以全家的性命力保將軍；大王再若不用，我與將軍一同走。」韓信只是低頭不語。蕭何又勸道：「將軍千不念，萬不念，請念你我一見如故的情分，隨我轉回去吧，大丈夫要三思而行啊！」韓信頗為感傷，答道：「相國的恩情，韓信感激不盡，但是我的去志已定，決不回去了。既然功名於我無分，這輩子就老死淮陰吧！」蕭何說了半日，只說得唇焦舌躁，那韓信猶自不應；最後蕭何說道：「即使你不看蕭何的薄面，為了天下的蒼生早享太平，你也聽我一勸，隨我回去罷！我為天下蒼生哀求將軍了。」說著，竟直挺挺地雙膝跪在韓信的面前。韓信大驚，急忙跪下扶起蕭何。心想：難怪張良對他極力稱讚，看來確實不假，真正是位忠心耿耿治國安民的好丞相。口裡卻說道：「若是漢王再不肯用呢？」蕭何別無良策，只得說道：「若再不用，我和將軍一同走。」韓信嘴角含笑道：「我有一物，請相國獻與漢王。」說著，就從懷中掏出了張良的書信。蕭何一看，認出了是張良的筆跡，卻又墜入了五里雲霧。韓信見他疑惑，便道：「相國不必多疑，這角書就是張良先生交與我的，我就是張良先生叫我來的。」蕭何說出疑問道：「既有這封書信，為何不早獻？豈不免了我許多的唇舌。」韓信笑道：「我若以書自薦，豈不被人恥笑我韓信無能！」蕭何一聽，原來如此，便笑道：「英雄本色，令人可敬。」

說話間，夏侯嬰也追來了，聽說韓信願意回去，自是歡喜。那蕭何說還有一件大大的喜事，便把張良書信給他看，告訴他韓信就是張良薦來的。夏侯嬰也是疑問：「既有書信，何不早獻？」蕭何搶先笑著說道：「哎呀，你好糊塗呀！他若以書自薦，豈不是失了大將軍的身份哪！」蕭何轉身從地上拾起帽子，將書信藏在帽內戴好。三人一同上馬，趁了一輪明月，趕回褒中。

那蕭何去追韓信，倉卒之間，來不及告訴劉邦，卻在褒中鬧得沸沸揚揚，有人報告劉邦，說是蕭相國逃走了。劉邦大驚，竟有這等事，命人速去打探明白。正在惶恐不安，又有人來報告，相國又回來啦！劉邦奇怪，忙宣蕭何上殿。一見便責怪道：「嘟！你為何逃走啊？」蕭何十分意外，坦然答道：「豐沛起兵以來，蒙大王待我如同手足一般，又加我首相之職，我為什麼要逃走啊！」劉邦便問，你不逃走，往哪裡去了？蕭何繞了一個小彎子，說是追大將去了。劉邦問是追哪個大將，蕭何才笑呵呵地說是「韓信哪」。劉邦有些生氣：「諸將逃走，你不追趕，為何獨追韓信？」蕭何道：「諸將易得，韓信難尋。」劉邦聽不進去，還嫌他多事：「追他回來作甚？」蕭何理直氣壯地道：「作大將呀。」劉邦明確表示：不用韓信，讓蕭何另薦一人；蕭何一口咬定，就是要薦韓信。君臣二人糾纏不休，纏得劉邦發急，才將心事，一齊倒出：「我想韓信，母死不能葬，乃無能也；寄居亭長，乞食漂母，乃無恥也；受辱胯下，一市皆笑，乃無勇也；仕楚三年，官止執戟，乃無用也！想這樣無能無恥無勇無用之人，我若用之，孤定被楚兵擒獲，連我三十萬士卒性命，也斷送他手！」蕭何據理力爭，先以孔子為例：「孔子被困陳蔡，非無能也；被匡人圍困，非無勇也；到老來奔走四方，非無用也。」然後說到韓信自身：「乞食漂母，受辱胯下，乃是英雄未得其時；在霸王帳下，為執戟郎官，乃英雄未得其主；想他這樣雄才大略，大王捨之不用，叫我還薦哪一個呢！」一個認定「大王不用小韓信，看來無人掌三軍」；一個認定「天下賢士皆可用，韓信不可掌三軍」。二人針鋒相對，各不相讓。

蕭何無可奈何，伸手摘下頭上的帽子，正準備要摜烏紗帽，一眼瞧見了帽子裡的書信，頓時喜笑顏開，心中暗道，險些忘了大事情。回頭笑嘻嘻地對劉邦道：「大王，臣另薦一個來了。」劉邦以為他還是要薦韓信，蕭何卻說是保薦張良。劉邦好笑：「張良先生，乃是孤的心腹之人，何用你來保薦哪？」蕭何道：「不是啊，張良先生臨行之時，對大王言道，要尋訪興漢滅楚大元帥，以角書為憑，喏，喏，喏，這個元帥他來了。」劉邦一聽，大喜過望，忙問現在哪裡？蕭何說就在褏中；劉邦又問叫何名字？蕭何哈哈一笑，「韓信哪！」劉邦猶自不信，背過身去道：「孤不聽你的謊言。」

蕭何送上張良的書信，劉邦從頭細細看了，果然韓信是張良薦來的，這才無話可說。接著便要叫來韓信，拜他為大將。不料蕭何阻止道：「且慢！大王平日傲慢無禮，如今欲拜大將，如呼小兒，他還是要走的啊！」劉邦便向蕭何討主意，蕭何早就成竹在胸，從容說道：「必須要高築將台，大王齋戒沐浴，賜他虎符金印，滿營將官，聽他一人節制，登臺拜將，方是待賢之理。」劉邦滿口答應，一切之事交由蕭何辦理；這時想起了蕭何所費的一番苦心，心生感激：「哎呀，卿家呀，你為我劉邦，受了千辛萬苦，我劉邦若能統一天下，與你富貴相共，永不食言。」蕭何忙跪在地上連連拜謝：「謝大王！謝大王！謝大王！」只到劉邦走遠了，才站起來笑道：「哎呀，不容易得很哪！哈哈哈……」

選了一個黃道吉日，集合了全軍將士，劉邦率領蕭何、韓信等人隆重舉行了登臺拜帥的盛典，將指揮軍事的全權交給了韓信。從此，劉邦在蕭何、張良、韓信等人的輔佐下，勝利地走上了建立漢王朝的道路。

四、

「霸王別姬」

楚漢相爭後期，西楚霸王項羽日漸勢孤力弱。最後，韓信布下十面埋伏，要一舉消滅項羽。

此時在霸王項羽的帳中，虞姬這位曾經跟隨霸王東征西戰的女子，卻是蛾眉低斂，明眸凝愁，心底翻捲著波瀾。

九里山下旌旗飄蕩，各路人馬如潮水般湧來，霸王拼死血戰，好不容易突出重圍，回到大營，便傳令堅守，不要出戰。

霸王項羽回到帳中，虞姬迎上前來，上下打量，見大王雖然疲憊卻絲毫無損，這才放下心來。接進帳中，只叫道一聲「大王！」胸中的千言萬語卻不知從何說起。倒是大王體貼，反而向她慰問，說是連累她受了許多驚慌，言語間便流露出幾分無奈的悲哀。她定了定神，方問起今日出戰的勝負。霸王把如何槍挑數員上將，如何敵眾我寡難以取勝，說了一遍，心中充滿了不祥的預感，卻又不願認輸，最後長嘆一聲：「此乃天亡我楚。唉！非戰之罪也！」

見大王十分沮喪，虞姬便強作笑容，極力寬慰，只說勝負都是兵家常事，不用介意。又滿含情意地說備得有酒，要與大王對飲幾杯，以消煩悶。霸王借酒消愁，飲了幾杯，仍是心神不定，暗暗盤算，如何從十面圍困中找尋一條出路，竟是十分茫然。虞姬打起精神說些堅守陣地、等候救兵的話來讓大王寬心。又飲了兩杯，睡意上來，霸王不覺展臂伸腰，打了一個呵欠。虞姬知道大王是白日裡廝殺倦了，忙勸他去歇息。霸王叮囑了幾句，要她警醒，便去後帳和衣睡了。

虞姬持燈在帳內外巡視了一番，獨坐在燈下，不禁憂從中來，心亂如麻。帳外更夫走過，聽聽梆聲，已是二更時分。再看大王，雖是和衣而臥，卻帶有幾分醉意，此時鼻息如雷，也自睡穩了。她憂思縈懷，無可排遣，便緩緩閒步，踱出帳外。

行至一處僻靜無人的野地裡，停住了輕輕移動的腳步，抬起頭來看看天，正是清秋時節，萬里無雲，一輪明月升起在晴空中，分外皎潔清朗。一陣夜風吹過，更覺得涼夜如水，寒氣襲人。她裹了裹身上的斗篷，輕輕按按鬢角。那風聲中彷彿隱隱約約藏著金戈鐵馬的廝殺之聲，似乎送來了痛苦的呻吟和悲愁的嘆息。她幽幽地嘆了一口氣，心中默念：只因秦王無道，兵戈四起，群雄逐鹿，塗炭生靈；使得那些無辜黎民，遠別爹娘，拋妻棄子，怎的教人不恨！

夜風吹處，只聽得從對面漢軍的營中傳來了陣陣歌聲：

田園將蕪胡不歸，

千里從軍為了誰？

……

那歌聲低沉蒼涼，在這深夜的戰場上，越發顯得悲愴淒切。她聽得十分耳熟，再仔細一聽，原來竟是楚地的鄉音。正在驚疑，身後卻又來了幾名更夫，邊走邊說。原來他們也聽出了四面敵軍的歌聲，都是家鄉楚地的曲調，紛紛猜測，人心竟自浮動起來。有的以為劉邦已占了楚地，敵營中都是楚地徵來的鄉親；有的擔心劉邦得了楚地，斷絕了後援；有的卻是埋怨大王，不聽忠言，中了人家誘兵之計，打算分頭散去，各奔家鄉。

她閃在暗處，聽得明白，見軍心已然渙散，心中暗暗叫苦：大王啊大王！只恐大事去矣！她正在那裡獨自思量，耳邊楚歌又起：

家中撇得雙親在，
朝朝暮暮盼兒回。
……

那歌聲如泣如訴，時斷時續，唱得她心慌意亂，遍體生寒。她倉皇奔進帳中，叫醒了大王，說明原委。大王聽了，大吃一驚，趕到帳外，側耳細聽，只聽得四面都是楚歌：

倘若戰死沙場上，

父母妻兒依靠誰！

原本十分熟悉親切的楚歌，此時如同萬鈞雷霆從四面八方一齊向霸王襲來。一股怒氣上湧，他雙眼圓睜，瞪著半空中，大吼了一聲。心中揮不去躲不開地盤踞著一個可怕的念頭：劉邦已得楚地了！

霸王陷入了絕望。他知道垓下兵少糧盡，萬不能守；如果劉邦得了楚地，他便失去了根基，還能指望誰來救應？他想起了自己一生叱吒風雲，想起了往日的百戰百勝，他不敢相信，竟然一敗至此，不可收拾。這個蓋世的英雄，這個鐵錚錚的漢子，回頭看看十多年來跟隨著自己相親相依的妃子，淒淒惶惶地說道：「看來今日就是你我分別之日了！」

忽然，那烏騅馬厲聲長鳴，一聲聲至為淒絕。霸王聽見了，忙命人牽來。那烏騅見了他，搖首揚鬃，騰踏跳躍，兀自嘶吼不已。他默默凝視了一會，走上前去，憐愛地撫摸著馬兒的鬃毛，拍拍馬背道：「烏騅呀烏騅！想你跟隨孤家，東征西討，百戰百勝。今日被困垓下，就是你……咳！也無用武之地了！」

虞姬見大王十分感傷，一再暗示將馬兒牽走。最後還是霸王背過臉去，擺了擺手，馬兒才被牽去；那馬才行得幾步，霸王卻又回首凝望，目送著它的背影，黯然神傷不已，虞姬一連叫了幾聲也未聽見。

虞姬又說了一些固守高崗、待機突圍之類的話，無非是安慰大王。他聽了，也不說話，只是嘆氣。虞姬便強作笑容，請大王再飲幾杯。趁著他轉身入座的剎那，虞姬急拭去湧出在腮邊的淚滴，轉面又露出一張笑臉來給大王斟酒。

飲了幾杯悶酒，霸王驀地將酒杯一擲，起身離座，幾步跨到帳中心，像舉鼎一樣用力伸出他那雙鐵臂，昂首向天，自喉間衝出一串驚天動地的歌：

力拔山兮氣蓋世，
時不利兮騅不逝；
騅不逝兮可奈何，
虞兮虞兮奈若何！

霸王載歌載舞，動情地唱著，率真地舞著。他唱他的駿馬，唱他的絕代佳人，也唱他自己這位蓋世英雄。他要唱出他的自負，唱出他的不屈，唱得那樣的蒼涼，那樣的無奈；他要揮灑出積澱在心中的鬱悶，傾洩出窮途末路的悲憤，舞得那樣沉雄凝重，那樣大氣磅礴。他是用生命在歌，用生命在舞。歌罷舞罷，執著虞姬的手時，已是淚眼涔涔了。

虞姬忍住了抽泣。此時此際，唯有她才是大王的知音。她由衷地讚嘆，「大王慷慨悲歌，使人泣下」。虞姬也要再為大王歌舞一回。她要盡她的力所能及，最後給她的大王一些慰安。她的聲音顫抖了，淚水也忍不住流了出來。背著大王拭去了淚，她努力再給大王一個笑容。大王凝視著她。虞姬強自鎮定，躲開了他的目光。

虞姬徐徐抽出劍來，緩緩走到帳中心，穩穩站定。不慌不忙地拉開架式，放開歌喉，迸發出一曲清越的歌。歌聲中，寄託著她的慨嘆：她慨嘆秦王無道山河殘破，她慨嘆干戈四起百姓流離，她慨嘆千古興亡變幻無常……。歌聲稍歇，她專心致志地舞起劍來。但見雙劍揮舞，寒光四射，如兩條銀鍊，隨著她那矯健婀娜的身姿，忽開忽合，忽進忽退，舒疾有致，進退中節，時而如春雲舒捲，時而如夏夜輕風。她舞得從容鎮定，沒有一絲兒慌亂；她舞得嫻熟嚴謹，完美得無懈可擊。她如同一隻將要涅磐的鳳凰，將她的全部生命、全部感情，投入了這最後一舞。

她博得了大王的一笑。但是卻笑得那樣苦澀。

最後的時刻到了，噩耗一個個接連傳來：敵軍人馬分四面來攻！八千子弟兵俱已散盡！慌亂中，大王抓著她的手，要虞姬隨他殺出重圍。虞姬斷然掙脫了，同時也從強顏歡笑中解脫出來，表達了她的真實意願。虞姬對他唯一的囑咐是：退到江東，再圖後舉。這也是她對大王進最後一次忠言。至於她自己，早已下了決心，決不牽累大王，願借大王的寶劍，自刎在他的面前，免得他掛念。虞姬哀哀吟道：

漢軍已略地，
四面楚歌聲。
君王意氣盡，
賤妾何聊生！

儘管明明知道此番出戰是九死一生、危在旦夕，也明知此時此際斷無可能攜了一個嬌弱的女子去突圍，霸王仍然不忍心撇下她，更不忍心眼睜睜地看著她在三尺之內血濺黃沙。霸王束手無策，急怒攻心，驀地將山窮水盡的絕望、悔恨和激憤化作了一聲怒吼。

四周的殺聲越來越大、越來越近。虞姬一步步地向大王走去，索要他腰中的劍；霸王按著劍一步步的退讓，連連說道不可，不可！忽然，虞姬凝視著帳外，叫道：「漢軍殺來了！」霸王急向帳外望去，就在這一瞬間，虞姬抽出了大王的劍，剛烈地在頸間一抹，告別了她的大王，告別了人世，用生命實踐了她的諾言。

五、

「楊門女將」

在西北邊關通往京城的大路上，有兩位將軍飛馬急馳。一位紅臉的是孟良之子孟懷源，一位黑臉的是焦贊之子焦廷貴，兩人帶著重要軍情，心急如焚，披星戴月，向著開封天波楊府奔去。

壽堂驚變

這一天，天波府中張燈結綵，喜氣洋洋，廳堂中高懸著紅底金字的壽幛，原來正是楊宗保的五十壽誕之期。上上下下，忙作一團，楊宗保的妻子少夫人穆桂英，滿面春風，正在廳中照料。此時她面對壽堂紅燭，不禁神馳邊關。自從在穆柯寨喜結良緣，她與宗保二人情深義厚，轉眼就是數十年；今日是他壽辰，只是軍務在身，不能回家團聚了。正在出神之際，一旁丫環的呼喚也未聽到，待得發覺時，忙又指揮她們佈置酒宴。想著當年金戈鐵馬，叱吒風雲，如今竟管起了這等杯盤碗盞的勾當，穆桂英不覺又有些好笑。

過了一會，柴郡主也到廳上來了。今天是兒子的壽辰，她也是人逢喜事精神爽，不過她想得更多的是如何讓百歲高齡的婆婆佘太君高興。桂英拜見後，郡主略問了兩句，正要與她一一親自察看，外面又走來了鬚髮皆白的老管家楊洪。這楊洪是當年老令公用過的人，在楊府也有八十年了，郡主和桂英見了他，一齊尊了一聲：「老管家！」那楊洪道：

「有稀客來了。焦廷貴、孟懷源兩個娃娃，打從邊關回來了。」焦孟二將與楊家是世代的生死之交，柴郡主把他們看作自己的兒子一般，便說：「哎呀，這還通報什麼！」桂英也忙說「有請」。楊洪請了一聲，又忙到後面報與太君知道。

那焦孟二將匆匆進來，婆媳二人見了，心中一驚，情知有異。郡主急問道：「啊？你二人從邊關到此，為何身穿素服，面帶悲戚？」焦孟二人張口結舌，一時不知如何回話；桂英預感不祥，急問：「莫非宗保他……」郡主和桂英連連催問，焦孟二將只得把西夏王文如何興兵犯境，宗保大哥如何不幸中了埋伏，如何身中暗箭等情節，大略說了一遍。說到宗保傷重身亡時，婆媳二人悲憤交加，如同萬丈高山上一時失足掉進了汪洋大海，再也不能支撐，齊聲痛哭。桂英想到丈夫壯志未酬便血染疆場，越發地悲痛；郡主想起楊家世代英烈，到了宗保這代是一線單傳，竟又為國捐軀，更加悲從中來。那桂英滿腔悲恨，霍地站起來，就要稟告太君，恨不得馬上就點將發兵。

正說間，那楊洪尚不知就裡，走了進來，傳太君的話，說是請焦孟二將一同入席吃酒。柴郡主強忍悲痛，說聲「知道了！」揮手讓楊洪下去。然後提醒桂英不可莽撞，擔心老太君驟然間經受不住這意外的變故，打算暫且將這噩耗隱瞞下來，日後再慢慢設法。回頭便命焦孟二將下去更衣，知道他二人都是直爽粗豪的漢子，又一再叮囑他們，見了太君，酒要少飲，話要少回。焦孟二人口稱遵命，心中卻十分為難，少時要他們裝作沒事人一樣吃酒，這酒如何吃得下？桂英在旁忍不住，竟自哭出聲來。郡主急忙搖手，回頭四顧，唯恐被人聽見。婆媳二人含著一腔熱淚，默默對視，桂英心酸難忍，禁不住要哭；郡主淚流滿面，只是搖手示意；見那桂英強抑悲慟，氣梗胸膛，面目脹紅，十分可憐，郡主反倒撐不住，先自抽抽搭搭哭出聲來，帶著桂英也哽哽咽咽小聲哭了起來。剛哭得兩三聲，忽聽得外面傳喚「太君到！」郡主緊張地拭去淚痕，又憐惜地示意桂英不可露出破綻，二人強作歡笑，一齊來迎太君。

佘太君在一群兒媳和八姐九妹的簇擁下，來到大廳。只見這位飽經滄桑的百歲老人，鶴髮童顏，耳聰目明，四體強健，精神矍鑠。在廳上隨意坐下，從容掃視一番，喜的是四世同堂，花團錦簇，又逢孫兒壽辰，更加滿心歡暢；微覺遺憾的是宗保遠在邊關，不能回家歡聚。此念在心中一閃，面上仍是不動聲色。聽得柴郡主請她老人家入席，她又將目光在人叢中尋覓，發問道：「唔，為何不見七娘與文廣？」柴郡主回答婆婆，想是又在後花園中練武。踩著話音，只見楊文廣一陣風地刮進廳來，後面緊跟著的正是七娘。二人見過太君，太君輕輕撫去文廣臉上的汗珠，說道：「看你只顧習武，連你父帥的生辰都不顧了。」那文廣道：「太祖母，您不知道，今天七祖母教我一手絕活——梅花槍。練好梅花槍，殺敵保邊疆，日後等我父帥告老還鄉，我還要憑本領爭個小元帥當當哪！」太君聽了，越發高興，連連誇他志氣不小。七娘得意地對太君道：「太君，我這個徒兒就是有志氣嘛！」眾人一齊笑了起來，只有郡主和桂英笑不出，忙請眾人入席。

太君坐定，眾夫人和八姐九妹一一依次入座。桂英強忍悲痛，向祖母和眾位婆婆拜了，挨著九妹坐下。文廣拜後，自去站在太君身後。這時一群侍兒，手捧托盤，獻上壽字紅絨花。太君領頭，眾人笑嘻嘻地紛紛拈起戴在鬢邊。唯有桂英猛地見了紅花，心頭一陣刺痛，那手重若千斤，抬不起來。柴郡主一直在關注著兒媳，見狀忙暗中示意，桂英只得忍痛戴了。

在一片歡聲笑語中，焦廷貴和孟懷源換下素服，含淚進入廳上，叩見太君後，又一一見過各位伯母、嬸嬸。眾人見了焦孟二人，不免有些疑惑。等他二人坐下，太君緩緩問道：「你二人不在三關，回來作甚？」二人略一遲疑，柴郡主忙答道：「他二人仍是為了宗保壽辰而來。」焦孟二人也連聲說是宗保大哥軍務繁忙，特命他們回府致意。太君不語。文廣還是孩子習性，口無遮攔，笑問二位叔父：「你們給我父帥帶來了壽禮嗎？」問得二人一楞，又是郡主接過話來，說是壽禮已在前廳擺好，隨即便轉過話頭，要文廣與太祖母敬酒。文廣連連稱是，滿滿斟了一杯酒，高高舉起，朗聲道：「祝太祖母再活一百歲，長生不老！」眾人也都一齊舉起杯來同祝。太君且不舉杯，款款向文廣道：「你焦孟二位叔父與你父患難世交，共守邊關，理當先敬他們一杯。」文廣遵命，便將酒捧到焦孟二人面前，請二位叔父飲酒。要在平日，莫說是一杯，便是三杯他們也都早乾了；焦廷貴心中難過，又記著柴郡主的囑咐，舉起杯來，心中猶豫，只是拿眼看孟懷源。柴郡主忙對二人道：「賢侄風塵勞碌，就只此一杯吧！」聽得郡主如此說，焦孟二人應了一聲，咬咬牙，一口乾了。正要坐下，席前卻殺出了七娘。她是個豪爽人，又愛熱鬧，今天心裡高興，哪肯放過這兩個難得回來的侄兒，口裡說道：「什麼？只此一杯？那可不行！」提了酒壺，走下位來，給他們一人滿滿斟了一杯，下令道：「喝！」焦孟二人心中為難，齊把眼看柴郡主。郡主不好說什麼，只是輕輕擺手。焦孟便道：「侄兒實實不能飲了。」七娘好生奇怪，她深知二人的酒量，又知二人吃酒素來豪爽，為何今日如此？順了二人的眼神看去，一眼看見她六嫂在暗暗擺手，也未細想，便隨口嚷嚷：「咦！敢情毛病在這兒哪！——呔！焦孟二將，平日到此，喝與不喝，七娘不管；今天是宗保的壽辰，喝也得喝，不喝也得喝。喝醉了，睡大覺，有人怪罪，七娘擔待！」郡主見七娘如此說，惟恐鬧得僵了，忙站起身來，順著她的話說道：「既然如此，讓為嫂敬他們一杯吧。」太君也說是理該讓你六嫂先敬。七娘倒也痛快，說道：「好，只要他們喝就成！」柴郡主擎杯在手，說道：「二位賢侄，今日是你宗保兄長五十生辰，難得太君如此心喜，眾家伯母如此高興，你們就再……」說到此處，郡主已是說不下去了，幸好眾人轟然回應，七嘴八舌，都叫他們再飲一杯。孟懷源見了這般陣勢，低喝一聲：「喝！」先自乾了；焦廷貴楞了片刻，把足一頓，也是一口乾了。七娘贊了一聲好小子，還要他們再喝，眾位夫人也都要向他們敬酒。

郡主正在為難之際，幸得桂英出來解圍，叫喚文廣，快與眾家祖母敬酒。桂英這一喚，眾人的注意力一齊轉到她的身上，七娘叫道：「哎呀！你們看，怎麼把壽星婆忘啦！——徒兒聽令！壽酒一杯，敬賀你母！」文廣應了，眾人也都齊聲附和。文廣取酒在手，高高興興叫道：「母親！今日是父帥壽誕之日，孩兒敬酒一杯，請母親賜飲！」桂英舉起杯來，心中激蕩，略一停頓，也不說什麼，勉強飲下，極力掩飾著，叫文廣去給祖母們敬酒。誰知七娘叫住文廣，好意提醒他道：「你還沒給你父帥敬酒哪！」桂英和郡主聽了，心頭一震，只得強自支撐。文廣覺得有理，便問七娘：「父帥不在，如何敬呢？」七娘指點他，請你母親代飲。眾人也都說理應如此。文廣依言，舉起酒來，對母親道：「母親，這杯壽酒，孩兒敬拜父帥，就請母親代飲。兒願父帥福體康寧，永鎮邊疆！」說罷，跪在桂英面前，高高舉起酒杯。這一句句話，桂英聽來，如同一刀刀扎在心窩，看著面前的酒杯，悲從中來，伸手欲接，那手指卻不聽使喚，兀自顫抖不已。眾人見桂英神色有異，頓時靜了下來。柴郡主心中又痛又急，極力示意；桂英咬牙含淚，將這苦酒一口吞下，再也支撐不住，搖搖晃晃，幾乎暈倒。眾人大驚，紛紛起身，齊叫「桂英！」桂英猶自掙扎著，說道不妨事。郡主忙說桂英連日勞累，空腹飲酒，怕是醉了，命文廣快快扶她回去休息。七娘幫著文廣把桂英扶下去了。

佘太君看在眼裡，十分生疑。拿眼去看柴郡主，郡主避開眼光，只顧把頭低了；再看焦孟二人，兩人你看著我，我看著你，甚是不安。太君適才在席前靜觀默察，便覺得郡主言語支吾，焦孟神態失常；按照桂英平日的酒量，再飲個十杯八杯也無妨，何至於就醉倒？其中必有緣故。焦孟二人此時回來，莫非是三關上起了什麼風波？心中不安，便要細細問個明白。首先叫聲：「郡主，桂英兒可真的醉了？」郡主只得說怕是真的。太君又問：「她莫非有什麼心事在懷？」郡主連說不會不會。太君陡然一轉，直逼郡主：「那麼你呢？」郡主稍一遲疑：「我麼……」太君不容她轉念，把話挑明道：「是呀，適才飲酒之時，你言語支吾，神情不定……」郡主急急辯解道：「這……啊，太君，只因兩個侄兒，一路辛苦，媳婦怕他們吃酒過多，醉後生事啊！」太君步步進逼道：「是啊。我正要問你：懷源、廷貴這兩個娃娃，平日最喜飲酒，今日又是宗保五十壽辰，為何這樣推三阻四，你又從中阻攔，分明有難言之隱，莫非三關之上……」郡主正要插話辯解，那廷貴卻沉不住氣了，急急分辯道：「太君，三關之上無有什麼！」懷源覺得不妙，忙示意他不可多口。太君更加生疑。郡主忙道廷貴醉了，讓懷源攙他下去歇息。二人起身要走，卻被太君喊住，逼問他們不在邊關，到底回來作甚？郡主還要插嘴，說是實為宗保壽辰，話未講完，便被太君擋住：「為娘未曾問你。」叫著廷貴，要他近前講話。原來廷貴比那懷源，為人還要憨直，是個從不會編謊話的，見點名要他回話，不免心慌，口中支吾，腳下卻不動。太君正色道：「還不快來！」廷貴只得近前。太君道：「我來問你，你二人不在邊關，到底回來作甚？」這話已問過兩遍了，廷貴倒也還答得上，便學著說道：「我等實為宗保壽辰而來。」太君道：「我再問你，宗保他在邊關可好？」這問的正中要害，問得廷貴張口結舌。郡主適才已被太君封住了口，不好再說話；懷源急答道：「元帥安泰，太君放心。」太君又擋住懷源：「休得多言，廷貴！你講！宗保他……他在邊關可好？」廷貴學著將話又重說了一遍。太君問道：「你二人此番進京，可是宗保親自差遣？」廷貴定了定神，答道：「正是元帥親自差遣。」太君問：「可有家書前來？」廷貴略一遲疑，見懷源在太君身後搖手，便道並無家書。太君接著便問：「既無家書，他臨行之時，又是怎樣囑咐於你？」廷貴一時哪裡編得出來，太君不容他支吾，威嚴地喝道：「講！」廷貴心慌，脫口而出道：「他臨終之時——」懷源急忙糾正道：「他臨行之時——」太君已經聽出話音不對，急斥懷源：「多口！廷貴，你講！」廷貴越是支吾，太君逼得越緊：「他怎麼樣？講、講、講！」廷貴無法招架，只得說了實話：「他……為國捐軀了！」說罷，同懷源雙雙流著眼淚跪倒在地。太君只覺得當頭一聲霹靂，頭暈目眩，手中酒杯猝然落在地上，跌得粉碎，身軀一晃，倒坐在椅上。眾人大驚，全都離座而起，柴郡主也哭跪在地。半晌，佘太君伸手從頭上將紅絨花摘下，眾人隨即也都摘了，一家人無不傷心落淚。柴郡主猶自跪在膝前哀哀哭喚道：「婆母，恕媳婦隱瞞之罪！」太君緩緩起身，徐徐揮手，命他們都站起來，又讓郡主快些回房去。想了一下，又囑咐道，文廣年幼，你不要與他多講。郡主含淚點頭，放心不下，又道了一聲：「請婆母保重！」太君無語，只是揮手。郡主把哭聲堵在嗓子裡，掩面匆匆下去了。

眾人落淚，心中想要安慰太君，一時不知說什麼才好。太君終於開口，沉毅地叫八姐取大杯過來。八姐持杯在手，不敢斟酒，低聲說道：「母親保重。」太君斷然下令：「斟上！」擎了那杯滿滿的酒，一步一步，走到廳前站定，眾人也一齊跟隨在身後。只見太君舉杯，仰望長空，朗聲說道：

「宗保，孫兒！今逢你五十壽辰，為國盡忠，竟然不、不、不在。你不愧是楊門兒孫，你對得起列祖、列宗、爾父、爾母，你是祖母的好孫孫，你……要痛飲一杯！」說罷，緩緩將酒酹在地上。

太君轉過身來，便叫焦孟二將速將邊關之事奏報朝廷，朝廷如何處置，速來回報。話音未落，文廣和七娘衝了進來，文廣跪在地上，哭喚著要與父帥報仇；眾人也都紛紛請求太君速點兵將，去邊關殺敵。太君命眾人先設靈堂，祭奠宗保；一手拉起文廣道：「太祖母自有道理！」

朝堂相爭

朝中的大臣寇準和王輝，聽說楊元帥為國捐軀、邊關危急，不敢怠慢，匆匆上殿，報與宋仁宗知道。仁宗一聽，作聲不得，心中只怕敵兵長驅直入，汴京難保。過了一會，就叫他們兩人快拿個主意。王輝看看皇帝的臉色，便說道：「我朝連年征戰，兵微將寡，府庫空虛；縱然再戰，未必取勝；倘若賊兵攻破邊關，直下西京，則汴梁危矣！依臣之見，不如暫時求和，以保萬全。」這話正合了仁宗的心意，只是還不曾出口，便聽得寇準極力反對，駁斥王輝：「苟且偷安，乃誤國之道，萬萬使不得！」主張速發大兵，給邊關解圍。王輝忙對皇帝道：「楊元帥殉國，軍心難免渙散；如今賊兵銳氣方張，難與為敵，倘若一敗再敗，大局不可收拾矣！」說到這裡，回過頭來譏刺寇準道：「寇天官，謀國之道，持重為是啊！」寇準反駁道：「王大人，你平日自命持重倒也罷了，如今邊關告急，不思破敵之策，反而倡議求和，還說什麼持重二字；依我看來，這分明是飲鴆止渴！」王輝立即反唇相譏：「我看你呀，也無非是紙上談兵！」一個說「你只知自保」，一個說「你不顧大局」，竟自爭吵起來。仁宗無奈，叫他們不必爭論，命寇準去傳旨，看可有人掛帥出征，再作計較。

寇準對著兩廊文武，將仁宗的旨意轉述了一遍，叫道：「有願掛帥出征解救邊關者，請來接旨！得勝還朝，定有封贈！」不想一連說了三遍，並無一人應聲，倒叫王輝在一旁看笑話。寇準心中憤慨，深恨這些大臣一個個只知貪圖爵祿，不肯為國分憂，自己如何去覆旨？哪裡去找人來掛帥？正在為難之際，王輝卻在一旁說風涼話：「我道你是紙上談兵，你看如何？」寇準正要回話，猛地倒有了一個主意，便對仁宗如實說道，滿朝文武無人應聲。仁宗聽了，嘆了一口氣：「事到如今，也只好是求和的了！」寇準道：「臣保一家可以出征破敵。」仁宗忙問是哪家？寇準道：「就是那楊門女將！」王輝一聽，心中好笑，脫口而出道：「如今楊家一門孤寡，老的老，少的少，怎能當此重任？」仁宗也說楊家難以擔當。寇準力保楊家，說佘太君老謀深算，王輝卻說她比我還大三十歲；寇準說穆桂英不讓當年，王輝便說眼前再有天門陣，只怕她也無能為力了。二人正在爭執，仁宗發話道，楊家不比當年，還是求和為是。寇準見仁宗雖已發話，到底還是怕楊家難當此任，略一思忖，便暫退一步，委婉說道：「求和也罷，出征也罷；只是楊家世代忠良，八房只存宗保，如今為國捐軀，萬歲縱然要和，也該到楊府祭上一祭，與太君講上一講。一來是聖上撫恤忠良，二來也要太君體諒朝廷求和之苦，也免得作忠良的寒心哪。」這番話說得有情有理，仁宗心裡本不願去，口裡卻不好推託；王輝以為可以說動太君，倒是十分贊同；寇準只要他們肯去，心中自有打算。於是君臣三人一同出宮去天波府。

靈堂請纓

天波府的靈堂上，一家人正在祭奠宗保。聽說聖駕到了，太君帶了柴郡主和桂英母子隨她接駕。仁宗來到靈堂，命寇準和王輝代他上香，桂英、文廣還禮拜謝。祭奠已畢，郡主、桂英等退入靈幃，太君一人陪著仁宗說話。

仁宗道：「咳，可恨西夏興兵犯境，宗保元帥捐軀沙場；朝廷失此棟樑，孤心實為痛悼。」太君道：「為國盡忠，雖死猶榮。只是邊關危在旦夕，不知朝廷何日出兵，以救燃眉？」仁宗見太君開口就說邊關的安危，一心只為國家著想，那求和的話，一時倒不好出口，便順了太君的話頭，吞吞吐吐的說道：「這……是啊，燃眉之急，勢不可緩，孤有意……」太君聽到這裡，按了自己的想法，性急地追問：「但不知聖上已命哪家領兵，何人掛帥？」仁宗見太君如此，越發感到為難，便繞著彎子說道：「這……是啊，孤雖有意出兵，怎奈朝中無將，故而麼……」底下有意求和的話便有些礙口了。誰知太君會錯了意思，以為皇帝是要楊家出征卻又不好出口，便爽快道：「朝廷有何為難之事，只要萬歲作主，老身無不遵從。」哪知仁宗也錯會了太君的意思，以為她是同意求和，便放心地說道：「孤心安矣」；那王輝也和仁宗一樣，跟著只誇太君「顧全大局」。

寇準坐在一邊冷眼旁觀，心中明白，知他三人都是一廂情願地鬧了個誤會，便把事情點明，有意挑動太君道：「哦，如此說來，老太君，你也是願意與西夏求和？」太君聽了，大吃一驚，急忙追問，寇準便將皇帝的來意合盤托出：「萬歲此來，一非調兵選將，二非商議出征，皆因宗保殉國，朝野震動；如今賊勢浩大，縱然出兵，也是必敗無疑，因此聖上聽從一家大臣的高見，有意暫讓一步，前去求和……」寇準見太君臉色大變，已是聽不下去了，便又激她道：「老太君深明大體，此事你是定無異議的了。」太君氣極，劈頭便問寇準可是你的主意？寇準急忙否認，指著王輝說：「這是王大人的高見！」又皮裡陽秋地說道：「你呀，總是要以大局為重啊！」暗暗示意太君要據理力爭。王輝見勢不妙，正要埋怨寇準煽風點火，果然太君氣得渾身顫抖，指著他毫不留情地痛斥：「王大人，你這是要斷送大宋的江山！」王輝不敢開口。太君又對仁宗道：「請聖上一定不可聽這種淺短之見，苟且偷安。只要選好了良將，便不難破敵。」

仁宗見太君發怒，臉上頗為難堪，勉強辯解說，本來也不想求和，無奈是選不出良將掛帥，才如此變通一下。這時王輝也在一旁搖頭晃腦地連說：「難，難，難！」太君冷笑一聲，指著王輝道：「我看不是沒有良將，也不是元帥難選，都是你們還沒有出兵，先就嚇破了膽，一葉障目，不見泰山。」回頭豪氣干雲地對仁宗道：「只要萬歲作主，掛帥的事我一力承擔！」寇準一聽，喜得撫掌道：「嘿嘿，有了帥了！」王輝卻覺得好笑：「哎呀呀，從古至今，哪有百歲高年出征掛帥之理，老太君不要意氣用事了！」寇準立即反駁道：「有道是：虎老雄心在，太君老當益壯，可以掛得帥印。」王輝說掛不得，寇準說掛得，各不相讓，又爭執起來。寇準一連聲地說道：「掛得！掛得！掛得！掛得！」又朝仁宗問道：「啊，萬歲，太君掛得掛不得？」仁宗本來要說掛不得，看了太君怒氣沖沖、威風凜凜地坐在那裡，舌頭不覺就拐了一個彎，說出來的卻是：「嗯，掛得，掛得。」

王輝嘆了一口氣：「唉，縱然掛得帥印，缺少能征慣戰的先行，難道叫她老人家親自衝鋒陷陣不成？」宋仁宗剛才話一出口，便有悔意，王輝這話正合他的意思，連忙點頭稱是。太君哼哼冷笑了兩聲，故意賣了個關子，從容說道：「我楊家的先行官只怕是天下少有！」王輝一聽，便連連追問：「現在哪裡？在哪裡呀？」話音未落，靈幃掀處，穆桂英挺身而出，大步直逼王輝，怒目而視；王輝倒抽了一口冷氣，不覺便連連後退了幾步。桂英轉過面來朝上朗朗道：「穆桂英上陣殺敵不減當年！」王輝猶自不以為然，桂英不等他開口便冷笑道：「王大人！你聽說西夏便嚇破了膽，一心只想遞降表；在我看來，那王文也不過是個等閑之輩。若是太君掛了帥，桂英願作先行官，你們就等著聽捷報吧！」

桂英話音未落，寇準便贊道：「好哇，威風不減當年！」王輝卻在旁嘆了一口氣，冷冷說道：「一個光桿兒牡丹有什麼用？」寇準聽得靈幃後面悉悉作聲，故意逗王輝道：「你不知道楊門女將個個都是能征慣戰的嗎？」王輝道：「只怕是隔年的皇曆不能翻囉！」寇準故意裝糊塗，問這話怎麼講？王輝道：「你說楊門女將能征慣戰，話麼，倒也不錯，可惜那是三十年前的事了，如今哪，只怕與我一樣，也都老邁無用了！」寇準故意說沒聽清他說的什麼，叫他高聲些，王輝扯著嗓子喊道：「我說她們都老邁無用了……」話音未落，只聽得靈幃後有人高聲答道：「休長西夏志氣，滅我楊家威風！楊門女將來也！」靈幃掀起，一陣風似地刮出一群女將，領頭的正是楊七娘，後面跟著各位夫人和八姐九妹，一個個精神抖擻，英氣勃勃。王輝見了，不覺有些心慌；寇準卻在一旁暗笑。七娘等人見了仁宗，施禮已畢，一齊向王輝發難，七嘴八舌說道，你可曉得我們楊門女將的威名？當年我們和七郎八虎一起，衝鋒陷陣，身經百戰，你敢小看我們嗎？

王輝連連打躬作揖，口裡說著：「不敢，不敢！」卻又冒出一句道：「只是一門女將，十二釵裙，兩軍陣前，豈不被西夏恥笑啊！」靈幃後又聽得一個童音高叫道：「呔，休道楊門無男兒，俺來也！」只見楊文廣邊喊邊衝了上來，柴郡主跟在後面，拉也拉不住。文廣也不向仁宗施禮，逕直衝到王輝面前，拍著胸脯道：「我楊文廣不是男兒嗎？」柴郡主忙攔著文廣道：「聖駕在此，不可放肆！」殊知文廣只是一個毛頭小兒，比不得他的母親和各位祖輩都是元勳宿將，皇帝也要敬重三分，寇準看看仁宗的臉色，唯恐他們拿文廣來作文章，壞了大事，便搶在前面說道：「文廣壯志可嘉，聖上不怪，不怪！」仁宗此時憂喜參半，只好隨著說道：「哦，哦，孤王不怪！」寇準見勢，便鼓勵文廣道：「有話你就講！」文廣毫無懼色，大聲說道：「萬歲，俺楊家要帥有帥，要將有將。一門忠勇，蓋世無雙，刀斧不懼，就是不能求和！請賜聖旨一道，容俺殺敵報國。」眾人也都一齊請求道：「我們要去解救邊關！」

見了這個陣勢，仁宗還有些猶豫；王輝急了，脫口說道：「軍國大事，非同兒戲，掛帥出征，不是空談，與楊元帥報仇事小，這朝廷的安危事大呀！」眾人聽了，不覺一楞。仁宗一聽，便知道他這話的分量過了，只怕要壞事，但他話已出口，收不回來了。果然太君一陣冷笑，剛說了一句：「王大人你好小量我楊家也！」七娘快人快語，早指點著王輝質問道：「照你這麼說，難道我們是為了報私仇？」太君此時一腔怒火，滿懷悲憤，止住七娘，慷慨陳詞：「王大人，請你說話慎重，不要胡亂猜疑，玷污我們忠良之心。自從我楊家歸順大宋以來，稱得起是滿門忠烈，赤膽忠心，為國效命。金沙灘拼死戰，眾兒郎疆場飲恨；兩狼山被圍困，老令公壯烈殉國。哪一陣不傷我楊家將？哪一陣不死我父子兵？可嘆我三代人傷亡殆盡，如今宗保又為國捐軀，我楊家要報仇報得盡嗎？哪一戰不是為了大宋江山，不是為了天下黎民！」

此時群情激憤，驚天動地齊喊：「出征！出征！」仁宗看到楊家一門，如此忠勇可敬，不免有些慚愧，心中便打定了主意。正要發話，那王輝仍然從中阻撓，說什麼：「事關重大，萬歲還要謹慎才是啊！」回頭又對太君道：「老太君此番出兵，若不敗於西夏，下官情願摘下這頂烏紗，從今以後，子孫三世，永不入朝為官。」七娘一聽，氣往上撞，要揪住王輝理論，寇準也要和他打賭，都被仁宗攔住了。太君凜然對仁宗道：「我楊家只知忠心報國，哪有烏紗可摘！但求萬歲信及老臣，臣當拼死殺敵，守衛邊疆，決不讓寸土有失，就請萬歲當機立斷！」王輝還要開口，仁宗厭煩地把手一揮，斥責道：「你險些誤了大事！」回頭正式宣佈道：「老太君甘冒風霜，遠征西夏，忠心可欽，命你掛帥，率領女將出征，願你馬到成功，早日凱旋！」寇準此時一顆心才算是落了地，高興地自告奮勇，也要押解糧草，軍前聽用。又故意取笑王輝：「想必你我一同前往，料無推辭了！」王輝還要囉嗦，仁宗轉面對太君道：「孤等著你的捷報；凱旋之日，到長亭去接你！」說罷，起身回宮去了。

太君送走了皇帝，回頭叮囑眾人，此次出征，非同小可。命眾兒媳與八姐、九妹、桂英等各自準備，明日發兵。文廣一聽，沒有提到他，心中發急，開口叫道：「太祖母，還有我呢！」不等太君開口，郡主急忙道：「戰場交鋒非比尋常，文廣年幼，留在家中為是！」七娘卻對太君道：「文廣雖然年幼，若論本領，不讓桂英，就叫他去吧！」文廣只是吵著要去，郡主與七娘各執己見，還要爭辯，太君略一思忖，便發話道：「明日校場之上，文廣與你母親比武較量；我自有安排。」

那七娘愛徒心切，故意說文廣的本領不讓桂英。如今真要文廣與他母親比武，文廣倒楞住了。七娘見狀，也不知在他耳邊說了些什麼，拉著他一起走了。

校場比武

第二天清早，校場上旌旗飄飄，鼓聲咚咚，人歡馬躍。楊門女將一個個披掛整齊，躍躍欲試。頃刻，柴郡主和大夫人、二夫人、焦孟二將簇擁著佘太君登上了將台。太君在帥位上坐定，從容四顧，只見軍容威武，號令森嚴，人心振奮，氣勢高昂，心中暗自欣慰。隨即喊來七娘，傳令命桂英、文廣母子二人比武。一聲令下，桂英與文廣各自躍馬來到台前。桂英打量兒子，見他一身戎裝，英氣勃勃，顯得成熟了幾分，更添了幾分楊家的英雄氣；文廣打量母親，只覺得她威風凜凜，全然不似平日家居的模樣，想起從小就聽熟了的大破天門陣的故事，不覺得又增加了幾分敬畏。

兩人一起拜見太君。太君見了，暗自稱許，發下話來：比武三合，擂鼓助陣；各施本領，休得相讓。那七娘一心要助文廣徒兒成功，早就站到了擂鼓台前，聽得太君令下，便親自擂起鼓來。二人策馬馳到場心，桂英持槍亮開一個架式，只等文廣來攻；文廣將馬勒住，並不向前。桂英正要催促，只聽得兒子輕輕說道：「母親，兒若不勝，留孩兒一人在家，豈不想煞娘親！」桂英臉上不露聲色，口裡說道：「兒儘管施展本領，休得多言，看槍！」話到槍到，一槍向文廣刺來；七娘也在一旁高聲喊叫：「文廣！打呀！」文廣不敢怠慢，急忙挺槍架住，二人一來一往，戰作一團。那文廣猶如初生的牛犢，越戰越勇，直戰得難解難分，把校場上的人都看得呆了。將臺上，焦孟二將喜不自勝，手舞足蹈；七娘欣喜異常，一心只望文廣得勝，明知時辰已到，猶自擂鼓不休；唯有柴郡主盼著桂英取勝，心中不免焦急，便連呼七妹，要她停下鼓來。七娘只得停了。

佘太君見文廣如此驍勇，也是喜之不盡，便命七娘擂鼓，讓他二人再比輸贏。七娘口中傳令，手拿鼓槌，命他二人上馬；話音未落，突然丟下了鼓槌，跑到文廣身邊，口講指劃，臨陣指點；看看桂英已經近前，才匆匆跑回鼓旁。桂英剛才認真和兒子對了一陣，見兒子武藝果然大有長進，楊家後繼有人，足以告慰宗保，心中振奮，打定主意要再試他一試。只見她抖擻精神，大顯身手，戰得興起，一槍緊似一槍，猶如刮起了一陣旋風，連連直撲文廣；文廣畢竟年幼，初經征戰，漸漸便守多攻少，落在了下風。將臺上柴郡主眼看桂英就要得勝，不覺放寬了心；那七娘和焦孟二將卻是焦急異常，唯恐文廣招架不住；時辰未到，七娘提前便把鼓聲歇了。柴郡主轉身對太君道：「看來文廣是要敗在桂英手下了！」七娘不服，脫口便道：「只怕未必？」太君心中有數，並不答話，只是下令，命七娘擂鼓，催他二人最後一戰，以決勝負。

鼓聲起處，二人再度交鋒。此番桂英出戰，從容不迫，不疾不徐，手中一桿槍直使得出神入化，不露一絲兒破綻，處處占著了先機。文廣奈何不得，心中著急，趁著母親一槍刺來，舉槍架住道：「母親，您要是不敗，兒就不能去殺敵報仇了。您抬抬手，我不就過去了嗎！」桂英經過三次交鋒，對文廣的武藝了然於胸，覺得足以克敵致勝了，眼前缺的正是臨陣歷練；兒子這一求，促她拿定了主意，手中的槍便放鬆了。文廣見母親並不答話，口裡還在央求，不覺聲音漸漸高了：「您讓我這一回吧！您讓我……」桂英急忙制止，柴郡主已是聽見，高聲叫道：「桂英！不得相讓！」桂英大聲應道：「媳婦不敢！」手中一槍刺去，兩馬相交，低聲對文廣道：「我讓兒三分！」文廣大喜，頓時有了主意，大叫道：「母親，提防梅花槍！」話音未落，槍已刺到。桂英本來有意相讓，門戶先自開了；文廣這一槍端的來勢又急又猛，桂英似乎躲避不及，將身一躍，跳下馬來，輕輕落在地上，哈哈一笑。

七娘喜出望外，把鼓槌一扔，對柴郡主道：「六嫂，你看我這個徒弟怎麼樣？」郡主好不疑惑：「這……桂英為何竟然敗了？」文廣得意地對祖母道：「孫兒的梅花槍用的好！」老太君久經戰陣，熟諳人情，什麼事情瞞得過她？既看清了文廣的本領超群，也看出了桂英的用心良苦，卻不說破，只是含蓄地笑對文廣道：「不要這般得意喲，還不謝過你母親！」文廣跪下拜謝了。焦孟二將近前笑道：「恭喜太君，賀喜太君，楊氏門中又出了少年英雄，一員虎將。」眾人七嘴八舌，也都贊個不停。七娘口無遮攔，提起舊事道：「太君，當年穆柯寨上，桂英一槍把六哥挑下馬來，今天文廣也是一槍把桂英挑下馬來。」八妹接著道：「這叫有其母，必有其子。」眾人都笑道：「真是一代勝似一代。」說得太君開懷笑了：「好個一代勝似一代！」回頭對郡主道：「文廣武藝不讓其母，就帶他去吧。」柴郡主聽了眾人的言語，又見太君如此說，只得應了。

太君隨即傳令，命桂英七娘為正副先鋒，眾家兒媳隨軍聽候調遣，一同起兵前往。一聲令下，鼓角齊鳴，眾人一起上馬。太君跨鞍坐定，一杆飄揚著「帥」字的大旗，緊緊跟在身後。太君回頭一看，那掌旗人鬚髮皆白，卻是精神抖擻，便笑道：「啊，楊洪你也來了！」那楊洪答道：「我跟隨太君八十多年，太君來，我怎能不來！」太君一笑，鞭梢一指，大軍浩浩蕩蕩向前進發。

初戰告捷

大軍日夜趕路，行了多日，來到邊關。守關的岳松來迎，到了關上，太君便問近日軍情如何。岳松道，賊營紮在飛龍山前，山高萬仞，十分險要。自從宗保大哥殉國以後，賊兵日夜攻打，城內糧草將盡，太君若是遲到幾天，只恐邊關難保。提起宗保，太君壓住傷感，便問宗保因何中箭身亡？岳松道：「只因賊兵憑藉飛龍山天險，難以攻打，宗保大哥聞得飛龍山旁有一谷口，名喚葫蘆谷，暗帶隨從前去探道，不想歸途中箭，為國捐軀。」太君聽了，暗自點頭不語。桂英道：「宗保探谷，必有原因，其中定有破敵之策。如今宗保殉國，孫媳願繼其志，再去探谷。」太君又一一仔細詢問岳松，得知葫蘆谷離此不過二十餘里，四面崇山峻嶺，只有一個谷口可以出入；宗保探谷時，隨行的人只有馬僮張彪生還，但身受重傷，昏迷不醒。最後太君便問：「我軍可能再去探谷？」岳松面有難色：「如今敵人已在谷口分兵紮營，難以進入。」太君稍一沉吟，七娘卻耐不住性子，大聲叫道：「太君，想我楊家大軍，浩浩蕩蕩前來解救邊關，兵強馬壯，正好給他個下馬威，兩軍陣前憑著我這滾龍槍、烏騅馬，也要殺他個片甲不歸！放著勝仗不打，何必到葫蘆谷找麻煩去哪！」太君臉色一沉，教她「休得多言」。這時探子來報：西夏王文討戰。太君便領了眾人出關迎敵。

兩軍陣前，旌旗招展。列好陣勢，太君放眼望去，對面敵軍，為首的正是西夏王王文，背後緊跟著一文一武。王文上前與太君打了招呼，便要太君獻出邊關；太君針鋒相對，要他馬前歸順。兩人正在鬥口，王文背後忽然有人高聲狂笑，引得太君發問，那人自報家門，原來是西夏的軍師魏古。他口出狂言：「我笑你宋朝無人，派了十二個寡婦前來送命。殺之不忍，留之可憎，反而在此搖頭晃腦，豈不令人可笑哇！」說罷又是一陣狂笑。文廣大怒，大喝一聲：「呔！西夏賊子，休發狂言，看你少爺取爾首級！」王文忙問答話何人？文廣道：「元戎之子，你少爺楊文廣在此！」王文吃了一驚，忙道：「嘿！黃口小兒，何足道哉！吾兒聽令，速擒文廣不得有誤！」身後王翔得令，飛馬奔向文廣，挺槍便刺，恨不得一槍將文廣挑下馬來；文廣端坐在馬上，覷得槍到，不慌不忙，持槍一磕，將王翔的槍尖磕在一邊，反手一槍，直向王翔的咽喉刺去。王翔大吃一驚，倉卒躲過，轉身後退。太君擋住文廣，趁勢下令衝殺。楊七娘一馬當先，所向披靡。宋軍士氣高漲，潮水般衝去，王文父子抵擋不住，被殺得落花流水，只得敗退飛龍山大營。

回到營中，王文好不煩惱。魏古獻上一計，設下圈套，要引宋軍上鉤。王文聽了大喜，傳下令來：堅守營寨，不許出戰，違令者斬！

太君巡營

這夜三更時分，風寒夜冷，明月如水，鐵甲凝霜。佘太君不顧百歲高齡、萬里征鞍勞頓，親自領了八姐九妹和楊洪巡營。遠遠望去，那飛龍山，山高萬丈，路途遙遠；那葫蘆谷，懸崖峭壁，難以攀登。太君暗中思忖：賊兵前營紮在飛龍山口，果然是山高勢險，不可強攻；王文憑險堅守，是欺我糧草難濟，進退兩難。如何破敵，需思良策。再細看賊兵的後營，卻是連著葫蘆谷。猛然想起，人言道那葫蘆谷峰絕路斷，無路可通，為何宗保深夜前去探谷？莫不是有什麼奇謀妙算？驀地心中一動，脫口道：「唔，不錯，若得一支奇兵，闖入谷口，奔往東南，飛越天險，直搗賊兵後營，然後裡外夾攻，則西夏全軍不戰自亂矣！」說到這裡，興奮地回頭問道：「八姐、九妹、楊洪，你道是也不是？」三人齊稱：太君高見。太君喟然輕嘆：「這都是宗保之功啊！」心中默念道：「宗保孫兒，你出此奇謀，可謂獨具慧眼；親探絕谷，更是膽量過人。如若真有棧道，那怕千難萬險，祖母也要出奇兵直下飛龍山，讓你壯志得酬，含笑九泉。」八姐九妹見已夜深，便請太君安歇。

太君回到帳中，遣走八姐等人，獨坐靜思。此時已是四更時分，忽聽得帳外有人與楊洪輕聲說話，便問楊洪，楊洪應聲道：「少夫人來了。」太君將桂英喚進帳來，命她坐下。桂英開言便道：「太君深夜未眠，敢是籌思破敵之策？」太君點頭道：「正是。你深夜進帳，敢是前來議論軍情？」桂英道：「是。賊兵據險不出，以逸待勞；我軍糧草不濟，利於速戰。」佘太君說了一聲「不錯」，又加了一句道：「利於速戰，只是不宜強攻。」桂英信服地點頭道：「是。必須智取。」太君緊問道：「智取之道？」桂英道：「葫蘆谷……」話未說完，太君驚喜道：「哦！你也看中那葫蘆谷？」桂英也是十分驚喜：「莫非與太君所見相同？」太君嘆道：「是啊，宗保探谷，豈能無因？」不料桂英說出話來更讓太君驚喜：「是啊，絕谷之內，確有棧道！」太君轉念便問，可是宗保馬僮張彪所講，他還講些什麼？桂英強抑悲痛，講了宗保如何歸途遇險，伏鞍衝出重圍，臨終時對張彪留下遺言：要桂英挑起這千斤重擔，闖絕谷，尋棧道，直搗龍潭。太君聽罷，心神激蕩，肅然對桂英道：「祖母定叫他了結心願，九泉無憾！」

說話間，已是五鼓天明。楊洪來報，有西夏差官前來下書，太君下令升帳。那差官道：「今有我家大太子，要你家文廣出關較量，約定今日在葫蘆谷前交鋒對陣。」呈上戰書，太君看了，只是不動聲色。那差官又道：「我家大王又有言語拜上：堂堂西夏，不欺孤寡，連日免戰，並非怯敵，今日男來就出戰，女來不交鋒，敢來是君子，不來速退兵！」七娘聽了，怒不可遏，一腳將那差官踢翻。這邊差官爬起身來，狼狽逃去，那邊文廣急匆匆跑進帳來，高聲叫道：「太祖母，王文口出狂言，欺我楊家男兒無人，真真可惱，就請賜兒一支將令，待兒去至葫蘆谷前，生擒賊子進帳！」那七娘也直嚷著要去交戰；畢竟桂英沉著，對文廣道：「這分明是誘兵計，不可莽撞！」話音未落，只聽得營門外一陣陣鼓噪，笑罵文廣縮頭不出，直急得文廣摩拳擦掌，連連頓足。太君嘿嘿一笑，神色冷峻地說了一句：「王文是派人來接我們進山了！」眾人正在琢磨，桂英已是恍然大悟，神思飛揚，開口便道：「這王文乃是誘兵之計，葫蘆谷口預先已作了埋伏，要賺文廣出戰，將他困在絕谷中。我何不將計就計，深入虎穴，探明棧道，出奇制敵？就請太君下令，文廣前去迎敵，我去接殺二陣，見機行事。」太君連連點頭，十分嘉許她的膽識。但此去必須思慮周全，又喚來張彪，親自一一詢問，問清了當日正是他與宗保同登棧道；棧道之下，正是敵兵後營，並無防守。最後又問道：「如今元帥夫人意欲再闖谷口，你可願做嚮導？」那張彪沉吟片刻，方鄭重回話道：「此乃元帥遺志，張彪萬死不辭。只是這葫蘆谷內，羊腸小路，千迴百轉，瘴氣滾滾，野霧茫茫，倘若迷失方向，棧道難尋，俺張彪赴湯蹈火，死而無怨，怕只怕孤軍深入，進退兩難。」桂英聽罷，忙對太君道：「有道是不入虎穴，焉得虎子，任他峰迴百轉，野霧茫茫，宗保尋得著，兒就找得到！」太君贊了一聲：「好！」又思索著細細將桂英詢問了一番：「兒等進谷之後？」「連夜搜尋。」「探道之後？」「偷渡天險。」「怎樣破敵？」「裡外夾攻！」「以何為號？」「敵營起火為號！」最後又問她要何人隨行，何人斷後？桂英點了七娘和焦孟二將。他三人齊道，願同桂英一起赴湯蹈火。太君見桂英胸有成竹，思慮周密，這才放下心來，連連贊她是英雄虎膽，又一再叮囑：要她既憑勇，更要憑智；要她不出明晚就傳來捷報；要他們互相照應，一定要同去同回。囑咐未了，營外敵兵又鼓噪起來。桂英正要告辭上馬，太君卻又叫住了，喚人將宗保的白龍馬牽來，撫著馬道：「白龍馬呀白龍馬，我楊家世代忠烈，一脈相傳；他夫妻父子，前赴後繼。此去探谷，你這識途的老馬就多盡力吧！」說罷，毅然下令，命文廣騎上他父親的白馬，出戰破敵。

剛剛送走桂英等人，楊洪來報，寇準王輝二人監軍押糧來了。太君迎進，正在寒喧，探子報道，文廣追趕王翔誤入葫蘆谷，桂英等人趕去接應，一同被困。寇準正要佘太君出兵救應，探子又來報道，王文揚言，限太君兩日之內，獻出邊關，否則縱火燒谷，燒死文廣等人。王輝一聽，不禁又埋怨起來：「我說西夏難敵，偏偏不信。這……便如何是好？」太君只說是自己用計，叫他們不必驚慌，靜候好音。那王輝看著太君凝神沉思，口裡念叨道著「葫蘆谷、葫蘆谷」，越發的惶惑，也不知道她的葫蘆裡，究竟賣的是什麼藥。

桂英探谷

葫蘆谷裡，重巒疊嶂。桂英等人將計就計，殺入谷內，留下焦孟二將斷後；桂英同了七娘、文廣率了兵卒進谷探路。一路行來，已是月上東山，只見夜霧漸起，星光慘澹，驚風起處，黃沙撲面。滿山荒荊衰草，了無邊際，眾人只得披荊斬棘，向著東南方向疾走。突然前面橫著一道斷澗，眾人急將戰馬勒住。桂英立馬崖邊四顧，卻是無路可通，又打量打量那斷澗，便回馬退了數步，揮鞭縱馬，一躍而過。眾人也都一一躍馬過了斷澗。又行了一程，來到東南山麓，仰頭一看，端的是山高萬仞。剎那間，山谷中刮起一陣狂風，頓時烏雲密佈，天色陡暗，桂英忙令向東南疾走。山道狹窄，暗中摸索，卻又走得急促，不料文廣和七娘的坐騎撞在一處，那馬驚了，齊都咆哮不已，幸得二人手快，早把馬勒住了。行不多時，前面的張彪叫道：「來到山頭。」桂英便問棧道，只見峰迴路斷，夜霧茫茫，張彪哪裡辨認得出？桂英下令分途速速尋找，自己也和七娘文廣下馬四處搜尋。滿山遍野，尋了許久，只是不見棧道的影子。

正在焦急，那白龍馬忽然引頸長嘶，桂英心中一震。等得文廣趕到，那馬兀自一邊嘶鳴，一邊踢蹶跳踉。文廣急跨鞍上馬，那馬長嘶一聲，馱著文廣竟自奔去。文廣勒韁不住，只得任他馳騁。眾人見了，也都隨後趕去。那馬奔到一個所在，忽然立住。文廣不知就裡，加了一鞭，那馬又長嘶了一聲，只是不肯再走。這時桂英等人趕到，文廣心中疑惑，便把白龍馬如何作怪對母親說了。桂英道：「莫非老馬識途，已是棧道不成？」便命張彪速去看來。張彪四下一看，驚喜得叫了起來，說道當日元帥就是在此處下馬，進入羊腸小徑，尋得棧道。桂英心喜，命他探明路徑，在前嚮導。

哪知張彪四下找來找去，不是前面無路，便是絕壁難攀，野霧彌漫中，哪裡尋得著？桂英便問當日元帥是怎樣尋得道路的？張彪道：「那日元帥也在此處迷路，正在進退為難，遇一老丈採藥歸來，問明原由，指引路徑，才尋得棧道。」桂英急問老丈住在哪裡？張彪卻道：他說是荒林野洞，到處是家。桂英心想，今日重逢，也未可知。便命分頭去尋訪老丈。

眾人邊喊邊找，找了一遍，只見四面八方，並無人煙。桂英正在尋思，忽聽七娘在喊：「老頭兒別跑！」只見七娘追著一個老人，正向這裡跑來，文廣急忙上前攔截。那老人見了，忙轉身逃走，卻被七娘趕上，伸手便抓。老人閃避不及，竟跌倒在地。桂英忙止住七娘，上前好言問道：「老丈可是山中土著，採藥為生麼？」那老人閉目不答。文廣插問道：「嗨，你怎麼不說話呀？」老人指了指自己的耳朵，文廣明白了，他說自己是個聾子。桂英問道：「你可曾與宋軍引路麼？」七娘怕他聽不見，又連比帶劃大聲喊了一遍，老人似乎吃了一驚，只是搖搖頭，並不開口。被七娘問得急了，指指耳朵又指指口，表示自己是個啞巴。桂英好不失望。正好張彪找不著老丈返回來了，桂英就讓他去辨認。張彪因霧大看不清楚，近前細看，覺得好像就是那引路的採藥老人。桂英問他可是口啞？張彪記得他耳朵有點沉，可是並不啞呀！七娘一聽這老頭兒是裝啞巴，心中火冒，就想動粗。桂英急忙制止，想了一下，走近老人道：「老丈不要驚慌，我們是來尋找棧道的！」老人還是指著自己的口，只是搖頭。眾人好不焦躁，七娘更是按捺不住。桂英止住七娘，靠近老人，挽著他的手道：「我們是大宋的楊家將啊！」只見老人渾身一震，不覺驚叫了一聲：「啊！」眾人也都一驚。桂英忙叫老人不要害怕，誰知老人又叫了一聲：「哎呀！」七娘和文廣一齊高興地叫道：「啞巴說話了！」老人笑道：「要是賊兵來了我是不出聲的；楊家將是大宋百姓的親人嘛！剛才我裝聾作啞，太不恭敬了！」張彪道：「老伯伯，你還認得我嗎？」老人擦擦眼睛，近前看看，說是好像見過；指著桂英問張彪：「這位將軍是誰？」聽說這就是楊元帥的夫人，那老人緊趨一步，向桂英行禮道：「看不出你就是大破天門的穆桂英，休怪休怪！」桂英扶住老人，把尋找棧道、望他指引的意思說了。老人連連答應，忽然問道；「那楊元帥呢？」聽得楊元帥為國捐軀了，老人頓時熱淚迸流，哽咽道：「楊家將忠心耿耿，數十年間東征西戰，立下汗馬功勞，老漢聽得不少，也都記在心間。夫人探棧道是繼承元帥的遺志，我也要表一表報國之心，就在前面給你們帶路吧！」說罷，奮起精神，領著眾人沿著羊腸小徑，曲曲折折，蜿蜒前行。那山陡路窄，十分難走，老人心急，腳下一滑，險些跌下懸崖，幸得文廣在身後扶住。又走了一程，老人站住指著前面道：「那就是棧道！」眾人舉目望去，也都看見了。桂英沉著地下令道：「如今已見棧道，大功可成，但我等仍然身處險境，不可大意，現在備好火種，登懸崖、下絕嶺、直搗賊營！」

一舉殲敵

卻說佘太君，正領著楊門女將，同了寇準、王輝，登上一座小山，向著遠方瞭望。此時已是日落平沙，只見遠處黃塵滾滾，飛龍山隱沒在雲天之際，絲毫不見動靜，心情極為沉重。忽然八姐九妹慌張來報，欲言又止，太君急問，她二人方說是葫蘆谷口，堆積著引火之物，眼看賊兵就要焚谷！眾人大驚。太君竭力鎮靜，喝住眾人不得驚慌，大聲道：「賊人欲生擒文廣，脅迫我獻出邊關，怎能輕易焚谷。分明是虛張聲勢，迫我屈從。爾道是與不是？」說罷目光炯炯，逼視眾人。柴郡主心知太君憂慮文廣，已是極度緊張，唯恐發生意外，忙示意眾人道：「是，太君說的有理。」眾人也都連連稱是。偏偏王輝卻要出來火上加油，說道：「已是一天一夜，桂英母子還無消息，只怕他們……」太君不容他說完，厲聲道：「一定能渡天險！」字字斬釘截鐵，擲地有聲。如此聲威，震懾得王輝不敢再說，只得諾諾稱是。

忽然報道，賊營書到，太君命「傳！」只見那番官甚是傲慢，說他大王有書呈上。太君接過，並不開拆，只問下書何事？那番官道：「我家大王言道，如今兩日已到，若再不獻出邊關，即刻縱火焚谷。」眾人一聽，更加震驚。那番官洋洋得意，又道：「生死關頭，再聽一言，快作定奪，免致後悔。」此時就是寇準也沉不住氣了，與王輝同時脫口便叫「太君……」但見太君氣得全身顫抖，半晌無言，忽然迸出一陣冷笑，橫眉怒斥道：「烈火嚇不倒楊家將，要焚要燒都由你們；我這輩子刀山火海見得多了，小小一個葫蘆谷平常得很。可笑你等自不量力，死在眼前還敢如此猖狂，要我讓出邊關，除非是江河倒流、太陽從西邊出來！」說罷，把書信撕得粉碎，扔在地下。八姐怒極，拔刀要殺那番官，太君止住，讓他去回報王文。

番官方走，那王輝又道：「一天一夜，桂英母子渺無消息，事到如今，只怕賊營的火起不得了！」太君一口咬定：「宗保之言非虛，桂英智勇可信，一定能火起！」王輝頂撞道：「起在哪裡？還是快打主意吧！」太君頓時沉下臉來：「王大人，你敢亂我軍心不成！」寇準也叫他不要再添煩了。王輝心有未甘，又添了一句：「這，叫人擔心哪！」

這時又有探子來報：「大事不好！」眾人又是一驚。只聽得他說道：「賊兵烈火焚谷！」太君當機立斷，命八姐傳令，挑燈夜戰，速速殺奔葫蘆谷。頃刻之間，眾人殺下山來。突然鼓聲大作，殺聲震天，眾人驚望，八姐眼尖，急叫：「太君，火！」那王輝只以為是葫蘆谷火起，直喊「糟了！」八姐忙指給他看，告訴他是賊營火起。這時眾人皆已看清，確是賊營火起，頓時一片歡呼：「敵營火起！」「火起了！」「他們母子到了！」佘太君激動不已，猛然在王輝背上拍了一掌：「王大人，他們母子到了哇，哈哈哈！」不管那王輝驚得目瞪口呆，急忙傳下一令：「前令收回，直奔飛龍山敵兵大營！」宋軍士氣大振，眾女將飛馬急馳，連那老楊洪也高聲喊殺，掄刀躍馬，衝上去了。

此時王輝的勁頭也來了，叫人帶馬，也要去殺，卻被寇準拉住了，說是此時用不著你了，你另有差遣，隨我回營，備上幾席酒宴，準備賠酒聽罰罷。王輝嘆了一口氣，說道：「這頂烏紗戴不穩了！」

卻說王文，見後營火起，不明原因，急領兵來救，正好撞著越過棧道殺來的桂英、文廣等人。魏古嚇得魂飛魄散，大叫天兵天將來了，抱頭鼠竄。王文抵擋不住，只得落荒而逃。桂英率了文廣、七娘緊緊追趕。那王翔守在葫蘆谷口，聽說大營火起，急急回兵來救，卻被焦孟二將從谷內殺出，殺得大敗而逃。宋軍裡應外合，三路人馬，四面殺來，將王文父子，團團圍在垓心。此時西夏兵將死傷殆盡，王文父子已是無心戀戰，卻又無力突出重圍。尋個破綻，文廣將王翔一槍刺死；轉過身來，文廣又和桂英合戰王文。那王文一個桂英尚抵擋不住，何況又添一個文廣，心中發慌，手上略慢得一慢，早被他母子雙槍並舉，死於馬下。

桂英遠遠看見太君等人馳來，忙上前稟道：「西夏人馬，全部被殲。」太君笑道：「兒等之功也！」寇準王輝一齊賀道：「恭喜太君，一戰成功！」七娘哪肯放過王輝，笑問道：「王大人，瞧我們楊門女將怎麼樣？」王輝連連打躬作揖：「哎呀我的老夫人、少夫人、眾位夫人、還有我那小侄孫孫，你們哪，都是好樣的！」說罷哈哈大笑，卻不防七娘一伸手，把他頭上的烏紗摘去了，引得眾人又是一場大笑。

笑聲未落，只聽得太君下令道：「犒賞三軍，凱旋回朝！」

六、

「烏龍院」

托塔天王晁蓋等人，皆因智取生辰綱被官府捉拿，多虧鄆城縣押司宋江仗義送信，才得投奔梁山，晁蓋作了山寨之主。這一日，晁蓋見山寨初定，想起了宋江搭救之恩，便和軍師吳用商議，有心要請宋江上山。吳用以為此事不可冒昧，主張先修書一封，附上黃金百兩，派人專程送去，一則酬謝相救之恩，再則打探宋江的意向；宋江如有上山之意，然後再作道理。晁蓋依了吳用，修了書信。吳用下去一問，赤髮鬼劉唐願去下書。晁蓋擔心鄆城的公差認得劉唐，說是只怕他去不得。劉唐情急，大聲叫喚起來：「公明哥哥是個俠義好漢，縱然為他而死，又待何妨！」吳用卻提醒他，只恐事機不密，誤了大事。劉唐要他們只管放心，自己一定多加謹慎，還說是如有差池，甘當軍令。晁蓋吳用又叮囑了一番，才送他下山去了。不想此一去，真個是給宋江惹下了一場塌天大禍來。

鬧院

那宋江人稱「及時雨」，是個扶危濟困的。那一日，遇見閻婆死了丈夫，無錢埋葬，便慷慨解囊替她安置了。閻婆自是感恩，又想後半生有個依靠，便作主把女兒惜姣給宋江作了外室，還讓宋江為她們單獨置了一處房舍，名喚烏龍院。

這一天，從縣衙裡出來一個年輕風流的後生，興沖沖地直向烏龍院奔去。此人姓張名文遠，排行老三，人稱張三郎，也是衙中的一名小吏，原是宋江的徒弟。他跟著師父在烏龍院出出進進，竟與閻惜姣一見鍾情，二人來往甚密，只是瞞過了宋江一人。前幾天因濟州府有重要公文到此，一連忙了數日，今日閒暇，心中思念情人，便往烏龍院去會惜姣。

閻惜姣這幾日好不寂寞，聽見有人叫門，急忙開門一看，正是心上人，喜孜孜讓了進來，隨手關了大門，搬過一把椅兒，讓三郎坐下。兩人親親熱熱問候了，惜姣似笑似嗔道：「三郎為何不到烏龍院來？」張三涎著臉道：「心裡只怕一個人！」惜姣裝糊塗，故意問他：「三郎你這麼聰明能幹個人兒，還會怕哪一個呀？」張三斜著瞟她一眼，道：「怕我那師父宋公明嘛！」提起宋江，惜姣難免心虛，嘴裡兀自說著硬話：「那宋江他是狼還是老虎？」張三笑道：「不是狼也不是老虎，我就是怕他三分。」一聽此言，惜姣不覺就有些變臉變色。那張三何等乖覺，唯恐掃了她的興致，便轉過話頭說道：「我何嘗不想來看大姐，只是衙前有事，實在抽不出身子。」惜姣臉色這才緩緩散開，淡淡說了一句：「這也難怪。」便低頭去繡手中的花鞋。張三搭訕著湊過去，無話找話問道：「大姐，手裡拿的什麼？」惜姣頭也不抬，只說是「紅繡花鞋」。張三又問道：「是哪個穿的？」惜姣仍然只有四個字：「我媽穿的。」張三有些奇怪：「媽媽娘偌大年紀，怎麼還穿紅繡花鞋？」惜姣這才望著他回答道：「今天十四，明天十五，是我媽的生日。作雙花鞋與她老人家上壽的。」張三恍然大悟：「不是大姐提起，我倒忘懷了！如此說來，我明天禮到人不到。」惜姣卻說：「只要你人來，禮不來不要緊的。」張三忙改口道：「如此說來，我禮到人也來。」惜姣這才露出了笑容。張三趁勢眼巴巴地望著惜姣道：「這幾日衙中事忙，不曾來看望大姐，好像有許多言語要對你講啊。」惜姣含笑道：「好吧，你隨我到臥房中去講。」兩人相擁著進臥房去了。

你道那鄆城縣衙中這幾日忙的什麼公事？原來是濟州府有公文到來，命所屬各縣嚴防梁山。宋江奉了太爺之命，疊成公案行文下鄉，忙了數日，私下裡心中不免掛念梁山眾好漢。這天忙完了公事，便想到烏龍院走一走，散散心。那宋江在長街上款款而行，卻聽得背後有人嘰哩咕嚨，說長道短。伸長耳朵，仔細一聽，似乎說的是：「前面走的張文遠，後面跟的宋公明，師徒二人同走一條路。」宋江收住了腳，回身一看，只見有幾個街坊站在一家店鋪門前閒話，便上前招呼了，問他們講些什麼。那家店鋪的主人搶前一步出來施禮，連聲答道：「無有講什麼，不過是閒談而已。」又讓宋江進去吃茶。宋江情知問不出什麼來，便辭謝了。一邊慢慢走，一邊暗暗盤算：莫不是張文遠這個小奴才也到烏龍院裡走動？轉念一想：是非終朝有，不聽自然無。不過是些街談巷議，何必放在心上，便丟開了不再理會。

宋江來到烏龍院，抬頭一看，大門是關著的。心想這青天白日的，為何將門緊閉？便上前去叫門。一連叫了幾聲，才聽得有人問道：「誰呀？」宋江應了一聲。裡面兀自問道：「你是誰呀？」宋江聽得是惜姣，便道：「宋大爺的聲音都聽不出嗎？」聽得是宋江，惜姣慌了，忙撒謊說是門兒上了鎖，鑰匙在媽媽房裡，叫宋江等著。宋江聽了，便有些生疑。惜姣把張三從自己臥房裡叫出來，告訴他宋江來了。張三一聽，也慌了神。惜姣叫他快去藏在媽媽房裡：「我想法子打發他走。」

宋江在門外等了許久，更加生疑，連連催促。惜姣急急走到門後，手捂胸口，深深吸了一口氣，穩住了神，這才把門打開。宋江闖進門來，用眼四下裡一搜，便邁步向惜姣臥房走去；惜姣也不攔他，跟進來閑閑站住，卻正好擋在了媽媽的房門口。宋江走到惜姣房門口，卻又一回頭，盯著惜姣上下打量；惜姣雖然故作鎮靜，到底還是心虛，被宋江盯得有些發毛，心想是不是衣服皺了，頭髮亂了，不覺便低頭看看衣襟，伸手理了理鬢角。

宋江沒有看出什麼破綻，神情便鬆弛下來，口裡隨意地哼著。惜姣想打消宋江的疑心，便故作真切問道：「宋大爺，你今日進得院來，東瞧西看，烏龍院中難道有了歹人麼？」宋江既然沒有看出破綻，便也和善地說道：「不是啊。往日進得院來，到處收拾得乾乾淨淨；今日進得院來，畫也未曾掛，地也未曾掃。幸喜是我一人前來，若是同著朋友前來，成什麼樣兒啊！」惜姣此時心有餘悸，還未摸透宋江的心思，便裝著給宋江使性兒，口裡嘟囔道：「我的心眼裡，壓根兒就沒有打算尊駕您來呀！」說著，自己就搬過一把椅子先坐下了。宋江本來還在一廂情願地寬慰自己：「是啊，她沒有打算我來，若是打算我來，早就收拾乾淨了。」一看惜姣竟先坐下了，便道：「大姐，這就是你的不是了！」惜姣道：「喲，怎麼是我的不是了哪？」宋江道：「宋大爺進得院來，連個禮讓也沒有，你自己倒先坐下了。莫非有意輕慢宋大爺不成！」惜姣聽得口氣有些不對，畢竟心虛，忙掩飾道：「我說，宋大爺，這烏龍院乃是您的銀錢所置，有的是椅子，有的是凳子，你自己不會搬一把坐坐，難道說還要我抱著你、摟著你，這麼大還要吃口『呷兒』嗎！」宋江一聽，這是日常夫妻調笑的口吻，便自找臺階下樓，口裡說道：「這倒是我的不是了。」隨手搬過一把椅子，就來挨了惜姣坐下。宋江本想親近親近，哪知惜姣又不願意了，說她「惱的就是這個」。宋江也不介意，便依了她，把椅子搬得略遠些坐下。

惜姣有心冷淡宋江，只顧低頭做鞋。宋江坐得無聊，便無話找話，問道：「大姐，手拿何物？」惜姣故意答道：「你的帽子。」宋江實話實說：「噯，分明是鞋子，怎麼是帽兒？」惜姣搶白道：「知道，你還問？」宋江仍不介意，又問是哪個穿的。得知明日是閻婆的生日，宋江忙道：「哎呀，不是大姐提起，我倒忘懷了。這幾日衙中事忙，恐怕我的禮到人不能到了。」惜姣道：「只要你禮到，人到不到不要緊。」惜姣本來是說的真心話，宋江卻會錯了意，以為是句氣話，忙改口道：「哦哦，我禮到人也到。」惜姣覺得無趣，冷冷答道：「隨你的便吧。」

宋江搭訕著要看惜姣的針線。惜姣本不願給他看，無奈宋江一定要看，惜姣咬斷了線頭，將鞋遞過去，宋江伸手正要接，惜姣卻又叫喚起來，嫌他的手骯髒。宋江依著她洗了手，再去拿鞋子時，惜姣卻將鞋子擲在地下。宋江氣量雖大，這時也不免要發作了：「啊！方才你道卑人手髒，如今淨手已畢，你將鞋兒擲在地下，難道就不骯髒嗎？你有意這樣輕慢我宋大爺嗎？」惜姣自知理虧，便把鞋子拾起來，改換了一副聲口：「呦，一根筷子吃藕——挑眼兒啦！我說宋大爺，有道是：洗手洗指甲，做鞋泥裡踏。這個東西終久是要壞的。幹嗎這麼生氣呀！你這麼看，那麼看，你看，你看！」說著，把鞋搡到宋江手裡。宋江冷笑道：「哈哈，你講得有理。」接過鞋來，故意向惜姣一指，口裡卻說道：「它總是要壞的。」惜姣便問：「你往哪裡指？」宋江也不答話，只顧看鞋，連聲誇道：「好，鞋兒果然做得好！」惜姣不肯吃虧，便也乘機還擊：「呦，你還知道好歹嗎？」又問道：「你看它哪點好？」宋江說：「花兒好，瓣兒好，樣兒好；這叫做好，好，好！」惜姣說：「您說得這麼好，難道沒有一點兒褒貶嗎？」宋江看著惜姣，輕輕一搖頭：「顏色不對。」惜姣哼了一聲，把椅子挪開坐下，口裡說道：「既知道顏色不對，你就不該來呀。」話一出口，自己也覺得有點過份，又緩過臉色來補了一句：「又顏色不對啦！」宋江問道：「大姐，往日我進得院來，你十分歡喜，今日進得院來，這樣惱怒，莫非有什麼心事不成？」惜姣忙說沒有心事。宋江說她一定有。惜姣道：「慢說沒有心事，哼，我就是有心事，你也猜不著。」宋江道：「慢說大姐的心事，就是縣太爺的心事，不猜便罷，要猜也猜個八九不離十。」惜姣道：「縣太爺的心事你猜得著，可是我的心事你就猜不著。」宋江一定要猜。惜姣心裡惦記著張三郎還躲在她媽的房裡，只覺得宋江討厭。

宋江說：「莫不是茶飯不遂你的口？」惜姣說他這頭一猜就猜錯了：「想我們這樣人家，吃的是雞鴨魚肉，也就是了，還要吃什麼龍心鳳肝不成嗎！」宋江說：「莫不是衣衫不合你的身？」惜姣說又猜錯了：「想我們穿的是綾羅綢緞，難道還要穿什麼描龍繡鳳不成！」宋江又說：「莫不是街坊得罪了你？」惜姣說：「想那街坊是好街坊，鄰居是好鄰居。慢說沒有得罪我，就是他們打算要得罪我，還要看宋大爺三分金面哪。」宋江點點頭：「唔，他們不敢得罪你？」惜姣說：「對啊，他們怕你。」宋江想了想說道：「莫不是媽媽娘打罵了你？」惜姣更不耐煩了：「宋大爺，你越猜越不對了。想那媽媽娘她是我的媽，打也打得，罵也罵得；我還敢把她老人家怎麼樣啊！不是的。」宋江心裡盤算著，不覺就站起身來了；那惜姣在一邊冷眼旁觀，便也站起身來，口中說道：「宋大爺，你猜不著就不要猜了。」看到宋江沒有要走的意思，還一定要猜，又說道：「宋大爺，天不早了，好去辦公去啦。」這明明就是要趕宋江走。那知宋江偏不肯走，說是今天沒有事。惜姣心內暗暗焦急，想著藏在房裡的張三，無間意中伸出了三個手指頭；那宋江見了，只顧往好處去想，原來宋江也是排行老三，當初惜姣也曾叫他「三郎」，便叫道：「大姐，你過來，我這一猜一定猜著了。」說著也伸出三個手指頭。惜姣倒吃了一驚，以為他真的猜著了，便凝神細聽他說些什麼。但聽得他說：「莫不是思想我宋公明？」惜姣心裡暗暗鬆了一口氣，覺得這人又討嫌，又可笑，便假意敷衍道：「呦，真有你的。你才知道我想你呀！總算被你猜著啦。」聽她這麼一說，宋江反倒有些不大相信：「怎麼，你是想我？」惜姣隨口道：「可不是想你嗎？」宋江請惜姣坐下，認真問道：「大姐，你是怎樣的想我？」惜姣只得繼續敷衍下去：「我前天就想你。」宋江道：「偺前有事。」惜姣道：「昨天也想你。」宋江道：「朋友請我吃酒。」惜姣又道：「今天又想你。」宋江已料定了幾分，便道：「今天想我？喏，喏，喏，我就來了。」惜姣冷笑道：「今天想你可想得厲害。」宋江緊盯著打破砂鍋問到底：「怎樣想的厲害？」惜姣順口謅道：「清早起來，頭也不梳，衣也不整，前廳跑到後院，後院跑到廚房，左手拿一碗涼水，右手拿著蒜瓣，喝口涼水，咬口蒜瓣，咬口蒜瓣，喝口涼水。我就是這樣想你。」宋江臉上變了顏色，依舊從容說道：「這叫做『淡想淡想，想斷了肝腸』！——大姐，你不是想我吧？」惜姣一來被戳穿，不免惱怒；二來想索性趁機把宋江氣走，便翻臉撒潑道：「誰想你？你妹子想你，你姐姐想你！」

宋江一氣之下，便想把事情抖露開來；剛剛說了一句：「適才路過大街上，許多言語不好聽……」剛提了個頭，卻又住了口。惜姣聽出了一點話音，反倒問他在街上聽見了什麼，一定要他說出來。宋江說：「說出來你就難做人了。」惜姣自我表白道：「什麼難做人不難做人！想我們婦道人家，一要行得正，二要坐得端，三條大路走中間。」宋江見她如此嘴硬，便道：「我問你這一？」惜姣答得乾脆：「我一不作賊。」宋江道：「我問你這二？」惜姣略一遲疑：「二……二不偷人家的。」宋江見她心虛，緊緊追問道：「這三？」惜姣頂不住了：「三……還有他媽的四呢！」宋江恨恨說道：「你呀，你就壞在這個三上了！人家都說你私通那張……」宋江實在不願提起，說到嘴邊，又生生縮回去了。宋江一軟，惜姣倒硬了：「張什麼，張什麼，張什麼？」宋江道：「沒有什麼張，不說也罷。」宋江越是不願說，惜姣越是順著竿子爬：「憋在肚裡總是病，說出來的好。」宋江道：「說出來難為情哪。」惜姣索性嘴硬到底：「不要緊，你說罷。」宋江又恨又怒，又羞又愧，逼得脫口而出道：「都說你私通那張文遠！」

惜姣彷彿是重重挨了一悶棍，頹然倒在椅子上。宋江瞥了惜姣一眼，知道是擊中了要害，便道：「張文遠，張文遠，是不是啊？你的心事，我會猜不著！哼，私通了張文遠，還要拿這個樣兒來待我！你們怎教人不寒心哪！」

惜姣未料到宋江知道了她的隱情，也未料到他會當面抖出來，不免心內一陣慌亂。眼前她母女二人還是靠了宋江過日子，原也未曾打算就和宋江撕破臉皮；此刻又還有個張三郎，躲在媽媽房內不曾走脫，想想還是說幾句好話，打發他走了再說。便面露笑容，親親熱熱叫了一聲：「宋大爺！」宋江不肯受她的奉承；又叫了一聲：「宋先生！」宋江還是沒好氣。惜姣向媽媽的房門口望了一眼，心想：要不是為了我的三郎，我才懶得和你說這些好話呢！臉上仍然堆了笑容說道：「我說宋大爺，我不會吃酒，清早起來，吃了幾杯早酒，酒言酒語就把您給得罪啦。我跟您鬧著玩兒的，幹嘛呀，生這麼大的氣呀！宋大爺，您高高手兒，我們就過去啦。宋大爺，消消氣吧。宋大爺，宋大爺！哎喲喲，我的宋大爺呀！」宋江明知她是撒謊，也不想就揭穿她，便順水推舟，就此下臺，說道：「唔，還是你會說話。這幾句話，說得我的氣都無有了。哦，你是吃酒了。」聽得惜姣承認是吃了酒，便淡淡說道：「大姐，從今以後，酒要少飲。」說畢，讓惜姣也坐下。

惜姣看看宋江這模樣，還是沒有離開烏龍院的意思，焦躁起來，橫下一條心，一定要把他攆走。便上前尋釁道：「你剛才說的張文遠是什麼人？」宋江如實答道：「是我的徒弟，又是衙中同事。」惜姣道：「哦！是你的徒弟！白日在衙中作什麼？」宋江答道：「抄寫墨卷。」惜姣又問：「你們忙的時候，晚晌也在一處嗎？」宋江依然如實答道：「是啊，晚來同室而眠。」惜姣道：「宋大爺，你這話可漏了，我看別人沒有私通張文遠，我看你倒私通張文遠啦！」宋江只道她是為自己辯解，故意胡說，便道：「唉，哪有男子私通男子的道理！不要胡言。」惜姣道：「你沒有私通張文遠，那麼我呢？」宋江這時又軟了下來，遲疑了一下，說道：「你？你也無有。」惜姣得寸進尺道：「那麼誰私通張文遠哪？」宋江只得息事寧人，說：「是啊，哪一個也沒有私通張文遠。」誰知惜姣並不甘休，且是出語驚人：「哼，眼前有一人私通張文遠，你就是不敢惹她。」宋江見她說得蹊蹺，便問是哪一個？那惜姣斜眼望著宋江，咬著牙齒，從牙縫裡一字一字輕聲說道：「就是你的姐姐，你的妹子。」

宋江大怒，大罵惜姣是淫婦，無恥的賤人；惜姣反唇相譏：「你罵我是淫婦，那麼你是王八，烏龜！」宋江怒極，指著惜姣道：「那一年遭了災荒，你一家三口到鄆城來，你的父死在店裡，無錢埋葬，逼得你娘想賣你，從早晨到黃昏都無人過問。王婆來求我，三十兩銀子你才葬了父親。你們要我納你為妾，我本來就不肯答應，是你們苦苦哀求，說是要報恩。我為你置下了這烏龍院，如今你吃不愁，穿不愁，想不到你竟飽暖思淫奔……」惜姣無言答對，只有撒潑謾罵：「你姐姐淫奔，你妹妹淫奔！」宋江氣極，揚手要打惜姣，不想她反倒一步步逼近身來，一邊叫嚷道：「你要打，我們就打，打，打！」宋江不願和這婦人廝打，閃身讓開，長嘆一聲：「咳！」一跺腳，不想正踹在惜姣的腳上，惜姣更是大喊大叫起來。

宋江不想和惜姣糾纏下去，氣沖沖抬腳要走，口裡說道：「這烏龍院我再也不來了。」惜姣聽了，如此機會，豈肯放過，馬上接口道：「你要是再來呢？」宋江道：「我發誓不來了。」惜姣說：「我不相信。」宋江道：「我對天……」「盟誓」二字還不曾出口，惜姣倒先跪下了。事已至此，宋江有些後悔，還想留有餘地，便道：「哎！些小之事，盟的什麼誓！──大姐！我也是吃了酒了。你站起來罷。」惜姣豈肯就此甘休，擠兌宋江道：「呦！你也是吃了酒啦！宋江，你知道太太不是三歲兩歲的小孩，讓你打哭嘞，哄樂嘞。你既是好漢，不能說了不算。哥兒啊，你跪下盟誓吧！」宋江一忍再忍，至此已是忍無可忍，便跪在廳前盟誓道：「我若再進烏龍院，讓我宋江身遭橫死！」說罷起身就走；惜姣緊跟在他的身後，一把將他推出門去，飛快地將門關了。

宋江被關在門外，感到莫大的羞辱，憤恨惜姣竟如此無情無義，獨自說道：「哈哈！這賤人做出此事，我倒再三忍耐；她竟敢這般大膽。難道我宋江是好欺的不成！好，你們要打點了，要仔細了，我此處不來了。」提起腳來正要走，不禁又想到：「怪不得方才街坊言講，前面走的張文遠，後面跟隨宋公明。如今看來，此事是真！」想到這裡，怒火上躥，便揚言道：「想這烏龍院乃是我宋江所置，我不來誰人敢來！我不走誰人敢走！烏龍院無有風吹草動便罷；若有風吹草動，我就是這一刀，結果了你們的性命。」說罷，提腳就走。才走得幾步，心想自己處處忍讓，反受人欺，越想越是氣恨難平，忍不下去，又轉身回來，口裡說道：「今天定要回去，鬧它個落花流水。」剛剛走了三幾步，忽又轉念一想：責人先責己，到底還是自己走錯了一步。想當初，她父一死，王婆求我幫助她母女，本是一樁慷慨仗義的事，我為什麼要受她們的報答？如今花了銀錢，惹下是非，不怪旁人，須怪自己。真個要鬧下去，豈不成了仗勢欺人，不仁不義！是我自己不好，還埋怨哪一個！想到這裡，重重嘆了一口氣：「唉！」再又一想：她又不是我的妻子，何必太認真，大丈夫，提得起，放得下，說不來就不來。口裡說道：「我不來——」走了幾步，回頭又看了一看：「哈哈，我再也不來了。」

惜姣待宋江走得遠了，方叫出張三郎來。張三此時無心棧戀，急急地要走，卻被惜姣厲聲叫了回來。惜姣正色道：「剛才我和宋江吵鬧，你都聽見了？我問你，你是願意作長久夫妻，還是願意作短頭夫妻？」張三問這怎麼講？惜姣斬釘截鐵說道：「要是短頭夫妻，你從今以後就不要來了。」張三忙說：「我怎樣捨得你呀？」惜姣看定張文遠，慢慢說道：「你既捨不得我，要做長久夫妻，除非把宋江給害了。你剛才不是跟我說宋江私通梁山嗎，你在外面訪，我在家裡訪，訪出此事，將他送到當官問罪，你我不就是長久夫妻了嗎！」張三聽得後面脊背一陣陣直發涼，忙答應了；惜姣又一再叮囑，這才把她的三郎送走。

下書

卻說那赤髮鬼劉唐下得梁山，一路行去，心中感慨不已：可恨宋王無道，不恤百姓，任用蔡京、高俅一班奸黨，擾亂天下，萬民不安。每逢蔡京生辰，各府、州、縣都要與他送禮。他的女婿梁士傑年年撥錢十萬貫，收買金珠寶貝，獻進京去，慶祝生辰。想這十萬貫都是民脂民膏，這樣的不義之財，取之有何不可！是俺劉唐結識了晁蓋、吳用等弟兄七人，在黃泥崗打劫了生辰綱。不想白勝被濟州官府拿問在監，一角公文去到鄆城縣捉拿我等，多虧宋公明哥哥捨命趕到東溪村送信，我等才得逃奔梁山。上山之後，結交了林沖，火拼了王倫，活擒了濟州團練黃安，殺退了濟州的官兵。如今山寨初定，晁大哥和眾家哥弟想起了宋公明這樣鐵錚錚的好漢，天高地厚之恩，長掛心頭。因此，命俺劉唐帶了黃金百兩、書信一封，去見宋大哥，以表我等的心意。此番見了宋大哥，少不得俺要將那一肚子的心腹話，對他細細言講。劉唐邊走邊想，不覺來到了鄆城縣城。看看天色，已近黃昏時分。想起了晁蓋吳用等人的囑咐，心中暗道：慢說是鄆城縣，就是龍潭虎穴，為了宋大哥，我也要去走一場。便選了一個僻靜的處所，進得城去，直奔縣衙。

自從梁山生擒黃安、殺退官兵後，濟州官府招兵買馬，準備前往搜捕；近日中書省又有文書到來，嚴令附近州郡合力圍剿。宋江見了，心內暗驚。這日宋江出得衙來，獨自悶頭行走，想道：官府如此聲勢，晁蓋倘有疏失，如何是好！偏偏他們又無書信到來，好叫我放心不下。驀地，宋江肩上著人重重拍了一記，只聽得身後叫道：「宋押司，別來無恙？」宋江不曾提防，倒吃了一驚。急忙回身看時，卻是一個紫黑臉膛的大漢，似乎並不相識；定睛細看時，那人的鬢邊有一搭朱砂痣，上面生了一片黃毛，又似在哪裡見過。便一面盡力思索，一面急忙回應道：「哦……」那人見他不曾認出，便含笑道：「押司，你不認得小弟了？」宋江仍然想不起曾在何處相識，更說不出姓名，唯恐得罪了朋友，有些惶恐地應道：「哦?!……」那人提醒他道：「嘿！你忘了，我們在東溪村會過的呀。」聽說是東溪村，宋江心中頓生警惕，更加緊張地辨認、思索，又不好隨便答話，口裡仍然應道：「哦，哦，哦！」那人見他仍未認出，覺得掃興便道：「真是貴人多忘事。」宋江只好含著歉意地應了一聲：「嗳！」承認自己確實想不起來，等候對方自通姓名。那人道：「待小弟實說了罷。」宋江含笑道：「實說的好。」那人道：「小弟就是赤髮鬼劉唐。」宋江一聽，臉色突變，急忙阻止，叫道一聲：「噤聲！」四下一望，幸好無人注意。便一手挽了劉唐，踅進一條冷僻小街，向前急走，來到一座酒樓，宋江將劉唐掩在身後，撒開手中的紙扇，擋住劉唐的面孔，叫來酒保，領路上樓。恰好樓上無人，劉唐便立在暗處。等到酒菜送到，宋江遣走酒保後，劉唐方過來拜見了。

原來宋江那日去東溪村送信，只知打劫生辰綱的是以晁蓋為首，與其他六人並不相識；倉卒之間，晁蓋領著見了吳用劉唐等人一面，宋江略一見禮，轉身便趕回縣衙，故而適才不曾認出劉唐。這時宋江攙住劉唐道：「哎呀，賢弟啊!賢弟，你好大的膽!中書省行文到各州，要搜捕你等，這鄆城縣防範甚嚴，誰叫你來的?倘有疏失，如何是好!」劉唐道：「多承公明哥哥大恩搭救我等，特地前來相謝；縱然刀山劍樹，俺劉唐何懼！」宋江贊了一聲「好漢子！」忙拉劉唐坐下，拿起酒壺，一面給劉唐斟酒，一面問道：「晁大哥好？眾家哥弟好？」劉唐答道：「晁大哥，眾家哥弟好，都叫小弟問候金安。」宋江連稱多謝。兩人對飲了幾杯，宋江又道：「賢弟，這時候不該冒險前來。」劉唐將如今山寨已定，想起大哥救命之恩，特命他前來下書的心意說了，拿出信來，交給宋江。宋江接過信來，先拿在手上，卻執壺給劉唐斟了滿滿一杯酒，說道：「賢弟你自斟自飲，愚兄觀看書信。」劉唐一邊飲酒，一邊講述梁山的情形：晁大哥坐了頭把交椅，吳用作了軍師，連林沖等共有十一位頭領了……宋江一面看信，一面隨聲答應：「哦，哦，哦。」神色愈看愈現緊張；那劉唐卻渾然不覺，兀自叫宋江吃酒：「大哥，你的酒冷了。」宋江看完書信，口裡連連答道：「知道了，知道了。」便將信箋依舊折了，待裝進信封時，手指不禁有些顫抖，插了兩三次，才將信箋裝好；又將書信放進隨身的招文袋內，仔細收好。

這邊劉唐解下身上包袱，將一百兩黃金攤開在桌上，要請宋江收下。宋江道：「你們初到山寨，正要金銀使用，愚兄尚能過活。暫且放在山寨，愚兄倘有缺一少二之時，卻會來取。請賢弟帶回去罷。」劉唐哪裡肯依，又把晁蓋等人拜謝的心意說了一遍，說道：「大哥不收，教小弟如何回山覆命。」宋江見他說得有理，便道：「也罷，待我收下一錠就是了。」劉唐還要他全都收下，宋江道：「賢弟，愚兄是個直性漢子，不會作假。」劉唐感到為難：「這個……不是呵，晁頭領、吳軍師令出如山，大哥不收，小弟回去必然受責。」宋江道：「既是山寨號令嚴明，愚兄與你寫封回信便了。」劉唐見他執意不收，只好從命，收起包袱。

及時雨宋江此刻替劉唐作想，處境十分危險，不敢延俄，開言便道：「賢弟，愚兄不便留你住宿，乘今夜月色明朗，快快回山，不可停留。見了諸位頭領，代我多多致意，就說我不能親自前去慶賀了。」劉唐答應了，心中惦記著回信，便問：「大哥，你的回信在哪裡寫？」宋江想了一想：一來酒樓上不可久留；二來倉卒之間，難以著筆；三來須防萬一有個閃失。這信如何寫？正在拍著額頭思忖，無意間觸著手中紙扇，便有了主意，就將扇子遞給劉唐道：「這柄扇兒，就當回書吧。」劉唐接過扇子，看著上面的墨蹟道：「你怎麼知道小弟要來下書，把回書早寫好了？」宋江忙告訴他，那是朋友寫的閑文。劉唐好笑道：「這就是俺劉唐吃了不識字的虧了。」劉唐又說眾弟兄都盼他把衙中的差事辭了，早日上山去聚義。宋江道：「此事還要從長計較。」又再三囑咐他處處要謹慎，速速離開虎口。

當下劉唐藏好扇子，拜別了宋江，起身就要下樓。宋江搶先一步，將劉唐擋在身後，先看看樓下，然後自己率先下樓；下得樓來，劉唐匆匆就要出門，宋江又將他一擋，先出門去四下一望，看看無人，才讓劉唐先走。送到街口，宋江立住了腳道：「賢弟，鄆城縣耳目甚多，下次不可再來涉險。前途珍重，愚兄不能遠送了。」劉唐連連答應，剛剛走了幾步，突然回身叫道：「宋大哥，宋大哥，你那封書信呢？」宋江一驚，急忙低頭打開招文袋查看，看到了那書信，才放下心來答道：「在這裡，在這裡。」劉唐又道：「宋大哥，這小小押司，你做他則甚；還是去到梁山，我保你做……」不等劉唐說完，宋江急叫「噤聲！」迅疾伸手捂了他的口；劉唐急忙住口，回頭四顧。宋江不再多言，連連揮手，示意快走。劉唐這才拱一拱手，扭轉身軀，甩開大步去了。

宋江目送劉唐去得遠了，又四下打量一番，心裡暗道：「哎呀，險哪！若是被公差們看見，豈不惹出一場大禍！」一面盤算著快快回去把那封信燒了。

殺惜

事有湊巧，宋江正在埋頭疾走，不想迎面碰著了閻婆。

那惜姣的母親閻婆，原也知道女兒苦苦戀著張文遠；只是怪她不該得罪了宋江，惹得宋江許久都不到烏龍院來走動。閻婆也曾到衙中去尋找，無奈宋江避而不見。閻婆尋思，她們母女二人的過活全在宋江身上，一定得要找著他。這時閻婆正在四處尋找，恰好看見宋江從遠處走來，忙迎上前去，老遠便喊道：「宋大爺，巧得很，遇見了。」等到宋江發現是閻婆，想要避開，已是來不及了；那婆子怎肯放過，高聲叫道：「啊，宋大爺，請回，請回。老身看見了。」宋江急於脫身，敷衍道：「哦，我道是誰，原來是媽媽娘！我有要事，改日再見，少陪，少陪。」閻婆一把拉住，忙不迭地陪著笑臉道：「慢來，慢來，老身尋找多次，是你貴人事忙，難得見著。只怪我那小妮子不知高低，言語冒犯了宋大爺，我是定要教訓她，命她與宋大爺賠罪。正好今晚在這裡遇著了，來，來，來，同到烏龍院走走。」宋江忙推託道，今日衙中事忙，改日再去。閻婆知道宋江尚在生氣，便半是開脫半是央求道：「噯，也不知哪個亂嚼舌根的，飛言飛語挑撥了宋大爺，這些日子不到烏龍院走走。宋大爺，我們母女二人下半世的過活，都是靠在宋大爺的身上。宋大爺，閒言閒語不要輕信，我女兒在家苦苦的盼望著你呢。好，快快隨老身去吧。」宋江仍說事忙，分身不開。閻婆便撒謊道：「我女兒在想你，你怎好不去！倘若我女兒有了差錯，如何是好？況且這般時候，衙中還有什麼公事。宋大爺，你不隨我走，老身今天是死也不放你的呀。」一把拉住宋江的手臂，便要強拖著走。宋江道：「你不要這樣拉拉扯扯，大街上被人看見，成什麼樣兒啊！」閻婆兀自不肯鬆手，但道：「只要宋大爺肯去，我就不拉拉扯扯。」宋江被纏得不能脫身，只得應允了，隨她前去。那閻婆緊緊跟定宋江，唯恐他半路走脫，一面信口胡謅，編些惜姣如何思念他的閑言語來哄宋江。宋江似聽非聽，任她聒噪，也不答話。走到烏龍院的門前，宋江想起那日吵鬧的言語，腳下便不肯走了。閻婆覷了覷宋江的臉色，小心陪笑道：「宋大爺請進。」宋江無奈，只得跨進門去；閻婆隨後進來，請宋江坐下，便要去喚惜姣。

宋江攔住她道：「你不要叫她下樓，我坐坐就要走的。」閻婆口裡答應：「好，好，我不叫她就是，可是你不要走。」轉身便去叫喚女兒：「兒啊，快些下樓來吧，你的三郎來了。」惜姣在樓上問道：「媽呀，是哪一個三郎？」閻婆心裡明白，若說是宋江來了，女兒定然不肯下樓，便糊里糊塗地答了一聲：「是你心愛的三郎來了。」惜姣只說是張文遠，忙不迭地動手梳洗打扮，口裡發嗲道：「媽呀，你問他：這幾日為何不到烏龍院中走走？快將他罰跪庭前，等女兒梳洗完畢，再來發放。」閻婆聽了，有些尷尬；看那宋江臉色陰沉，默然不語。閻婆眼珠一轉，索性將錯就錯，滿臉堆笑道：「啊，宋大爺，我女兒將你怪下來了。」宋江心裡雪亮，便戳穿道：「你弄錯了罷？她說的不是我宋三郎，她說的是張三郎。」閻婆強笑道：「我並未弄錯呀，她說的是你。」宋江起身道：「你不要叫她下樓。若再叫她，我就要走了。」閻婆忙又安頓宋江坐下，口裡答應不叫，又說要沏茶，轉身又去催促，要女兒快些下樓。

那惜姣打扮得渾身鮮亮，嫋嫋婷婷下得樓來，興沖沖要會他的三郎，一眼看見宋江，大失所望，又氣又惱，轉身就要上樓。閻婆急忙橫身攔住。惜姣埋怨道：「我說媽呀，你也老糊塗了。宋三就說宋三，張三就說張三，說什麼是心愛的三郎來了！」閻婆央求道：「兒啊，宋大爺待我們有許多好處，上前說幾句好話，陪個禮兒也就是了。」惜姣道：

「我與他藕斷絲也斷了，又不是明媒正娶的夫妻，有什麼情分！」閻婆又說宋大爺是喜歡你的，仍要她去說幾句好話，說著，便拉著女兒的手往前走。惜姣一把推開她道：「要去你去，我是不去的。」閻婆不曾提防，被她推得向後趔趄，倒退了二三步方才站穩，氣得臉也白了，連聲喊道：「這還了得，這還了得，還是這個脾氣。哼！」畢竟還是奈何女兒不得，便轉身來對宋江說好話：「啊，宋大爺，『若要好，大讓小』，她小你大，你就說兩句好話，也就完了。」說著就要動手拉。宋江道：「要我與她賠禮？我是不去。」也是一把將閻婆推開了。那婆子氣惱道：「不去就罷！你一推，她一搡，我偌大年紀，倘若有個三長兩短，看你們是怎樣得了！」轉念一想，自己也是老糊塗了，有道是：夫妻沒有隔夜的仇。我將他二人扯上樓去，過了一夜，這滿天雲霧都散盡了。打定主意，便對宋江道：「宋大爺，我們到樓上去。」宋江不去，婆子又叫女兒上樓，惜姣也不肯去。那婆子不由分說，一手拉住宋江，一手拉住女兒，便要他們隨他走。拉到樓梯口，婆子便請宋江先上。宋江無奈，便上去了。婆子又對女兒道：「聽娘的話，上去。」惜姣也是不情不願的上去了。閻婆隨後上去一看，只見一個坐在東，一個坐在西，宋江低著頭不看惜姣，惜姣也揚著臉不睬宋江。宋江見了婆子，立起身來道：「我有事，我要走了。」婆子正要攔住宋江，她那女兒竟也發作起來：「你有事，我還有事呢。我要下樓。」閻婆急忙喝住女兒，要她坐下。宋江聽得惜姣要下樓，越發叫道要下樓；那惜姣也不肯示弱，與他一聲接一聲地叫道要下樓。那婆子見這陣勢，急於抽身，便對宋江道：「你也不要走！」又對女兒道：「你也不許動！」說是去拿茶來，出門轉身就將房門帶上，從外面反扣了。宋江急叫：「外面不要落鎖。」那婆子心想：將你們關在一起，還怕你們不說話！自下樓去，關了大門，上了門杠，一個人自言自語地埋怨女兒不懂事，感嘆自己老了，摸索到房中睡下。

樓上二人悶坐了良久，只聽得遠處傳來起更的鼓聲，不覺都站起身來，無意中打了一個照面。今夜不比上次，一來是屋子裡沒有藏著張文遠，惜姣也就沒有了顧忌；二來她和張文遠商量了，兩人要做長遠夫妻，只想著要和宋江一刀二斷，竟是對宋江連敷衍也不願敷衍。見了宋江打量自己，便故意做出一副不屑於搭理的神情，背轉身來，倚了妝台坐下，自顧自地閉了眼睛假寐。

宋江見惜姣如此毫無情義，自是又氣又惱，心中便又閃過了要走的念頭。走到窗前，推窗一看，只覺得一陣寒氣襲來，原來夜已深了。隨手將窗關好，心中盤算，只得在這裡熬過一宵了。便脫下外衣，放在衣架上。取下招文袋，看看袋中的黃金和書信，想把書信取出，在燈下燒了；瞥了惜姣一眼，又覺得不妥，便將書信仍然放在袋內，將招文袋和外衣放在一起。這時又聽得遠處傳來沉沉的更鼓，凝神一聽，正是初更時分。宋江今夜留在了烏龍院，雖說是由閻婆生拉硬扯，確有幾分無奈；暗暗在心底，對那惜姣未始不也有些藕斷絲連。如今見她竟是這般模樣，對自己如同陌路人一般，即使是自己想要重溫舊情，只怕是落花有意，流水卻無情了。越想越覺得後悔，也不去和惜姣搭訕，悶悶坐在桌邊懊惱；百無聊賴之際，一陣困倦襲來，竟自朦朧睡去。

那惜姣本未睡熟，閉了雙眼，也是在那裡思前想後，約莫到了二更時分，想起宋江昔日的恩情，剎那間也有些心腸軟了，本想叫他上床去安歇，睜眼一看宋江那模樣，比起張文遠的俊俏風流來，又增了幾分厭惡之心，便不理宋江，閉目自睡了。

宋江心中有事，倚在桌邊，哪裡睡得安穩，略一朦朧，便又驚醒了。思來想去，一腔怒火無處發作，便要上前與惜姣理論，猛聽得更鼓響起，已是半夜三更了。轉念一想，若是吵鬧起來，驚動了街坊四鄰，甚是不妥。大丈夫作事還是要三思而行，便又忍下了這口氣，坐下來閉目歇息。

那邊惜姣一覺醒來，聽聽更鼓，尚是四更，一時也無睡意，只想著如何與宋江作個了斷，才能與張三作長久的夫妻。胡思亂想之際，一眼瞥見了丟在妝臺上的一把剪刀，不覺就抓到了手上，猛然一陣心跳，閃過了趁此將宋江刺死的念頭。再一想，縱然刺死了宋江，自己如何脫得了干係？說不定還要連累了老娘。便輕輕將剪刀放下。又想了一陣，終究是困倦不過，迷迷糊糊睡了。

宋江在半睡半醒之際，聽得鄰家一陣雞鳴，拖起困倦的身子，睜開惺忪雙眼，推窗一看，天色微明，大約有五更天了。回頭看了惜姣一眼，恨不得一步就跨出這烏龍院。匆匆走到衣架前，先取了招文袋，看看裡面的黃金和書信，將袋口的帶子繫好，挾在左腋下；再取了外衣，搭在左肩上。走到房門後，伸出右手拉門，拉了兩下，竟拉不開，知是外面扣上了。一連叫了幾聲「媽媽開門！」只是無人應聲。宋江便抬起雙手，用力一拉。門是拉開了；就在雙手一抬一拉之際，原來是挾著的左臂鬆了開來，挾在腋下的招文袋掉在地上。此時宋江十分困倦，又氣惱至極，竟渾然不覺，匆匆忙忙，急步下樓，開了大門，說道一聲：「我再也不來了！」出了大門，頭也不回地去了。

惜姣聽見響動，醒來見宋江終於走了，自言自語道：「不來最好，免得老娘生氣。」只怕大門還開著，打算下樓去看看。走到門邊，腳下被招文袋絆了一下，拾起一看，認得是宋江的東西。提在手上覺得沉甸甸的，打開看看，先是掏出了一錠黃金，惜姣便想留著給三郎買東西吃。藏好了金子，再一掏，又掏出了一封書信。那惜姣從小學小曲看唱本，略識得幾個字，見信是拆過的，就想看看寫些什麼。展開信箋，先看抬頭，上寫著「公明大恩兄台下」，知道寫信這人曾受過宋江的恩惠；到底是誰呢？跳到後面看看落款，寫的是「通家弟兆益頓首拜」。口裡念著「兆益、兆益」，心裡覺得有些不對勁，彷彿這個字不是念「兆」；仔細一想，好像是應該念「晁」。「晁……什麼呢？——應當是晁蓋。」惜姣驚喜地大叫起來：「哎呀！是梁山晁蓋呀！三郎常聽人言，宋江和梁山有來往，不想真有此事。我和三郎想做長久夫妻，苦的是沒有拿著他的把柄，不想今天得著真憑實據。

只說吊桶落在井裡，誰想井也會落在吊桶裡！今天撞在老娘手內，豈肯放他過去！」此時惜姣一陣狂喜，隱隱覺得宋江的性命已經被她捏在手心裡，可以由她任意擺佈了。想到他丟了書信，必然回來尋找，自己先好好盤算，等著他便了。把書信揣在腰間藏好後，想了一想，又找出了一套筆墨紙硯，藏在一邊備用。

果然，過了不久，只見宋江步履踉蹌、神色慌張、眼神凝注在地上，一路尋找而來。一直找到烏龍院門前，尚未找到招文袋，宋江更擔心是失落在烏龍院中了。心中暗想：那招文袋內，有黃金一錠，書信一封。黃金事小，那書信乃是晁大哥所寫，若被旁人撿去倒也還好，若被惜姣那個賤人拾去，我的性命休矣！此時宋江惶急萬分，一腳踢開半掩著的那扇大門，跨進院去，細細尋找，一路找上樓來。

那惜姣聽得宋江上樓，便和衣倒在床上，裝作睡了。宋江進房後四處尋覓，只是不見袋子。呆了半晌，方按捺著靜下心來，仔細地回想。他記得昨夜招文袋是和外衣放在一處的；早上起來，也曾取來看過。就此一步一步想下去，如何取袋，如何挾袋，如何取衣，如何開門……想到開門，宋江曉得是雙手用力拉門時失落的了。既然失落在房內，肯定是惜姣拾去無疑。想到晁蓋的書信落到了惜姣的手裡，宋江更加焦急；看看惜姣，猶自睡在那裡紋絲不動，不覺倒抽了一口冷氣。宋江一咬牙，自己在額上擊了兩掌，自責道：「是我自不小心，是我自不小心。」便上前叫醒惜姣。

惜姣裝作是被叫醒了，伸了個懶腰，故意問道；「呦，宋大爺，你不是走了嗎？」宋江知她是裝假，也顧不得和她計較，耐著性子道：「唔，我走了，又回來了。」惜姣又問道：「你幹嘛又回來呀？」宋江只得試探著答道：「我失落了一件東西。」惜姣道：「敢是你那只討飯的口袋嗎？」宋江想不到惜姣竟如此痛快，忙道：「呃啊！著，著，著！就是那只討飯的口袋。你快快還與我，你快快還與我！」惜姣說得很輕巧：「呦，幹嘛那麼著急呀！你想，別人撿著了還能給你嗎！往後得小心點。」說著，從被子下面取出招文袋，朝著宋江一晃悠：「是這個吧？拿去！」隨手一擲，遠遠地扔在地上。宋江見了袋子，稍稍鬆了一口氣，連聲答道：「是，是，是。」又自言自語道：「人言閻大姐待我宋江虛情假意，如今看來是真情實意，日後我要另眼看待。」邊說邊去拾起袋子，用手一提，覺得袋子輕了，脫口而出道：「啊，大姐，這裡面有黃金一錠啊？」惜姣此時斜倚在椅子裡，右手搭在椅背上，有恃無恐道：「黃金哪！哼，老太太下臺階——存啦。」宋江知趣，不敢多說，順水推舟道：「是啊，我本來就是預備送與大姐買花兒戴的。」惜姣冷笑道：「哼，謝謝你，我不領情。」宋江口裡說著買花戴，伸手向袋裡一摸，空空如也，不見了書信，急急叫道：「啊，大姐，裡面還有書信一封呢？」惜姣從容問道：「書信哪！我問你，是誰寫給你的？」宋江硬著頭皮道：「是朋友所寄。」惜姣又問：「上面寫的什麼？」宋江道：「不過是平安問候而已。」惜姣霍地站了起來：「什麼平安問候，分明是你私通梁山。」宋江急忙去捂她的口，卻被她一把推開。

宋江忙哀求道：「哎呀，大姐呀！你念在往日的情分，你，你，你，還與我吧。」惜姣見宋江十分惶恐，乘機便放出話來：「你要書信，卻也不難，你給我一個了斷。」宋江料知了幾分，卻故作不懂：「什麼叫做了斷？」惜姣嘲弄道：「吃衙門飯的還不懂得了斷嗎？」宋江使氣道：「我就是不曉得了斷。」惜姣心想，你還以為我怕你，不敢直說麼：「就是你寫封休書，把我給休了。」宋江雖然料到了，怒氣仍然上撞，輕蔑回道：「你非我妻，寫的什麼休書！」惜姣道：「你不寫？」宋江道：「我不會寫。」惜姣倒是不慌不忙，道：「不寫就不寫。我告辭啦。」宋江急忙攔住，問往哪裡去？惜姣頭一側、臉一揚：「到我媽房裡睡覺去。」宋江急著要討回書信，只得答應道：「你不要睡覺去，我與你寫就是了。」那惜姣一聲聲催逼道：「你與我寫，你與我寫！」宋江口裡答應：「我與你寫，我與你寫。」用眼四下裡一看，又說道：「大姐，寫不成了。這樓上無有紙筆墨硯。」惜姣胸有成竹，說聲：「你來看！」隨手取出全副紙筆墨硯，端端正正放在桌上，用手一指，笑著對宋江道：「這不是嗎？」宋江倒有些意外：「啊，大姐，你早有此心嗎？」惜姣此時頗有幾分得意：「老實告訴你，不是一天啦。」把柄攥在人家的手心裡，由不得宋江不低頭。事已至此，宋江橫下一條心，喝了一聲：「好！我與你寫，我與你寫，我與你寫。」惜姣更加得意，連聲威逼道：「你與我寫，你與我寫，你與我寫。」

宋江三把二把研墨拂紙，提筆就要寫；惜姣攔住，說是要「我念你寫」。宋江且自由她。惜姣念道：「立休書人宋江。休妻閻惜姣。」宋江寫了一句，便停筆道：「休妾閻惜姣。」惜姣道：「要寫休妻。」宋江把筆一擱：「你非我妻，教我寫什麼休妻！」惜姣自知說不過去，便也不再糾纏，依了宋江道：「好，就妾，妾，妾。」宋江寫了；叫往下念。惜姣道：「任憑改嫁張……」「張」字一出口，惜姣就哽住了。宋江一聽，迅疾接口道：「張什麼？立早章？弓長張？又張了！」惜姣開始倒給問住了，當面畢竟有些說不出口；眼珠一轉，心想有書信做把柄，還怕他不成！一下子腰也硬了，氣也粗了：「簡直告訴你吧：任憑改嫁張文遠。」宋江一聽便炸了：「哈哈！如此看來，都是真的了！別人都可以嫁，就是不能嫁他。」惜姣費盡心機就是想要嫁給張文遠，便針鋒相對，一口咬定道：「我一定要嫁他。」宋江也寸土不讓，一口咬定道：「一定不許嫁他。」惜姣威逼道：「你寫是不寫？」宋江道：「不許嫁。」惜姣故作悠閒道：「不許嫁，就不嫁。我告辭啦！」宋江知道她要說什麼，還是問了一句：「哪裡去？」惜姣依舊是頭一側、臉一揚：「到媽房裡睡覺去。」宋江眼睜睜望著惜姣奈何不得，打落了門牙往肚裡吞，只好再退讓一步：「也罷。讓你嫁他就是了。」那惜姣更加快意，也更加張狂：「那麼你給我寫！你給我寫！你給我寫！」宋江強咽下一腔怒火，咬緊牙關道：「我與你寫，我與你寫，我與你寫。」提筆一揮，寫下「任憑改嫁張文遠」幾個字，喝聲「拿去」，便將休書擲給惜姣。

惜姣接過休書一看，又發話道：「宋大爺，這紙休書，慢說一張，十張、百張、一千張也沒有用。」宋江未及細想，脫口道：「要怎樣才能算得？」惜姣道：「要你打上手模腳印。」宋江一聽，強按著的怒火又躥了起來：「呀呸！我宋江一不休妻，二不賣子，我打的什麼手模腳印！」惜姣也不與他爭辯，只是問道：「你不打？」宋江答道：「不會打。」聲音已是低了。果然那惜姣又是故技重演，擺出一副不屑於理論的架式：「不打就不打！我告辭啦！」宋江道：「你又到你媽房裡睡覺去。」惜姣看準了宋江非得聽自己擺佈不可：「唔，讓你猜著啦。你與我打，你與我打，你與我打！」此時宋江的憤怒到了極限，忍讓也已經到了極限，聲音低沉，字字似有千斤，一字一字從牙關中迸出道：「我與你打，我與你打，我與你打。」

宋江攤開休書，用右手大拇指蘸了墨，舉起來，極為沉重地按下。宋江右手一抬，惜姣便飛快伸手來取，宋江卻左手抄著休書一抽，搶先一步把休書拿在手裡。惜姣忙道：「你給我，快拿來。」宋江道：「慢來。你將書信還我，我便與你休書。」惜姣微微一笑，先讓緊張的氣氛緩和下來，輕言細語說道：「呦，你怎麼這麼小心眼兒！你給了我休書，難道我還逃得出你的手嗎？」宋江信以為真：「唔，諒你也逃不出宋大爺的手掌。拿去！」惜姣接過休書，從頭至尾，仔仔細細看了一遍，再也找不出破綻了，便把它折好，鄭重地揣進懷裡；就手摸著了那封梁山的書信，剛要抽出來還給宋江，忽然一轉念：宋江是衙門口的人，不把他除了，只怕我和三郎不得安生。這封信還是不能給他。便輕輕抽出那只手來，臉上堆笑道：「宋大爺，您辛苦啦！您受累啦！」宋江道：「豈敢，豈敢。」惜姣若無其事說道：「我告辭啦。」宋江一看，苗頭不對，忙問道：「哪裡去？」惜姣的話像一股陰風冷颼颼：「我到我媽房裡睡覺去。」宋江盡力沉住氣道：「大姐，這就是你的不是了。」惜姣道：「我哪有那麼多的不是啊？」宋江道：「大姐，你要寫休書，我與你寫休書；你要嫁張文遠，就讓你嫁張文遠；你要打腳模手印，就與你打腳模手印，三件事兒件件依從，你不還我的書信哪！哈哈，你欺人忒甚哪！」宋江這番話從強自壓抑中噴射出來，一句連一句，一句緊一句，越說越激憤，眼看一腔怒火就要爆發。那惜姣以為宋江逃不出她的手心，尚在繼續玩火：「哦，我明白啦。聽你之言，是問我要那梁山的書信！」宋江道：「正是。」惜姣道：「書信不能在這裡給你。」宋江道：「哪裡還我？」惜姣道：「鄆城縣大堂上去給你。」宋江一聽，氣往上撞：「那鄆城縣他是狼？」惜姣道：「不是狼。」宋江道：「是虎？」惜姣道：「不是虎。」宋江道：「吞吃我宋江不成？」惜姣冷笑道：「雖非狼虎，你也要懼怕他三分。」

宋江聞言，極度震驚，這才猛然醒悟：惜姣不只是要嫁給張文遠，更是斷然要置自己於死地。那惜姣還在緊緊威逼：「懼他三分！三分！」宋江方寸已亂，六神無主，只得苦苦哀求：「哎呀，大姐啊！念在往日之情，你把信與我了吧。」此時宋江在惜姣眼裡，不過是個待處決的死囚，極其厭惡，揮斥道：「走開！」宋江再三懇求道：「大姐把還與我。」惜姣連連喝斥，宋江只是哀懇不休。惜姣極為厭煩，猛地打了宋江一個嘴巴，罵道：「你私通梁——」宋江一聽，用手急急去捂她的口。惜姣一把推開，故意大聲叫罵道：「宋江你私通梁山，要我還你的書信哪，哼哼，隨我上公堂吧！」宋江已被逼到了懸崖邊上，這一巴掌，一推一叫，使得宋江壓抑至極的憤怒徹底暴發，奮力摑了惜姣一掌：「你欺人忒甚，今天不還我的書信哪——哼，哼！」那惜姣不甘示弱，竟也報以冷笑：「哼哼！」宋江怒極恨極，一把抓住惜姣的衣領：「大姐，我勸你還我的好。」惜姣反手抓住宋江的右手，那只手也抓住他的衣領道：「我不給你，你怎麼樣？」宋江道：「不還我，我就要——」惜姣道：「你要罵我？」宋江道：「我不、不罵你。」惜姣道：「你要打我？」宋江道：「我不、不打你。」此時二人撕扯成一團，宋江左手抓著惜姣，抬起右腿，騰出右手去靴筒裡摸匕首。那手抖抖索索，竟是不聽使喚，摸了幾把，也未摸到；好不容易才把匕首拔了出來，那手卻顫抖得更厲害了。惜姣見宋江臉色大變，雙眼直瞪瞪地盯著自己，眼神迷亂，心裡不禁也有些害怕，口裡兀自還在逞強，要脅宋江道：「你還敢拿刀殺了我嗎？」宋江正在不知所措，被這一激，陡起殺人之心，雙手舉起匕首，便向惜姣面門刺去，惜姣急忙閃開了。那宋江是個文弱書生，不知如何殺人，雙手捧著刀子，戳了幾刀，也未刺中，兩人又撕纏在一起。那惜姣伸手要挖宋江的眼睛，宋江趁勢抓住了她；她翻身用右手向宋江劈面打來，又被宋江揪住了。畢竟是男子的力大，那惜姣左臂被宋江抓住，右手又被宋江夾在腋下，掙扎了幾下，掙扎不脫，被宋江騰出手來，一刀刺中了咽喉，頓時倒地死了。

宋江舉起刀來，看著上面的血跡，彷彿是在夢裡，惶惶然自問：我真的殺人了嗎？看看惜姣的屍體，心裡更加慌亂害怕。想把匕首依舊藏好，三番五次都插到靴筒外面去了。宋江竭力定下心來，在惜姣身上搜尋：先是摸著了黃金，取出隨手藏好；又搜出了休書，幾把撕碎了；最後才找到梁山晁蓋的書信，急忙就著燈火銷毀。本想就此逃走，又想到好漢作事好漢當，豈能連累別人，便叫來閻婆，與她說了。閻婆見女兒已被殺死，自是撫屍痛哭，卻被宋江止住。閻婆便央求宋江收殮女兒，宋江應允。兩人一同走到街上，那閻婆子見到行人便發起喊來：「宋江殺人了！宋江殺人了！」

七、

「打漁殺家」

這是一個乾旱的秋天。在兩岸青山之間，波浪滔滔的江上，有一條小小的漁船順流而下。船頭上穩穩站著一位老者，飽經風霜的鬚髮都已斑白了，雖是平常漁家裝束，神色沈鬱，卻隱隱透出一股英氣；後梢的少女，大約只有十六、七歲，不施脂粉，天然麗質，卻又身手矯健。這老者名叫蕭恩，少女是他的女兒桂英。老父幼女，相依為命，日常以打漁為生。

蕭家父女放舟中流，划了一陣槳，桂英將漁網遞給爹爹，蕭恩連撒了幾網，都收獲不大，不覺心中煩躁。桂英便過來幫著爹爹察看水花，捕捉漁情。終於有一網拉著沉甸甸的了，蕭恩感到手中的網越來越沉重，越來越吃力，最後一把，盡力一拉，網是拉起來了，腳下卻踉蹌了一下。蕭恩喘息著，心裡掠過一絲陰影：畢竟是人老了，氣力竟大不如從前！桂英扶著爹爹，眼圈兒早紅了，低低地說道：「爹爹，這河下的生意不做也罷！」蕭恩無奈地望了望女兒，口裡喃喃的：「不作這河下生意，你我父女拿什麼度日呀！」桂英一聽，含在眼中的淚水再也忍不住的直往下掉，竟自哭出聲來。蕭恩安慰了女兒兩句，也無心再打漁，便把船彎在柳蔭下歇息。

桂英揀了幾尾鮮魚，準備做熟給爹爹飲酒，忽聽得岸上有人在喚爹爹。桂英一說，蕭恩起身站在船頭望去，只見岸上有兩條好漢，那個喚叫自己的，正是當年梁山的好友混江龍李俊，心中大喜，忙邀二人上船。蕭恩看那李俊身後的大漢，身材魁梧，一大把落腮鬍子，鬚髮都捲曲而發黃，看著有些眼生。李俊先向蕭恩介紹，這是捲毛虎倪榮，又叫倪榮與蕭恩行禮。倪榮在江湖上久聞蕭恩的大名，今日一見，卻是一個不起眼的打漁的小老頭，不免心存輕視，想要較量較量。他這邊故作恭敬地長長一揖，躬身到地，引得蕭恩慌忙伸手來扶，倪榮翻手就抓蕭恩的右腕，不想蕭恩手底一沉一繞，反手搭住了他的脈門，輕輕一擰，便擒住了他的胳膊，動彈不得。蕭恩口裡問道，這作什麼？手裡卻先鬆開了。那倪榮是個直爽漢子，便痛快地承認是想試試蕭恩的膂力。蕭恩很有感慨的連說自己老了，不中用了，李俊和倪榮卻直誇他是老英雄。特別是倪榮，更是衷心佩服，他知道，自己的突然襲擊，蕭恩事先並無戒備，制服自己靠的是隨機應變的實戰經驗和嫻熟深厚的真功夫。

蕭恩讓桂英見過二位叔父後，便留下二人在船頭暢飲。杯酒之間，蕭恩說起今年雨水稀少，打漁不易，順便提醒二人，漁家忌的是「乾旱」二字，提起「乾旱」二字便要罰酒三杯，也算是行的一個酒令。酒逢知己，談談說說，十分投機。那倪榮稟性直率又有幾分莽撞，說得高興了，舉起手中酒杯一飲而盡，一亮杯底，脫口就是一個「乾」字，蕭李二人便要他罰酒三杯。

正在這時，岸上又來了一個文士模樣的人。那人東遊西逛，看到桂英容顏姣好，體態窈窕，便止步不走，站在那裡偷看，神態十分輕薄。船頭狹窄，三人擠坐一處，只有倪榮面對著岸上，把那人的醜態看在眼裡，很是不快，礙在蕭恩的面上，又不好冒然發作，便告訴蕭恩岸上有人。蕭恩起身一看，就明白了幾分，走下船去，不動聲色地問那人幹什麼，那人支支吾吾，說是想問路，並說是去丁府。蕭恩給他指路時，發現那人並沒有認真聽，一雙賊眼仍然不停地往桂英身上瞟，便威嚴地一聲斷喝，那人見勢不妙，匆匆溜走了。蕭恩不再計較，回到船上，李俊問起，也只淡淡地說是問路的，倪榮忍不住張嘴就嚷道：「哪裡是問路，分明是……」不等他說完，李俊就截住了他的話：「諒他也不敢。」蕭恩也不再往下說，只是請二人繼續飲酒。

才飲得兩杯，岸上又有人在叫蕭恩。經過剛才那番攪和，三人飲酒的興致已差了許多；現在又有人來打擾，這酒李俊倪榮就喝不下去了。蕭恩下船一看，認得是丁府的僕役丁郎，聽說是來催討漁稅銀子，便耐著性子好言好語地說，這幾日天旱水淺，魚不上網，改天有了再送去。丁郎嘮叨了兩句，發了幾句牢騷，正準備要走，卻被李俊和倪榮叫住了。二人質問他憑什麼收漁稅，原來這漁稅是當地土豪丁員外勾結本縣知縣呂子秋私自定下的，因此二人強硬地提出不許再收漁稅，並且對丁家和呂子秋發出警告。蕭恩從中一再勸阻，雙方還是爭吵起來，幾乎就要動手，幸虧蕭恩拉住了倪榮，丁郎才得脫身。李俊倪榮見蕭恩如今事事忍讓，很是不解，覺得他太懦弱了。蕭恩說出了自己的顧慮，對方人多、勢力大。李俊倪榮雖不以為然，又異口同聲地勸他不要再打漁了，蕭恩老實告訴他們，本來也不想打漁了，就是家境清寒，無法度日。二人一聽，爭著要給他送銀送米，蕭恩也不推辭。

三人又說了一會話，說到桂英已許配給花榮之子花逢春，大家都很高興。看看天色不早，李俊倪榮告辭下船，蕭恩上岸一直送到個高坡上，眼巴巴地望著二人的身影漸漸去遠了，兀自在那裡翹首目送。桂英把爹爹喚回船來，見他興致甚好，便問這二位叔叔是什麼人。這一問，使蕭恩少有地激動起來，他告訴女兒，他們就是李俊和倪榮，江湖上著名的兩位豪俠，都是放著官不願做，才雙雙浪跡天涯的。爹爹的話，證實了桂英的猜測，從他們的行事、說話看，早就估計他們和爹爹是同一個類型的人，所以才那樣知心、相投，所以才是爹爹的好朋友。

紅日墜落到西山後去了，一輪明月冉冉升起，照著江水，照著岸邊的蘆花，照著父女倆划著漁船，款款地歸去。

再說那丁郎回去以後，見了丁員外，把催討漁稅的情況，開頭蕭恩是怎麼說，後來又如何半路裡殺出個李俊倪榮，他們又怎麼說，加油添醋地學說了一遍。丁員外一聽，就要親自去催討，卻被身邊的一個幫閒葛先生攔住了——這葛先生就是在江邊偷看桂英的那個傢伙。葛先生把這差使交給了丁家看家護院的大教師，讓他第二天帶著人去找蕭恩。

第二天清晨，蕭恩是被雞叫吵醒的。睜眼一看，身上的外衣都未脫，竟是和衣睡了一宿。定定神一想，昨夜心裡有事，不覺多飲了兩杯酒，大約是醉了，看來這身上的被子也一定是桂英給蓋的。自己在江湖上闖蕩了一生，什麼人沒見過？什麼事沒經過？想不到年老了還要受這些貪官污吏、土豪惡霸的氣，就是處處忍讓，也過不上安生日子。昨天李俊和倪榮都勸自己不要打漁了，他們自然是一片好意，這件事自己已想過多日了，不打漁拿什麼度日呢？總不能老是靠朋友們接濟吧！自己一個人倒也好辦，又拖著這麼一個沒有娘的女兒！想得心酸，翻身下床，本要出去走走，不料一開大門，迎頭就是一群烏鴉，飛過來叫過去地叫個不停，叫得人越發的心煩，又覺得晦氣，便關好了門悶悶的坐在草堂上。坐了半晌有些口渴，就向桂英要茶。蕭恩一看女兒，又是短衣短褲、緊身窄袖，一身的漁家打扮，盡露出女兒家的窈窕體態，想起她昨天被人偷看，不覺又皺起了眉頭，怪她不聽話，竟又是漁家打扮。桂英哪裡知道爹爹的心思，還在那裡天真地撒嬌：「女兒生在漁家，長在漁家，不叫女兒漁家打扮，是要怎樣的打扮呢？」蕭恩對女兒不好說破，只得故意沉下臉來。桂英見惹得爹爹生氣了，趕緊一邊認錯，一邊給爹爹捶背。

正在這時，丁家的大教師領著一群徒弟找上門來了。大教師要徒弟去叫門，徒弟們一個個往後縮，都說自己不會，師傅沒教過。大教師只好自己上前，看了看，一會兒說門關著蕭恩不在家，一會兒說晾著網人不在家，只想找個藉口好領人回去。叫門時有意揑著個小聲，反倒是怕被蕭恩聽見了。被徒弟們擠兌得沒有退路了，便壯起膽子擺出一個「攔門式」，口裡說什麼「他要是一出來，上頭一拳，底下一腳，他就得躺下」，身子卻在不停地哆嗦，等到蕭恩出來，也沒見蕭恩怎麼動作，他自己倒是先躺下了。

蕭恩仍然是那樣不亢不卑，問他們是哪裡來的，來做什麼？對於漁稅銀子也仍然是那兩句話：這幾日天旱水淺，魚不上網，改日有錢，送上府去。穩坐釣魚台，看他們如何橫行。

大教師要錢不著，首先就倚仗官府的權勢，拿出捕人的鎖鏈進行威脅，不料被蕭恩打落在地，一腳踩住。要徒弟們去揀，可是誰也不敢上前，大教師還想玩花招，倒是蕭恩有意讓開，才讓他揀了起來。他拿起鎖鏈要套蕭恩，被蕭恩一把抓住，反彈回去，竟是套住了他自己的脖子。

來硬的不行，大教師第二個回合便來軟的，上前給蕭恩裝笑臉、打哈哈，「煩您跟我們辛苦一趟」，蕭恩自是不會答應。

大教師見蕭恩軟硬不吃，無計可施，最後只有倚仗人多，要講打。蕭恩聽說要講打，便對他們說：「老漢幼年間，聽說打架，如同小孩子穿新鞋、盼新年的一般！如今哪！老了，打不動了哇！」說完哈哈大笑。蕭恩見大教師指揮著徒弟們一擁而上，不慌不忙地脫了衣服、摘下帽子，擋在門口，打散了眾徒弟，單單教訓教訓大教師。先是拳打他的左眼，接著踢了他一個屁股坐兒，又揪住耳朵打了一個大嘴巴，口裡罵道，你這個奴下奴敢來欺我！徒弟們看出了苗頭，一個個都說是沒我們什麼事，袖手旁觀。

最後，大教師孤注一擲，提出：你要是禁得住我「三羊頭」，漁稅銀子不要了，帶著徒弟一走兒。蕭恩讓大教師用頭連撞了三下，轟走了眾人，單單截下了大教師。大教師脫身不得，便跪下求饒，說自己「無非是馬勺的蒼蠅——混飯兒吃」；見蕭恩還是不肯放他走，定要向他「領教」，竟又嘴硬起來，揚言「不會個『三腳毛』，『四門鬥』的，也不敢出來當教師爺」，耍開了嘴皮子功夫，什麼大十八般武藝，什麼小十八樣兵器，還有拳腳式、軟硬的真功夫，一樣樣說得溜溜兒的滾瓜爛熟，賽過賣狗皮膏藥的；真要練了，卻只會個「扁擔式」、翻來覆去地「獅子大張嘴」、「張嘴大獅子」；臨了還是央求蕭恩放他過去。蕭恩答應放他，但要還三拳頭。兩人正在相持，桂英拿著個竹板子出來，才把大教師打跑了。

打跑了大教師，桂英不禁有些得意，想要爹爹誇誇自己。蕭恩卻很憂慮，告訴桂英只怕會打出禍來。他估計丁家決不會善罷甘休，必定要動用官府的勢力；他認為，如其被動地等待官府來找自己，倒不如自己力爭主動，先去搶個頭告。說走就走，當時就趕往縣衙去告狀。

那邊幾個徒弟扶著受傷的大教師回去，葛先生問明了情況，便安慰了幾句，答應明天將蕭恩送到官裡去，打他幾十板子。

蕭恩走後，桂英十分不安。她本來是不情願爹爹去告狀的，但是她攔不住爹爹；開始，她也不明白我們已經打贏了，爹爹為什麼還要去告狀；她更不知道爹爹能不能打贏這場官司，如果打輸了又怎麼辦？她在家裡心神不定，牽腸掛肚，只盼著爹爹早些回來。她不知道，正是她在家裡一陣陣坐立不安的時候，她的爹爹已經在縣衙挨了一陣痛打。

蕭恩沒有想到，上得公堂，那知縣呂子秋一言不問，就叫人把他拉下去打，打了四十板子，還要他連夜過府賠禮，不由分說，就把他轟出來了。這四十板打得他皮開肉綻、鮮血淋漓，打得他怒火滿腔，有冤無處訴，也讓他看清了貪官土豪相勾結的醜惡嘴臉，看清了貧窮善良的老百姓飽受欺壓的悲慘處境。

蕭恩咬緊牙關忍著疼痛匆匆趕回家來，桂英一見，便覺得爹爹神色不對，趕緊攙住扶進家來。蕭恩正要坐下，不料觸動傷處，頓時痛得跳了起來，只好把腳踏在椅子上。桂英忙問情由，聽爹爹三言兩語說了經過，忍不住傷心地哭了起來，一邊罵呂子秋、丁員外，一邊替爹爹覺得委屈。在蕭恩看來，打了他四十板子還不算受屈，叫他連夜過江去與丁家老賊賠禮，那才是真正的受屈。桂英聽說還要賠禮，忙問爹爹去不去？桂英這一問，更點燃了蕭恩的萬丈怒火，恨不得立刻插翅飛過江去，殺了那丁家老賊。桂英擔心丁家的勢力浩大，還想勸爹爹忍耐了，此時蕭恩復仇心切，哪裡聽得進去，只是叫她不用多管，又連連催她快去取衣帽戒刀。

取了衣帽戒刀，蕭恩出門就走。桂英哪裡放心得下，趕出門來，要跟爹爹一起去。蕭恩看她年幼，原本不想要她去，耐不住她一再地央求，又聽得她說「與爹爹壯壯膽量也是好的」，心中一動，便改變了主意，叫她也去收拾衣服兵刃。臨時又想起了一件事，囑咐她要把花家的聘禮——慶頂珠也帶在身邊。

父女二人出得門來，才走了兩步，桂英叫住了爹爹，說是門還未關呢，蕭恩頓了一頓，然後平淡地說，不用關了。桂英回頭望望家門，又叫住爹爹說，這裡面還有動用的傢俱呢，蕭恩嘆了一口氣，回頭看了一眼家門，愴然說道：「傻孩子，門都不關，還要什麼傢俱呀！」桂英有些疑惑的又問了一句：「不要了？」聽得爹爹回答的很肯定，她傷心地哭了起來。只到這時候，她才明白，這一去，就永遠地離開了這個家。

蕭恩看著女兒，又嘆了一口氣。他倒不是捨不得這個家，而是可憐這個從小就沒有娘的小女兒。她天真無邪，對人世的奸詐險惡一無所知，卻被迫捲入了一場腥風血雨，即將面對一場以性命相搏、生死未卜的拼殺。心裡一酸，便輕聲哄得女兒止了啼哭，牽了她的手，一邊走，一邊叮囑，等會到了丁家，叫你罵你就罵，叫你殺你就殺，不要害怕，要放大了膽，看爹爹的眼色行事，桂英一一答應。邊走邊說，到了江邊，二人上船，蕭恩又叮囑，夜晚行船，比不得白天，要掌穩了舵。

此時月黑風高，四周漆黑，寂靜無聲。蕭恩在船頭奮力划槳，胸中怒火越燒越旺，恨不得一下子飛過江去。突然，桂英鬆了篷索，放下船篷，船行頓時慢了下來。蕭恩正要問原因，只聽得桂英在船後問道：「爹爹，此番前去殺人，是真的還是假的？」蕭恩大不以為然，脫口而出道：「殺人還有什麼假的不成！」桂英慌忙說：「哎呀！女兒心中害怕，我不去了……」蕭恩好不惱火，口裡埋怨女兒，在家裡不要你來，你偏偏要來，現在船行在半江之中，你又不去了，手裡便用力撥轉船頭，準備送桂英回去。才撥得兩下，桂英卻在後面用力地反撥，一邊撥，一邊哭著說：「女兒捨不得爹爹！」此時蕭恩縱然是鐵石心腸，也禁不住老淚縱橫，哽咽不已。

船到岸邊，蕭恩將船用纜繩繫好，二人拿了衣服、兵刃上岸。蕭恩囑咐桂英要記準泊船的地方，少時還要在這裡上船；又問慶頂珠在不在身邊。桂英有些奇怪，不懂這個時候為什麼要問它。蕭恩告訴她，此番前去，若有不測，你就帶了慶頂珠，從水路逃到花家去。桂英忙問：「爹爹您呢？」蕭恩停頓了一下，才硬著心腸說：「你就不用管了！」桂英一聽，又是淚如泉湧，但也更加明白了，今夜就是父女們的生死關頭，不覺把害怕放到了一邊，一心只想著如何照護好爹爹。

來到丁家門外，父女二人在暗處披上寬大的外衣，藏好兵器，蕭恩便上前叫門。開門的正是大教師，見了蕭恩心中先怕了幾分，以為是蕭恩打上門來了；等到聽說是來賠罪的，便又神氣起來，趾高氣揚地說：「你敢不來嗎？」畢竟他是被蕭恩打怕了的，見蕭恩哼了一聲，神色不對，倒也不敢多糾纏，便去請出了丁員外。丁員外佈置好家丁，把蕭恩父女叫進來，劈頭就是一頓怒喝責罵，大罵蕭恩不該抗稅不交，又打壞府中的教師，要將他們拿下。蕭恩聲色不動地讓他罵完，這時才開口，出乎意外地說是來獻寶的。貪心的丁員外一聽是獻寶，便忙問是什麼寶貝。蕭恩故意作出遲疑的樣子，嫌周圍的人多口雜，不好說出秘密。丁員外來不及多想，趕緊叫大教師和家丁們退下，身邊只留了一個葛先生，迫不及待地問是什麼寶貝。蕭恩看到家丁們已經走開了，這才說是打漁時得了一個寶貝，名喚「慶頂珠」。丁員外、葛先生一聽，都連聲說是好寶貝，丁員外急叫蕭恩呈上來。蕭恩口裡答應，向女兒使個眼色，桂英會意，兩人一齊動手，取出刀來，一刀一個，殺死了丁員外、葛先生。

蕭恩領著女兒便往外衝。頓時丁家大亂，一些打手抄起武器攔截。對那揮刀衝在前面的蕭恩，打手們都知道他的厲害，阻擋不住；看到桂英是個女孩子，以為好欺負，便合力對她圍攻。桂英從小跟著爹爹習武，倒也有些本領，好幾個打手都被她殺退了，有的還負了傷。不想這時大教師趕來，親自上陣，指揮眾人圍攻桂英。桂英畢竟缺乏實戰經驗，心裡又惦記著爹爹，衝不出去便心裡焦躁。正在危急時分，蕭恩又返身殺了回來，衝到大教師面前，連連使出殺手，大教師抵擋不住，轉身就逃。蕭恩也不追趕，又殺退了幾個打手，便和桂英一起再次往外衝。不想又遇到大教師組織打手堵截，父女兩人聯手，合力殺死了大教師，這才衝出重圍，逃出了丁府。二人跑出不遠，只聽得後面人聲大作，燈籠火把明亮，眼見得是丁家追尋來了，便盡力向江邊飛奔。跑了一程，那蕭恩有傷在身，疲憊不堪，踉踉蹌蹌，幾乎跌倒，桂英急忙轉身扶住。蕭恩將刀戳在地上，拄著喘了兩口氣，拔腿要走，卻是全身顫抖，力不從心。桂英立即跪在地上，架起爹爹，匆匆向江邊奔去，漸漸消失在暗夜中。

八、

「望江亭」

這日天氣晴和。一艘官船緩緩地停靠在江邊，從船上走下一個眉目俊朗、身姿瀟灑的青年官員，隨身只帶了一個小書僮，逕自向清安觀走去。

來到觀前叫門，觀中的白道姑開門一看，見是一位官員，便以「大人」相稱：「你這位大人是哪一位？」那青年官員含笑道：「侄男白士中，姑母就不認得了麼？」那白道姑定睛一看，果然是自家的侄兒，幾年不見，倒認不出來了，忙讓進去說話。

兩人坐定，白道姑問起侄兒哪裡來的這身榮耀？白士中告訴姑母，自己金榜題名，官拜潭州太守，乘官船赴任，路過此地，特來看望。白道姑自是十分歡喜，不禁又向門外張望。白士中有些不解，便問她看些什麼？白道姑道：「既是乘官船到此，為何不將我那侄媳婦一同請到觀中，住上幾日再走？」白士中聽了，心中傷感，說是妻子已亡故三年了。白道姑連聲嘆息，又轉過話頭勸侄兒續娶一房。白士中對姑母如實說道：「只是無有稱心如意之人。」

白道姑一聽，不覺便笑出聲來，連連道是有緣，有緣！便對侄兒道：「本城有一少婦，名喚譚記兒，乃學士李希顏之妻。不幸李學士在三年前亡故，留下譚記兒一人，少年寡居，十分可憐。本城有個楊衙內，乃是太尉楊戩的兒子，橫行霸道，仗勢欺人，也曾托人向譚記兒求親。譚記兒為避狂徒，搬到我這觀中居住。此人聰明機智，才貌雙全。你若得她為妻，真是緣分不淺。你二人，一個未曾續妻，一個不曾再嫁，豈不是有緣麼？」

白士中笑道：「聽姑母之言，這一女子她倒是天仙化人了哇？」喜歡之中似有幾分不信。白道姑聽出了話音，便道：「侄兒，如今她正在後面為我抄寫經卷，你呀，可到那廂躲藏一時，待我將她請了出來，你一看麼，就知道了。」白士中聽得姑母如此說來，更是歡喜，便請姑母作媒。白道姑道：「少時我先用言語試探試探，她若依允，我就咳嗽一聲，你便出來與她相見，這親事啊，就算成了！」白士中依言自去藏了。白道姑又叮囑了一遍：若是不咳嗽，千萬不可出來。這才轉身去請譚記兒。

那譚記兒十分精細，剛才聽得有人敲門，便問師傅是何人到此？白道姑只說是進香的施主，已經去了，此刻無人。記兒自丈夫去世後，獨守空幃，芳心寂寞，常自嗟嘆；近日又遭狂徒糾纏，更加愁苦，躲在觀中，每日裡暗暗流淚。對那白道姑倒是十分感激。聽得她口口聲聲稱自己為「夫人」，連說實不敢當，要師傅就叫她的名字：「我乃苦命之人，一年來蒙師傅憐念，情同骨肉，理應喚我的名字，才像一家人哪！」白道姑見她說得懇切，便答應了；又說有勞你每日抄寫經卷，心中實實不安。記兒忙道：「多蒙師傅憐念我孤身一人，留我在觀中；這抄寫經卷麼，也正好為我排遣愁煩。」白道姑正好接過話頭說道：「說得是呀，自從李學士歸天以後，丟下你一人，甚是可憐。」記兒被她觸動了心事，嘆道：「我好羨慕你們出家人，一塵不染，了無掛牽，每日裡誦經拜佛，何等清閒。像我這樣飛鴻失伴，孤苦伶仃，淒淒慘慘，倒不如斷絕塵念，隨了師傅出家修道，也免得那狂徒再來糾纏。」白道姑聽她說要出家，忙將話頭截住，要她尋一個人家，也好有個安身之處。記兒低頭嘆了一聲：「只怕是難得如願。若是不如意，豈不是反把愁添？」白道姑乘機道：「如今有一人托我說親，此人雖不比那李學士，倒是一表人才，況且，也是官宦人家的子弟。」記兒聽說是官宦人家的子弟，心中生疑，頓時滿臉秋霜：「我倒明白了！想是那依權仗勢、無惡不作的楊衙內，知我住在此處，托師傅前來說親，我是不能從命的！」白道姑本來年老，未想到記兒誤會，竟然發作起來，心中一急，氣往上湧，大咳不止，一句話也說不出來。記兒越想越氣，口裡說道：「從今以後，我再也不來打擾你了，告辭！」起身往外便走。白道姑在身後慌忙叫道：「你錯怪我了！」話音未落，只見外面進來一人，見了記兒口稱「學士夫人」！躬身一禮，深深拜將下去。白道姑定睛看時，那人正是白士中。慌亂中問他：「你怎麼出來了？」那白士中實話實說：「姑母咳嗽，我焉能不出來呀！」白道姑好不尷尬，見記兒攔住她有話要問，便索性躲開：「就煩你陪伴我的侄兒，我去去就來！」不顧記兒和白士中在後面叫喚，匆匆出了禪堂，竟自去了。

兩人追了出來，已是不見人影。白士中不明內情，只道是姑母已和記兒說好，便對記兒道：「啊，學士夫人，小生姑母與夫人說明，小生願與夫人結為姻眷，偕老百年，倘有二意，願盟誓剖心！」那記兒見了白士中，先是吃了一驚，只說是楊衙內又來擾亂，不想竟是這樣一個翩翩的少年。初次相見，便覺得好不眼熟，似乎在哪裡見過。稍自沉吟，不禁怦然心動，原來天下竟有此巧事，這人的容貌丰姿，竟是與去世的丈夫十分相像，不覺便呆了。也不知他沒頭沒腦地在說些什麼，見他請自己到禪堂去敘話，一雙腳先自隨他去了。兩人坐下後，那記兒心緒撩亂，含羞低頭不語，一雙纖手只顧搓揉著羅衫的一角。那白士中見她默默無語，只道她是在等待自己盟誓，便站起身來，直挺挺地跪在地上，朗朗說道：「蒼天在上：弟子白士中，汴梁人士，現年二十七歲，今科得中，任潭州太守。只因亡妻去世三年，蒙姑母為媒，我與學士夫人譚記兒永訂百年之好，日後我若負心，天誅地滅。」記兒這番字字句句聽得明明白白，感到此人倒是個志誠的君子，又添了幾分好感，便嬌嗔道：「噯！哪個叫你盟誓？你姑母並不曾與我作媒呀！」白士中聞言又驚又窘，渾身汗都出來了：「啊？怎麼？我姑母還不曾提過此事？哎！我真正的荒唐！該死、該死！小生出言無狀，請夫人休怪！」慌忙站了起來，連連作揖陪罪。

見此情景，記兒暗暗思忖：這位君子也算得上是才貌雙全了！三年來心靜如水，今日裡卻怎地不由得意惹情牽？有心允了他這樁婚事罷，羞答答地當面怎好開口？不允他罷，豈不錯過了這美滿的良緣？沉吟了一會，心生一計：何不用詩句來表白自己的心意，也考考他能不能領會這詩中的隱情。那白士中惶惶不安，見記兒低頭不語，也不知是禍是福，又施了一禮道：「蒙夫人寬恕，小生感激不盡，想這婚姻大事，豈能勉強，既然夫人不允，小生我失陪了！」說罷轉身要走。記兒此時只得開口將他叫住：「且慢！我見君家至誠有禮，願口占一絕贈君，以不負今日之會。」白士中頓時面露喜色：「夫人不見責於我，反而贈以佳句，小生自當領教。」記兒已是胸有成竹，面帶嬌羞輕輕念道：

願把春情寄落花，
隨風冉冉到天涯。
君能識破『鳳兮』句，
去婦當歸賣酒家。

白士中一聽，就知道她是自比為卓文君，將自己比做司馬相如，明確地表示了願意歸屬於自己。喜孜孜地重念了一遍，又有了新的領悟：「哎呀，妙啊！好一首絕妙的藏頭詩，橫頭四字，乃是『願隨君去』。夫人，此話當真麼？」記兒俏皮地一笑：「說真便真，說假便假。」白士中不禁眉飛色舞：「夫人如此多情，小生要和詩一首：

當壚卓女豔如花，
不負琴心走天涯。
負卻今朝花底約，

卿須憐我尚無家。」

記兒聽了，便知道也是一首藏頭詩，依舊借了卓文君、司馬相如二人作比喻，再次表明心跡，脫口便道：「好個『當不負卿』，但願口心如一，不負白頭之約！」

說話間，只見白道姑慌慌張張跑了進來。二人急問，原來是觀中的小徒兒在觀前汲水，遠遠望見楊衙內帶著家丁轎馬，直奔觀中而來！記兒一聽，便要與他一死相拼；白道姑卻勸記兒躲避躲避。白士中在旁聽得明白，便拿定主意道：「夫人在此，難免要生禍端。既然夫人允下婚事，小生的官船現在江邊，就請夫人與小生一同登舟赴任，諒那賊子也無計奈何！」記兒一想，也只好如此。二人拜別姑母，帶領書童，火速出了後門，直奔江邊登舟而去。

這邊白道姑關好大門，靜坐在觀中等候，不久便聽得門外敲門甚急。白道姑慢騰騰地走到門後，細細地問了是何人叫門，是哪一個楊衙內。那楊衙內哪有耐性，正要打進去，白道姑只好把門開了，楊衙內領了眾人一擁而入。白道姑先客氣了一番，隨後便問到此何事？那衙內竟說是迎親來了，白道姑把它只當是說笑話。楊衙內只得說他有個先訂未娶之妻，名叫譚記兒，聽說住在觀中，所以抬親來了。白道姑說是只知譚記兒是李學士之妻，未聽說過是衙內的妾小。磨磨蹭蹭，惹得楊衙內火起，喝令家丁們去搜。前前後後搜了一遍，不見譚記兒的人影。楊衙內對白道姑冷笑道：「老道姑，你把譚記兒藏在哪兒啦！告訴我，大爺有賞；你要是隱藏不獻，可別說我翻臉無情啦！」白道姑先說他們來遲了，又說她隨丈夫上任去了，七彎八繞，最後才說出譚記兒嫁給了白士中，到潭州去了。

楊衙內聞言氣不打一處來，對白士中恨之入骨，立即吩咐人役，駕舟追趕，要把白士中和譚記兒兩人抓回來。手下親信張千回稟道，白士中是朝廷命官，就是追上了人役們也不敢動手，得另想個主意。楊衙內眨眨眼睛壞主意就來了：「有啦！明日進京，面見我父，就說那白士中四處揚言，要除奸逆楊戩。我父聞知，必然大怒，到那時候，嘿嘿，白士中啊，白士中！管教你這個潭州太守命喪我手！」回頭又將白道姑恫嚇一番，這才領著家丁去了。

那白道姑說出白士中，原指望用官職將楊衙內嚇退，讓他死了這條心；不想侄兒竟要遭人暗算，心中後悔不已，只得求菩薩保佑。

這天正是八月中秋，一大清早，在京城方向通往潭州的官道上，有一名大漢匆匆策馬飛馳。進了潭州，直奔府衙。來到衙前，滾鞍下馬，急如星火，就往裡闖。門首的童兒上前攔住，一人急著要進，一人不准，兩人便爭執起來。

白士中聽得門前喧嘩，出來一看，認得那大漢是李丞相府中的校尉李龍。心中好生疑惑，便問他來此作甚？李龍欲言又止，白士中知道門前不是講話之處，便叫童兒退下，親自將李龍帶到書房。李龍呈上老丞相的親筆書信一封，白士中急忙拆開一看，只見上面寫著：

「太尉楊戩之子楊衙內在其父面前，搬弄是非，楊戩震怒，四處揚言，道賢契在任，荒怠政務，搜刮民財，以至怨聲載道。楊衙內業已出京，取道潭州。只恐賢契性命難保，望思對策！」

不待白士中看完，李龍急道：「大人，一路之上，聞聽百姓紛紛傳言，那楊衙內奉旨前來，緝拿大人，就地正法。」白士中急怒攻心，大叫一聲，竟暈倒在地。過了一刻，悠悠醒來，滿腹含冤，既恨楊戩父子用心險惡，謊奏聖上；又恨聖上聽信讒言，使自己忠良蒙冤。李龍在旁，十分著急，又對白士中說道：「哎呀大人，小人在中途路上，看見楊衙內的官船直奔潭州而來，今晚必在望江亭住宿，明早就到潭州，大人早作準備才是。」此時白士中心亂如麻，只好讓李龍先下去歇息。

白士中拿著書信，本想到後堂與夫人商議，又怕夫人擔驚害怕；若不對她言講，明日聖旨一到，夫妻便是生離死別。想起婚後夫妻間的恩愛，不禁淚下如雨。

卻說譚記兒在後堂聽說有人下書，許久不見丈夫進去，便來探望。到了書房門前，只見丈夫拿著一封書信長吁短嘆，口裡自言自語，神情十分焦急。看來定是有什麼陡起的風波；只是為何又不對我實言相告？其中必有隱情。記兒不願暗自猜疑，心生一計，便坦然走進書房，笑對丈夫道：「啊！相公，天已過午，怎麼還不到後堂歇息？」白士中忙將書信藏在一邊，只說是此刻心煩意亂，恐引起夫人不快，便獨坐在此。記兒道：「今日乃是八月中秋，理應歡樂，為何煩悶起來了？」白士中神情沮喪，遲疑了片刻，還是說道：「夫人不問也罷！」記兒哪能不問，看了丈夫一眼，便指著桌上道：「噢，莫非為了書信之事麼，我看見了。」白士中用袍袖擋住書信，極力平平淡淡地說道：「不過是封平安家書，夫人不要掛懷。」記兒見他不肯實說，便按照自己想好的主意，大興問罪之師：「說什麼平安家書，分明是你家中已有妻室，知道你在外另娶新妻，寫信前來問罪，是與不是？」白士中大感意外，脫口說道：「哎呀，你說到哪裡去了！」記兒滔滔不絕，只顧自己說下去：「她在家裡終朝每日盼著你的音信，你卻喜新厭舊，在這裡做了欺心之事。現在她要來找你，你卻瞞著我，獨自在這裡焦急，是與不是？」白士中有口難辯，只是喃喃說道：「冤煞下官了！」記兒見他仍未說清實情，索性再激他一激：「我勸你也休要為難，到時候，你的原配夫人來了我便走，也免得你們恩愛的夫妻兩分離！」白士中抵擋不住，叫了起來：「哎呀，夫人哪！我哪有原配的夫人，你，你不要為難下官了！」記兒賭氣地坐下：「你巧言分辯，也是枉然！」白士中無奈，只好拿出書信給記兒看，並將恩師寄信、楊戩誣告、楊衙內奉旨拿問等等，一一說了。

記兒手拿書信，一行行仔細看了一遍，心中也就明白了這冤案原是由她而來。好個譚記兒，強壓住心頭的怒火，一不慌，二不忙，反轉來寬慰丈夫，要他不用驚怕焦急。白士中又把李龍的言語說了一遍：「那賊的官船，離此不遠，今晚就在望江亭停泊，明晨即到潭州，難道說你我夫妻就這樣坐以待斃不成？」記兒聽說是望江亭，心中一動，忙問現在是什麼時候？聽說是午時已過，不禁自語道：「這就好了！」白士中不解，苦著臉道：「夫妻就要分離，還有什麼好哇！」記兒道：「相公不必憂慮，退敵之事自有我承擔。一不是泰山倒了扶不起來，二不是病入膏肓無藥可醫，妾身自有錦囊妙計，管教他海底撈月一場空。」白士中忙問有何妙計？記兒道：「待我今晚扮作漁婦模樣，去到望江亭，看看賊子的動靜；倘有機會，我就——」又附到白士中的耳邊悄悄說了幾句。白士中大驚，叫了起來：「哎呀，不妥呀，不妥！那賊鬼計多端，你若去到那裡，被他識破，豈不是羊入虎口？還是另想良策才好哇！」記兒主意已定，斷然道：「事到如今，哪有許多的良策！速備小轎一乘，將我送到望江亭外下轎；再備小船一隻，停在蘆葦之中，三更時分，擊掌為號，將我接回。」白士中哪裡放心得下；記兒口裡但叫丈夫寬心，起身便自去更衣。

且說那楊衙內來到望江亭，吩咐將船攏岸。那望江亭是一處名勝古跡，過往的官員都要在這裡飲酒看江景。今夜又是中秋佳節，左右的親信張千、李萬等便在望江亭上擺酒請衙內賞月。

楊衙內上得亭來，望著江水，不禁獨自哈哈大笑。張千一問，衙內道：「明天我殺了白士中，那美貌的譚記兒就是我的夫人了，我怎能不樂呀！」剛剛坐了下來，聽到張千、李萬還是一口一個「衙內」，便又發了脾氣：「今天我是欽差大人，明天就是新任的潭州太守，你們要稱呼我大人哪，怎麼還是衙內衙內的，叫起來沒完啦！」張千、李萬說叫衙內叫順嘴了，不好改口。楊衙內罵道：「混帳！好改也得改，不好改也得改！往後，再這麼衙內衙內的，每人重責四十！」李萬給衙內斟上酒，讓他先喝一杯，消消氣。衙內喝了一杯，不想又嘆起氣來。張千忙問又怎麼啦？衙內道：「今天中秋佳節，要是有幾個美貌的女子，陪著我，那夠多好哇！老爺什麼時候一個人喝過這悶酒哇！」張千道：「大人您看，天都這麼晚了，又是江邊上，我上哪兒給您找美貌的女子去？來吧，先給您滿杯酒，您還是飲酒賞月看江景吧！」那衙內也只好如此。過了一刻，聽見亭外划船的水聲，又覺得心煩，下令要張千把江上的漁船都趕開。

譚記兒此時將漁船藏好，獨自一人，暗帶鋼刀一把，扮作漁婦模樣，款款向亭上走來。胸中雖是滿腔仇恨，臉上卻是一副笑容，要賺得那楊衙內自投羅網。來到亭外，亮出清脆的嗓音叫道：「賣魚呀！」楊衙內聽得是個女子的嗓音，命張千一看，果然是個賣魚的女子，以為是送上門的鮮花，忙令張千叫她上來。張千見了記兒，不由得就贊了一聲：「好一個漂亮的漁大姐！」然後問道：「你不知道我們欽差大人在這兒嗎？跑到這兒嚷什麼？」記兒乘機問清了上面坐的欽差正是楊衙內，便隨他上去。見了楊衙內，作出一派羞答答的模樣，恭恭敬敬拜倒在地。楊衙內讓她抬起頭來一看，不想是個絕色的女子，頓時覺得滿室生輝，只道是月裡嫦娥降臨到這望江亭，忙不迭地要她「起來，起來！」楊衙內盯著她看了一會，有些疑惑，問道：「我看你怪眼熟的？你是那個……」記兒不等他說完，接個話頭道：「我是張二嫂哇，張二順是我們當家的。您常買我們的魚，您就忘了嗎？」楊衙內還在想是哪個張二嫂，張千卻在旁說道：「大人，您想想，有個張二嫂。」楊衙內此時彷彿也覺得有個張二嫂，便道：「不錯，有個張二嫂，你怎麼來到潭州地界？」記兒道：「我們打漁的，四海為家，各處漂流，故爾到這裡來啦！」衙內聽她說得有理，又問道：「黑更半夜的，你怎麼到這兒賣魚來啦？」記兒笑了一笑，從容說道：「今天我們打了一尾金色鯉魚，聽說大人來到望江亭，特地送來，給您下酒。」楊衙內一聽十分受用，呵呵笑了起來：「我正發愁沒有下酒的菜，你就送了一條大魚來，可真是錦上添花呀！」隨即命張千把魚送到船上，讓船上的廚師作了好下酒。記兒一再要自己去作，衙內哪肯讓她走開，催著張千將魚送去了。回頭涎著臉道：「我說張二嫂，你願意陪著我飲酒……賞月嗎？」記兒天真地問道：「什麼叫賞月呀？」楊衙內道：「就是看著月亮喝酒，你說好不好？」記兒彷彿不經意地說：「噢，好吧。」衙內忙叫李萬看座，記兒略為謙讓了一下，也就坐下了。楊衙內一時找不著話說，便問道這魚賣多少錢？記兒笑道：「大人，剛才不是說了嗎？是送給您的，不要錢。」衙內聽得高興，漸漸便露出了本相：「怎麼著，不要錢？如此說來，你真是個多情的人哪！」說著就要給她斟酒。記兒口稱不敢當，乘勢拿過酒壺，給衙內滿滿斟了一杯。衙內見她主動斟酒，心中喜歡，一飲而盡。記兒再斟滿一杯道：「大人您遠道而來，多受風霜，這杯酒給您洗塵！」衙內更加喜歡，又是一飲而盡。記兒接著說道：「今天是八月中秋，願您花好月圓人長壽！」說罷又將酒杯斟滿。這時正好張千送魚來了，衙內命放在桌上，這次卻要她一起乾了這杯酒。記兒面露羞色，又看了看張千、李萬，只說是不會喝酒。衙內嫌張李二人在此礙事，便要將二人趕走。張千說道：「您有王命在身，這酒可要少喝一點！」衙內聽得不入耳：「這酒還把王命給沖跑了嗎？去！叫你們再來。去！」

楊衙內回頭笑咪咪地道：「張二嫂，來來來，乾一杯！」舉杯竟自乾了，一時喜孜孜地掉出一句文來：「張二嫂，今天真是異鄉逢知己呀！」記兒靈機一動：「您說的真對，您就作一首詩吧！」衙內搔著頭道：「怎麼，這喝酒還要作詩啊？」記兒笑道：「我聽人家說，您的詩作得好著哪！這兒有筆硯，我給您研墨，您就作一首吧！」美人兒這一奉承，衙內就來勁了：「好！你研墨，我作詩。作詩有什麼，我作。」可還是心裡嘀咕，怕當場出醜。又作難道：「我拿什麼為題呢？」記兒看看亭外的月光，就要他以月亮為題。衙內口裡說「行啊。」又磨蹭了半晌，忽然想起在勾欄院中那些姐們常唱的小曲兒，便說道：「張二嫂，你不但有貌，而且還有才！這真是花好月圓！」記兒謝他誇獎，又催他作詩。

銜內揮筆便寫了一句，得意地叫道：「張二嫂，你來看：『月兒彎彎照樓臺』。」記兒掩嘴笑道：「真是出口成章啊！真好。」銜內口裡念叨：「樓臺，樓臺又該怎麼著呢？」忽然一拍大腿：「有了：『樓高又怕摔下來』，好不好？」記兒連說：「真好哇！快作吧！」銜內憋得汗都出來了：「該第三句啦，我怎麼寫呢？我寫什麼哪！」瞪著兩眼對著張二嫂望了半天，最後憋出了兩句：「今天遇見張二嫂，給我送條大魚來。」記兒道：「大人的詩作得這麼好，我還得敬您三大杯。」銜內此時一身輕鬆，痛快地喝了。記兒又誇他好酒量，順帶要把這首詩送給她，銜內也爽快地答應了，記兒便把詩放進懷中藏好。

銜內此時酒漸漸湧了上來，叫著張二嫂哈哈笑道：「拿你這樣漂亮的人兒，怎麼會嫁給個賣魚的呢？你要是願意，我就收你作一個三……」不等他把話說出來，記兒搶著道：「大人還要買三斤魚麼？」銜內道：「我買那麼些幹什麼？我要收你作個三房夫人。」記兒忙說自己有丈夫。「有丈夫哇？那有什麼！老爺我有錢，又有勢力。明兒個多給他些銀子，叫他買張退婚文約，那不就行了嗎？」說罷又寫了一張字據，叫她拿去：「他一看字據，乖乖地得把你給我！」

說話間，夜已深了，亭外月光更加皎潔。銜內醉眼朦朧，涎著臉道：「張二嫂，你看這花好月圓，你甭走了，就在船上住得了。」記兒不慌不忙地說道：「大人，我今晚怎麼能住在您的官船裡呢？一旦傳揚出去，人家議論紛紛，說不定抓住這個把柄還要給您治罪，那時好事不也成空了嗎？」楊衙內心中一動，又哈哈大笑道：「你真是處處為我想啊！剛才是我的不對，那你就罰我一杯吧！」記兒乘勢說該多罰幾杯，又給他斟上了酒。

衙內喝著酒，越想越樂：「明天一早兒，我殺了白士中，把那個譚記兒給弄到手，再收你做三房夫人，你瞧，這是多麼大的樂兒啊！」記兒抓住這個話題兒，就說白太守可厲害著啦，憑什麼要殺他呀？衙內迷迷糊糊地從袖內取出聖旨，又取過尚方寶劍：「反正明兒個我殺了白士中這小子，讓我爸爸給他定個罪名，這就叫先斬後奏！」記兒心中暗暗點頭，果然這內中大有文章，幸虧早知了真相。便假作殷勤勸酒，見機行事。隨著楊衙內的口風，什麼雙喜臨門、喜上加喜，什麼好事早成、白頭到老、天長地久，說一句，灌一杯，直把那衙內灌得爛醉如泥，癱倒在桌上，人事不省。記兒忙將聖旨盜出，再將詩稿塞進衙內的袖內。正要取走尚方寶劍，忽聽得人聲，記兒急將寶劍拔出；仔細一聽，原來是張千李萬二人上來探視。記兒急中生智，將楊衙內扶起，用手搖著他的頭叫道：「大人，天不早了，您回船歇著去吧！」停了一停，又大聲說道：「您還要飲酒？我再陪你三大杯！」那張千李萬不敢入內，只是躲在亭外偷看；見此光景，樂得回船自去喝酒。

記兒聽得腳步聲去得遠了，便放下楊衙內。抽出身上的短刀，插入尚方寶劍的劍鞘內，放入劍囊內裝好；再將寶劍用脫下的蓑衣包好。收拾停當，快步出亭而去。想到明日楊衙內不見了聖旨、尚方寶劍的狼狽像，不由得暗暗笑了。

九、

「拾玉鐲」

這是一個天氣晴和的春天，奇花異草競相開放，燕子在柳梢往來穿梭，孫玉姣卻鎖著個眉頭。也難怪她不高興，爹爹去世了，撇下母女二人，偏偏媽媽又老是愛往外面跑，這不，今天又到普陀庵聽經去了，把她一個人丟在空落落的家裡。

她輕輕嘆了一口氣，便去打開雞圈，把小雞趕到門外去，撒了兩把雞食，趁機點了點數，不對，再數一遍，還是少了一隻！進門去再找找，它藏在這兒呢，這個小淘氣。

她搬出一把椅子，放在門前的樹下，又拿出一個針線笸籮。她坐下，拿起一隻鞋，看看鞋面上沒有繡完的花，打開線夾，挑出一根絲線，比比顏色，又換了一根；她把絲線劈開，劈得好細好細，再重新搓好，穿到一枚小小的繡花針上去，開始繡了起來。她本來是想用繡花來排遣寂寞的，繡著繡著，不料又勾起了心中的煩悶。她繡的是自己的鞋子，這樣精美的繡花鞋，她已經做了好幾雙了；這是一個女孩子內心的秘密，她已經到了該出嫁的年齡，她得為自己準備嫁妝；什麼時候才能穿上這繡花鞋呢，媽媽整天忙著求神敬佛，一點兒也不關心女兒的婚事！這會兒，她多麼想有人來和自己說說話啊！

那邊來人了，來的是一位風度翩翩的美少年。他本來就是在閒遊散步，是一幅美麗的圖畫，把他吸引到這僻靜的小巷裡來：濃綠的樹下，一位少女穿著桃紅色衫子，在低頭繡花，她那靈巧的素手，像一隻白蝴蝶在繡品上很有韻律地來回飛舞，腳下是一群黃燦燦、毛茸茸的小雞。這實在是美。

他慢慢地、輕輕地踱過去。少女似乎感受到了那異性目光的專注，她彷彿是不經意地抬起頭來。她的眼睛碰著了他的眼睛。剎那間，她一定是內心受到了意外的震憾，繡花針竟扎在了手指頭上。

他同樣受到了震憾，並產生了互相交流的渴望。渴望給他帶來了靈感，他記起了這是慣養雄雞的孫媽媽家，於是也就找到了上前搭訕的藉口。果然孫媽媽不在家，這女孩子也不敢作主賣雞，但這都無關緊要，他已經知道了她就是孫媽媽的女兒，他也告訴了她：他叫傅朋，就在後街居住。陌生青年男女之間，偶然相遇的一次交談，只能如此而已。他該告辭了，她也應該進門去。就在她搬起椅子要進門時，他才發覺自己正擋住了門口，便忙不迭地給她讓路。那神態一定很可笑，她低著頭、忍著笑走進門去，隨手關上了門。他呆呆地站在門口，實在捨不得就這樣離開。忽然，那門又開了，他又看到了那張俏臉，那雙會說話的眼睛飛快地一瞥，她又害羞地、急驟地關上了門。他沉浸在狂喜中，他已經得到了準確的、足夠的資訊，他在緊張地思索，下一步該怎麼辦？

他袖著手想主意，碰著了手腕上一個圓潤光滑的東西，心裡也就豁然開朗。那是一隻玉鐲。寵愛他的母親，在給這對玉鐲的時候，曾經許諾他自己選擇中意的女孩子。他褪下玉鐲，看看左右沒有人，便把玉鐲悄悄放在孫家的大門口，又輕輕敲了一下門環，這才踱了開去。

女孩子按捺不住激烈的心跳，又一次忐忑不安地打開了門。她希望他還沒有走，可又怕他還沒有走。她把門只打開一條縫，張望了一番，看看四下無人，這才邁出門去。這一瞬間，她的心頭襲來了一絲兒失落，一絲兒惘然。還沒有定下神來，腳下卻又碰著了一個堅硬的東西，低頭一看，竟是一隻玉鐲。她彎下腰正要伸手拾起玉鐲，驀地卻又將手縮了回來。

她心裡雪亮，她知道是他故意放在這裡的，是他送給自己的；她也不會不知道他為什麼要送玉鐲給自己。但是她不能拾，叫人家看見了，會說閒話，女孩子家的臉往那兒擱呢？她自己給自己說，我們不要，我們不要，邊說邊回屋去。

回頭再看看那玉鐲，畢竟心裡實在捨不得：人家送給自己，是人家的一片心意，我們為什麼不要呢？我不拾，叫別人拾了去，那可怎麼辦呢？咳，還是拾起來吧！

這一次，她大大方方的走出來，沉著地站在家門口，恰好那腳尖兒就正緊挨著玉鐲，眼睛四下裡一瞟，看看無人，腳尖兒輕輕一撥，那玉鐲就被撥到了門檻兒旁邊，口裡說道：「啊媽媽！天不早了，你怎麼還不回來呀！」似乎是不經意地手兒那麼一抬，手裡的手帕掉在地上，剛好蓋住那玉鐲，她從容地伸出白白嫩嫩細細長長的手指，輕輕巧巧的拈起了手帕，也終於拾起了那玉鐲。

包在手帕裡的玉鐲像一團火，燙得她三步併作二步跳進屋裡。經過一番擦拭、摩挲、玩賞，她將玉鐲戴在右腕上。也許她以為他已經走遠了；也許她以為剛才自己作得很巧妙，不會有人發現她的秘密；也許她什麼也沒有來得及想，就是迫不及待地想在明媚的陽光下，看看翠綠的玉鐲戴在雪白手腕上的那份美。她又婷婷嫋嫋走出來了。

一聲「大姐」，他突然出現在她的面前。原來他還沒有走，那剛才的一切不是都被他看去了嗎，她又驚又喜又羞又窘，慌亂中背轉身子，一把摘下玉鐲反手遞過去，低頭對著地面連聲說，我不要，拿了去吧！拿了去吧！……等她再抬頭看時，那人已經走遠了。這次他是真的走了，留下的是她手中的玉鐲，是適才在耳畔極其溫存又極其分明的話語：送與你的呀！

沉浸在初戀甜蜜中的她，只顧回味他那言行舉止中蘊含的情意，只顧玩賞那滿載著他的情意的玉鐲，一點也沒有想到，他們的這點秘密，全落進了另一個人的眼中。現在這個人該露面了。

門外有人敲門。問清了是劉媽媽，她正待開門，抬手看見了玉鐲，少女的本能提醒她，這玉鐲不讓人看見為好。急忙摘下來，藏在椅墊下，不好；藏在桌布下，也不好；在門外一聲連一聲的催促中，她只得把玉鐲仍然戴在右手腕上。她實在是不歡迎這位客人，但又不得不打起精神來應付，還得遮遮掩掩的，留神別讓人家看見了玉鐲。

一番寒喧之後，劉媽媽一會兒誇她頭梳的好，一會兒說有朵花戴歪了。無論你說什麼，她都警覺地不肯露出右手。突然，劉媽媽一聲怪叫，說她頭上有個大蟲子，嚇得她急忙伸出雙手向頭上去摸，這一來就露出了手腕上的玉鐲。她情知是中了人家的圈套，但為時已晚。接著，劉媽媽又是要看玉鐲，又是打聽它的來歷，一步步的緊逼；她支支吾吾，一會兒說是買的，一會兒說是揀的，節節敗退；說到要害處，劉媽媽點出是有人送給她的，她惱了，生氣地將椅子使勁一摔。她是真的生氣了，怪這老婆子太多事，太貧嘴，太刁鑽；她也越來越心裡發慌，莫非這老婆子抓到了什麼把柄？使小性兒本來就是女孩子們的專利，用在這裡也暗合以攻為守的策略，不想對付老辣世故的劉媽媽卻全不管用，一口咬定是在大樹後親眼得見的。女孩子口裡猶自說不信，心裡卻先信了幾分，待那老婆子半是調侃半是嘲弄、誇張地從頭到尾學了一遍，她就只有繳械投降，跪地求饒了。

好在劉媽媽並無歹意，說是和她鬧著玩兒的。她知道劉媽媽原本是以說媒為生，便機靈地就勢請求劉媽媽成全。劉媽媽答應替她把定情的信物送給傅朋，三天後給她回音。千叮嚀，萬囑咐，她終於送走了劉媽媽。一切都很順利，一切都很圓滿，她將在渴望和焦急中等待，三天後劉媽媽會給她帶來好音嗎？

十、「審頭刺湯」

錦衣衛正堂陸炳遇到了一件為難的事：皇上命他審問莫懷古人頭的真假。

陸炳心裡明白，那莫懷古是遭嚴嵩之子嚴世蕃的陷害，為的是要奪莫家的傳家之寶——玉杯「一捧雪」。如果判定人頭是假的，這個案件不知要連累多少好人，眼見得當代名將戚繼光已經牽連在內了，怎麼能讓他因此而被斷送呢？如果說這個人頭是真的，嚴嵩深受皇上的寵信，權傾朝野，一手遮天，他們父子會善罷甘休嗎？

正在左思右想，門子進來稟報，說是湯勤湯老爺求見。陸炳一聽，頓時心生警惕。他知道這湯勤是嚴府的耳目，此來必有所為；又記得這湯勤原是莫家的門客，後來卻投靠了嚴府，曾聽人說過，莫懷古一案就壞在他的手裡。於是決定對湯勤公事公辦，命門子傳話出去，就說我王命在身，不能陪湯老爺到書房去吃茶，少時在大堂相見。

陸炳命人役們作好審理案件的準備，自己在大堂坐好，然後再讓湯勤進來。那湯勤按照小官見大官的禮儀，口裡自報姓名，恭恭敬敬地上堂行禮，拜見陸炳。陸炳半真半假地說道：「湯老爺敢是拿老夫的弊病來了麼？」哪知湯勤打了一躬，說聲告辭，轉身就走。陸炳自然要把他叫住，問他為什麼急著要走，湯勤這時才從容回答說：「我上得堂來一言未發，怎麼就說是拿老大人的弊病，這弊病二字，小官我吃罪不起呀！」陸炳本想給他一個下馬威，不料湯勤竟也針鋒相對，知道這不是一個好打交道的角色，便自己先下了個臺階，說是一句戲言。湯勤也就順勢不冷不熱地說，哎呀，倒叫小官大大吃了一驚。

接著轉入了正題，陸炳問湯勤來作什麼。湯勤打出了嚴府的招牌，說是奉嚴爺之命，前來會審人頭。陸炳一聽，臉色就不大好看。雖然湯勤一來，他就料中幾分，但也不禁有些惱怒，心想這湯勤不過是嚴府的走狗，派他來會審，分明是對我監視，少不得還要從中刁難，處處與我掣肘。當即便站起身來，離開公案，要請湯勤上坐；湯勤當然是不會去的，只得實話實說：「這是朝廷的法堂，小官不敢坐。」陸炳要的就是這句話，正是要抬出「朝廷」來壓住「嚴府」的氣焰，接過話來就刺了湯勤一下：「怎麼，你也曉得這是朝廷的法堂？」儘管如此，迫於嚴嵩的權勢，陸炳還是不得不在旁邊給湯勤設了一個座位，又說了幾句客氣話，讓湯勤會審此案。

首先清點本案的人犯，計有嚴府的校尉張龍、郭義，薊州總鎮戚繼光，莫懷古的小妾雪豔等。陸炳叫戚繼光和雪豔下去，先審問張龍郭義。他們供認：莫懷古夫婦是他們拿獲的，地點是在薊州西門外的柳林，時間是黃昏時候。叫開城門，辟了柵子，擊動戚大人的堂鼓，才見戚大人。戚大人言道，此事大了，必須兩家擔待。頭門以裡，儀門以外，有一軍牢小房，將我等並鎖在一處，裡面有燈，外面鎖上加封，並有人把守。等到五更天明，看著綁，看著斬，人頭打入木桶，回覆嚴爺。

陸炳讓張龍郭義下去，叫來戚繼光。考慮到他的地位身分，陸炳事先徵得了湯勤同意，給他設了一個矮座，讓他坐著回話。問起拿獲莫懷古的時間、地點、斬首的經過，戚繼光說得和張龍郭義一模一樣。

最後審問雪豔，供詞也和他們說得一模一樣。雪豔下堂時，回頭一望，看清了確實是湯勤坐在那裡，不由得心又懸到半空中，只怕是凶多吉少。

在陸炳問案時節，湯勤坐在一旁，翹起二郎腿，輕搖紙扇，似聽非聽，面無表情。一見雪豔上得堂來，兩隻眼睛便是兩隻老鼠，圍著雪豔的臉面身子轉個不停；雪豔下堂去得遠了，猶自遙望不已，陸炳叫他，也未聽到。又叫了兩聲，方才驚覺。

陸炳對湯勤說：「我想這個人頭是真的了。」湯勤馬上就反問：「怎見得是真的？」陸炳說他們四個人口供相同，豈不是真的了。湯勤先是重複陸炳的話：「哦，大人說他們四人上得堂來，口供相同，人頭就是真的了？」說到這裡，語氣上揚，似反問，又似譏諷；頓得一頓，才又斬釘截鐵的說：「假的！」言詞之間頗為傲慢。陸炳再問，他便武斷地說道：「他們一路而來，同宿旅店，串通好了的口供，朦哄老大人的。」

陸炳見湯勤說得也占了幾分道理，不好反駁，便出了一個主意，讓雪豔來辨認人頭，認真便真，認假便假。湯勤聽了，一臉的恭順，口稱「但憑老大人」，其實他是拿定了主意，穩坐釣魚臺，以不變應萬變。陸炳叫人佈置好後，帶上雪豔，對她說：「老夫前日斬了幾個人頭，不曾示眾，將人頭擺在堂口，你丈夫的人頭也擺在其內。你上前相認，認真便真，認假便假。哪個是你丈夫的人頭——」說到這裡，用手中的摺扇暗中一指；那湯勤的眼睛只盯在雪豔的身上，倒也不曾發覺。「你去認來！」

那雪豔十分聰明，一經暗示，明白這陸大人倒有迴護的意思，一定是湯勤在作梗。知道這辨認人頭關係重大，不敢怠慢，心裡更加痛恨湯勤。這些人頭，已有了幾天時間，一陣陣散發出惡臭，一個個都是血肉模糊，血跡斑斑，有的更是面目猙獰，十分可怕。可憐她，顧不得害怕，顧不得骯髒，強忍著淚水，屏住了呼吸，捧著一個個的人頭，仔細地辨認。一見莫懷古的人頭，便一把抱在懷內，放聲痛哭，強壓在心中的苦楚，找到了一個缺口，便盡情地傾瀉，只哭得天昏地暗，淒淒慘慘切切。連那兩旁的衙役見了，有的也暗生同情，覺得這婦人可憐。

陸炳撤去人頭，讓雪豔下堂去，一連叫了三聲「湯老爺」，才把湯勤的魂魄從雪豔的身上喚回來。

陸炳說我看這人頭一定是真的。湯勤馬上反問：「怎見得又是真的了？」陸炳聽得他那個「又」字拖得又重又長，很是刺耳，暫且也不與他計較，便說雪豔不僅人頭認得對了，而且不顧骯髒，哭得如此傷心，豈不真的了？湯勤悠悠然輕搖紙扇，半閉著眼睛哼了一聲：「我把雪豔好有一比，貓兒哭老鼠——假慈悲。」這話不僅陸炳覺得不中聽，兩旁的衙役也都反感。陸炳說：「湯老爺，你看我這兩旁的衙役們也落下淚來，他們也是假慈悲嗎？」湯勤拿著摺扇指指點點，說道：「我把他們也有一比，聽評書落淚——替古人擔憂。」陸炳接著就問：「你怎麼不替古人擔憂啊？」那湯勤理直氣壯，振振有詞：「老大人說哪裡話來，我與那莫大老爺一不沾親，二不帶故，他罪犯皇家，自作自受，我替他擔的甚麼憂！」

經過這兩個回合，陸炳已經看得清楚：這湯勤對莫家恩將仇報，倚仗了嚴府的權勢，要一口咬定人頭是假。為了摸清底細，便問道，你口口聲聲說是假的，難道莫懷古的人頭還有什麼特殊的證據麼？湯勤說自然是有，他前有梅花顎，後有三台骨，那才是真的。陸炳就問，這梅花顎生在臉上，可以看得見，三台骨長在腦後，你是怎樣知道的？湯勤此時是小人得志，得意忘形，狡詐中又有幾分愚蠢，只想著顯示自己深知內情，掌握著鐵證，竟合盤說出了莫懷古對他的厚恩：

「當初小官不得第的時節，在錢塘賣字為生，莫大老爺出門拜客而歸，路過我那畫棚，他見我那字是真草隸篆，畫是水墨丹青，他乃讀書之人，有憐才之意，故而將我收留，到他家下以為幕賓。後來他進京補官，又將我帶進京來。我們一路之上，同宿旅店，同盆淨臉，同架穿衣，同桌用飯，所以麼，看得是清清楚楚，明明白白的。」

陸炳見湯勤原原本本說出他和莫懷古的交往，便點了一句：「那莫大老爺待你如何？」湯勤不得不承認是「待小官恩重如山」。陸炳好像是沒有聽清，又反問了一句：「恩重如山？」湯勤仍然不否認：「厚而不薄，一點不假。」陸炳以為事情會有點轉機，便緩緩說道：「湯老爺，可知道人死則變哪。」他想給湯勤一個暗示，也是給他一個下臺的梯子，如果他還念莫懷古的舊情，同意這說法，事情便好辦了。

那知湯勤翻臉無情，話還說得很硬：「依我看，想那三台骨，生就的骨頭，一輩子也不能改變的。」

陸炳一聽，頓時火冒三丈。既然無法妥協，他就準備要硬來，在強行結案之前，先排揎湯勤一通，當時就板下臉來，說道：「叫老夫好恨。」湯勤知道他是恨自己，陸炳卻故意說是恨莫懷古，恨他大大的失了眼力。陸炳把莫懷古如何厚待湯勤又從頭說了一遍，然後說道：「我恨只恨他不該將你帶進府去；縱然帶進府去，不該帶進京來；縱然帶進京來，也不該將你薦於嚴府。你如今作了官，可知道燒柴想根本，飲水要思源，不是漁夫引，哪能見波濤！老夫可笑那莫懷古，帶來帶去，薦來薦去，替他自己薦出了一個鐵板的干證。」陸炳越說越生氣，一鼓作氣，就要結案：

「依老夫看來，這顆人頭既有嚴府家丁看守，薊州總兵親自監斬，雪豔懷抱人頭痛不欲生，豈能是假，老夫這樣落案，看來是料無差錯！」他一口氣為結案列舉了三條根據，一邊說一邊就提筆在案卷上書寫。

陸炳這一番嘻笑怒罵，只說得湯勤臉上紅一陣青一陣，坐也不是，走也不是，又見他就要結案，更是惱羞成怒，連聲說道：「好好好好！」就要告辭去回覆嚴爺。陸炳問他怎樣回覆，湯勤強硬地威脅道：「我就說此案審得不清不明，糊裡糊塗地就落案了。」

陸炳見湯勤如此猖狂，倚仗嚴府的權勢，明目張膽地挾制自己，實在無法容忍，便冷冷地問道：

「那嚴爺他是狼？」湯勤顯得很平和，回答說：「不是狼。」

陸炳又問：「是虎？」湯勤依然很平和，回答說：「也不是虎。」

陸炳說：「吞吃我陸炳不成？」湯勤不再平和了，而是強硬地回敬，鋒芒畢露地針鋒相對：「吞吃不了老大人，卻有些虎狼之威。」

陸炳聽罷，「哈哈……」一陣大笑，笑到後來卻變成了「嘿嘿嘿」冷笑不止。直笑得湯勤莫測高深，手足無措，便問陸炳為何發笑。陸炳說：「我笑你這兩句話是尊而又大，顛而又狂。」接下去的話，陸炳說得堂堂正正、義正詞嚴、理直氣壯：

「我問道那嚴府可是狼，你言道不是狼，我又問道他可是虎，你言道他不是虎。既然不是狼虎又有虎狼之威。他縱然是狼，我有打狼的漢子；縱然是虎，我有擒虎的英雄。」——你不就是仗著嚴府的勢力在這裡狐假虎威嗎，我今天豁出去了，明白地告訴你，我不懼怕嚴府，你能把我怎樣？

「老夫為官以來，一不欺君，二不傲上，三不貪贓，四不賣法，我作的是嘉靖皇上的官，我又不是他嚴府的家人、小子，使用的奴才！」——我沒有把柄落在你們手裡，有皇上作靠山，不賣你嚴府的帳！順帶一槍，刺刺這個嚴府的奴才！

接著面對面地教訓湯勤，話就說得直截了當，更加不留情面：

「老夫今日奉天子的令詔，審問莫懷古的人頭，你不過奉了你的嚴爺之命，前來看審而已。我與嚴大人一殿為臣，才賜你一個座位，我不過是看其上而敬其下，不得已而為之。誰知你反客為主，越俎代庖，你這樣不知自愛，反用言語頂撞老夫，舉止傲慢，言語猖狂，倚仗權勢，藐視朝廷，豈不是尊而又大，顛而又狂。啊啊，好一個湯老爺，我這錦衣衛大堂乃是有王法的所在，你在我大堂之上搖來擺去，我又不買你的字畫呀！想你這樣無恥之輩，勢利小人，左右，撤座！」

陸炳這一頓痛罵，如同傾盆大雨，劈頭蓋腦，倒在湯勤的頭上，甚至要趕他走，弄得好不難堪！他不敢繼續公開對抗，他已經領教了這老頭兒很有些火性，畢竟雙方的地位太懸殊，僵下去更難堪；他也不能拂袖而去，就這樣走了，那他的目的就無法達到。也真難為了他，一眨眼的功夫，只見他滿臉堆著笑，喉嚨裡滾出一串哈哈，口裡喚著老大人，說是：「小官不會吃酒，今早吃了幾杯水酒，言語冒昧，得罪了老大人，喏，小官這裡磕頭賠罪了。」一邊說，一邊就跪了下去，恭恭敬敬地磕了幾個頭。

俗話說「伸手不打笑臉人」，陸炳話雖說得厲害，但也並不想現在就和嚴嵩決裂，於是見好就收，重新讓湯勤坐下。和他商量如何結案，湯勤卻要陸炳用大刑來逼供。陸炳無奈，還在和他講天理良心，湯勤口裡也說為官的要講良心：「若無良心麼……叫天狗吃了他們。」說到「他們」，手裡的摺扇往外指，指的是別人。

這一個回合，陸炳大發雷霆，湯勤磕頭賠禮，看起來似乎是陸炳占盡了上風；到頭來，案件的審理，卻仍然不得不受湯勤的擺佈。

陸炳半是譏諷半是解嘲地說道：「這無有良心的事，旁人作得來，我陸炳就作不出來麼？」首先就要把張龍郭義扯下去打。湯勤一看，不對頭，他們是嚴府的校尉，打了他們，嚴府在面子上有些不好看；自己要在嚴府裡混，在外面就不能得罪嚴府裡的人。用刑的主意是他出的，還得由他出面講情作好人。陸炳應允了不打張龍郭義，他又說戚繼光監斬人頭不清不白，逼著陸炳動大刑。這才是他要用刑的本意。

正在這時，來了皇上的旨意，要陸炳去監斬人犯。陸炳安排湯勤一審雪豔，張龍郭義看守雪豔，自己便帶了戚繼光去監斬。

天賜良機，豈能錯過，湯勤塞了點銀子支開了張龍郭義。看看四下無人，湯勤便對雪豔說：

「我看你是個聰明伶俐的婦人，你若猜得著我的心事，我說人頭是真，它就是真的了；你若猜不著我的心事，我說人頭是假，他一輩子也不能落案。你心中要放明白些才好！」

湯勤居心不良，雪豔早就察覺了幾分，只是放在肚內，不好說出。現在聽湯勤說得如此明白，如何會不懂？她強按住五內翻騰，心問口，口問心，獨自思量了半晌，才拿定了主意。她把湯勤叫到面前，滿面含羞，低低地說：「可記得那年在錢塘一同上船的時節，我險些失足落水，你過來扶了我一把……那時我心中就有了你呀！」湯勤一聽，骨頭都酥了。正要上前輕薄，陸炳回來了。

湯勤少不得要給陸炳道辛苦，又問起斬的都是什麼罪犯。陸炳說是一十八名江洋大盜，外有犯官三名，一名是臨陣脫逃，一名是剋扣軍餉。湯勤都說該當問斬，又問起第三名。陸炳說是一員小官，在大官面前搬弄是非，害死當初提拔他的恩主。湯勤聽了，哦得一聲，輕描淡寫地說：「輕輕地打他幾十手簡子也就是了。」不料陸炳怒形於色，恨恨地說道：「若是犯在老夫的手內，定要將他碎屍萬段！」湯勤連說：「忒重了。」陸炳依然憤憤地說：「暗箭傷人，可惡得很哪。」

出乎陸炳的意料，問起背審雪豔的情況，湯勤竟然很痛快地說人頭是真的，叫陸炳只管落案。商議如何發落時，開始湯勤很乾脆：張龍郭義，銷票無事；戚繼光，原任八台。說到雪豔，他卻客氣起來，說是任憑老大人發落。陸炳說發往錢塘，他說錢塘路遠；陸炳說送往薊州，他說薊州無人；陸炳說寄在老夫的衙內，湯勤頓時翻了臉，說人頭是假的，你再二審三審。說罷袖子一甩，竟自下堂去了。

陸炳讓湯勤二審雪豔，原本就是一次試探；聽了他的這番言語，明白了他是要霸佔雪豔，不免心中為難：將雪豔斷給他罷，滿朝文武都會在背後笑話自己；不斷給他罷，這個案子結不了，豈不連累了戚繼光？

正在沉吟之際，只聽得雪豔在廊下哀哀哭道：「好個不明白的陸大人哪！」陸炳聽了心內一驚：莫不是雪豔想替夫報仇？頓時對她生了幾分敬意。如果她真有此心，我就是拼了這頂烏紗帽不要，也要成全她。於是打定了主意裝糊塗。一會兒功夫，湯勤又搖搖擺擺地回來了，像個戲弄老鼠的貓，故意問陸炳為何背地沉吟。陸炳皺著眉頭說：「將雪豔寄在老夫的衙內，只怕出入又有些不便。」

湯勤一聽，覺得有門了。便做出一付替陸炳作想的模樣來，順著陸炳的話說：「老大人的官聲也不好聽哪！」

陸炳用商量的口氣問湯勤：「就寄在湯老爺的衙內如何？」

湯勤斷然說道：「老大人錯了。」陸炳不禁愕然。只聽得湯勤說道：

「那雪豔又不是什麼物件，今日寄在東，明日寄在西。老大人若辦哪，就辦它個水落石出啊！」

陸炳這才放下心來，便問湯勤有無眷屬，湯勤忙說倒不曾有。陸炳說：「由老夫作媒，將雪豔斷給湯老爺作妻子，湯老爺意下如何？」

湯勤急忙跪倒在地，連連磕頭致謝：「老大人，你真是小官的重生父母，再造的爹娘了。」

陸炳讓湯勤起來，叫他把如何落案重新說了一遍。最後又問：「嚴爺降罪呢？」湯勤大包大攬道：「有小官擔待。」

發落了張龍郭義後，陸炳叫放下還吊在廊下的雪豔。湯勤說是男女授受不親，急忙趕開衙役們，親自去給雪豔鬆綁。此時，陸炳意態從容，提起筆來，在白紙扇上閑閑地從右到左寫上了「荊、棘」二字。

湯勤一面安慰雪豔，一面帶她上堂來。陸炳對雪豔說道：「老夫為媒，將你斷與湯老爺為妻。湯老爺比不得莫大老爺，湯老爺的性情不好，你要小心伺候！」說到「伺候」時，陸炳將手中的摺扇背著湯勤、對著雪豔一揚，只見那摺扇半開半合，「棘、荊」二字各遮了一半，合起來竟是一個「刺」字！

雪豔見了，知道陸大人猜中了她的心事，便跪下道謝。湯勤也急忙向陸炳道謝，搖搖擺擺地領了雪豔回去，喜滋滋地準備作新郎。

陸炳退堂，叫人把戚繼光請到二堂。一見面，戚繼光便埋怨陸炳不該把雪豔斷給湯勤。陸炳苦笑著告訴他，這樣做，完全是為了解救你，否則，湯勤決不會善罷甘休。最後，陸炳又說，你等著罷，不出三天，一定會有新的消息。

這天晚上，雪豔獨坐在湯勤房中，暗暗流淚。她的心裡，還惦記著隱姓埋名逃到古北口去的莫懷古；還在可憐那個叫莫成的老僕，在薊州，是戚大人用了一個掉包計，由莫成代替莫懷古被處死，今天在堂上她抱的就是莫成的人頭；從莫成又想到她自己，一陣陣地感到害怕，覺得這間屋子是牢籠，是陷阱，今生只怕是逃不出去了；她恨死了湯勤，恨不得一刀殺了他，為莫老爺、為莫成、也為自己報仇雪恨。現在已經爭取到了機會，自己一個弱女子，真的能報仇麼？湯勤好色又貪杯，倒是可以先把他灌醉，等他睡熟了再動手，可是自己手無寸鐵，怎麼報仇呢？她感到力不從心，怕成了自投羅網。

這時走進來一個半老婦人，手中捧了一包衣物，口中道喜，說是來為雪娘子添裝。雪豔心中惱怒，轉身不理。那婦人忙說，我是陸大人府中小姐的乳娘。雪豔聞言，回過頭來仔細打量，只聽她說，陸大人怕湯老爺來不及備辦新裝，命她挑選了小姐的幾件新衣送來。又鄭重說道：「這包裹要請雪娘子親自仔細檢點，這都是今晚要用的。」那婦人見雪豔注意地看著包裹，便將包裹放在桌上，轉身出去招呼將酒宴送進來。

雪豔打開包裹，略一翻檢，只見衣物中夾有一張柬帖，打開一看，上面只有一個「忍」字。心想這陸炳竟勸我忍了下去，也是一個趨炎附勢的。再一想今日堂上問案的光景，又覺得不像。口裡喃喃念道：「是可忍孰不可忍！」一面再仔細檢點，卻從包裹深處翻出一把雪亮鋒利的匕首。看看刀，再看看柬帖，猛然醒悟，這「忍」字不就是心頭插上利刃麼！

過了不久，湯勤醉眼朦朧、踉踉蹌蹌地趕回來了。今夜他特別得意，夢寐難忘的美人雪豔，千方百計終於弄到手了。到底還是我湯勤的計謀高、手段厲害，莫懷古不是我的對手，戚繼光、陸炳也不是我的對手，就是嚴嵩父子，還不是被我牽著鼻子轉。剛才在嚴府裡，管家、校尉們給他賀喜，都說相爺父子寵信他，既得了官職，又得了美人，將來一定前途無量，一句句說得他心裡美滋滋的。這個一杯，那個一盞，不覺吃得醉了。畢竟心中思念雪豔，找了一個機會，逃席出來。此時回到家中，正要稱心如意的做新郎，猛然想起雪豔雖然美貌，性情卻是頗為端莊，答應自己，未必是心甘情願，只怕又要反悔。轉念一想，如今她已經是籠中的鳥，網裡的魚，量他也逃不脫自己的手心。

湯勤一面暗自得意，一面匆匆進房，不覺與乳娘撞了一個滿懷。乳娘見他就是湯勤，便含笑向他賀喜，把奉陸炳之命送衣送酒的意思說了一遍，湯勤連聲道謝。那乳娘就著送來的酒宴，便向湯勤敬酒。湯勤心中高興，看在陸炳的份上，又加上那乳娘嘴巧，說話中聽，不免又飲了幾杯，醉意更加深了幾分。飲到後來，湯勤執意不肯再飲，乳娘才告辭去了。臨行又囑咐道：「雪娘子，早些安置，不要誤了今晚的好時光！」

湯勤這才仔細地端詳雪豔，只見她經過了乳娘的一番梳洗打扮，明豔照人，又添了幾分風韻，與堂上受審時的蓬頭粗服、滿面憔悴，更是恍若兩人。只是她冷若冰霜，端坐不理。湯勤乾咳了兩聲，上前柔聲道，倉卒成親，衣服簪環不齊，是我的不是，我給娘子賠禮了。又叫了幾聲娘子，見雪豔面現怒容，仍是不理，便放下面孔，冷笑道：「哼哼，你以為這場公案已經完結，可知道說真說假，不過是我一句話，這人頭一案還要重審重問。」雪豔吃了一驚，忙變怒為嗔，低眉宛轉問道：「我問你今夕何夕？」湯勤忙答是你我的喜期。只見雪豔滿面嬌嗔，負氣道：「既然是喜期，為何撇下我一人在這裡，全無半點憐顧之情？」湯勤一聽，原來雪豔是為此著惱，頓時便笑出聲來，低聲下氣地將嚴府管家、校尉如何與他賀喜，如何不得不飲，說了一遍，涎著臉一再請雪豔恕罪。雪豔也就見風轉舵，說聲「這也難怪」，便提起酒壺滿滿斟了一大杯酒，雙手捧給湯勤。湯勤忙推辭道：「我吃得太多了，不能再飲了。」雪豔似乎是受了委屈，雙眉微皺道，「你不飲，莫非還在怪我。」湯勤忙說：「不怪不怪，我飲我飲。」接過酒來，一飲而盡。雪豔又滿滿斟了一杯，殷勤相勸。此時湯勤志得意滿，酒已過量，獨對思慕已久的美人，目眩神搖，哪裡還把持得住，左一杯，右一杯，直吃得爛醉如泥。

湯勤被雪豔扶上床去，和衣睡了，放下帳子，頃刻之間，鼾聲大作。雪豔連叫了幾聲湯老爺，只是不應，知是真醉了。趕緊卸下釵環，脫了外衣，取出匕首，輕輕走到床前，左手掀起帳門，右手舉起匕首，將千仇萬恨都積在刀尖，認定湯勤的心窩，一刀扎下。湯勤大叫一聲，疼得跳了起來，一腳將雪豔踢倒在地，把燈燭也撲滅了，兩人便在暗中摸索，廝打成一團。雪豔抽出手來，遍地去摸刀子，心慌意亂，哪裡摸得著。湯勤掙扎著要去取掛在壁間的寶劍，怎奈是醉後無力，要害處又吃了一刀，掙扎不起，倒是被雪豔搶先把劍抓在手裡。湯勤還要來奪，一把抓住了劍鞘，盡力一扯，卻被雪豔順勢拔出劍來，狠命一刺，這個卑鄙小人終於惡貫滿盈，倒在了血泊裡。

雪豔見湯勤已死，大仇已報，自己無處可逃，也未必能逃得脫，便舉起劍來，剛烈地結束了自己的生命。

十二、

「四進士」

這一天，在信陽州的大街上，一夥流氓光棍，正追趕著一個青年女子。

在前任道台衙門當過刑房書吏的宋士傑，這天有幾個朋友約他去吃酒，出得門來，手搖紙扇，信步閑行，才走得幾步，就看到了這一幕。心想若是追到無人之處，這個女子定要吃他們的大虧。按照他老人家的性子，就要趕上前去，打他一個抱不平。轉念一想，就是因為愛管人家的閒事，才把自己的刑房革掉了，又管什麼閒事啊，不管也罷。說是不管，畢竟心裡放不下，又聽得那個女子哭喊道：「異鄉人好命苦啊！」他的一雙腳就站住不肯走了。看來這樁閒事，要是自己不管，就沒有哪一個敢管了。拿定主意，既然要管，還得找一個幫手，便轉身回家去找萬氏老媽媽。

宋士傑知道，家裡這位老媽媽和自己一樣，也是一個愛打抱不平的角色，只是在他的刑房差事丟掉後，想起來她就不免要嘮叨幾句，囑咐他再不要管閒事。今天要把她拉出來，只怕還要費點唇舌。口裡喊著媽媽，進門一看，媽媽正在念經，口裡還念叨著「要學南海觀世音」，便故意逗她，說她錯了，那南海觀世音「大慈大悲，救苦救難，你如何比得？」萬媽媽說：「我們老兩口子，常常幫助人家大事化小，小事化無，怎麼說比不得呢？」一個說比得，一個說比不得，後來還是老頭子讓步，說就算比得。接著就說看見一夥光棍追趕一個女子，我們要救她一救哇！不出所料，果然老媽媽怪他老脾氣改不了，又提起革掉差事的事，賭氣說：「要管你去管，我可不管。」宋士傑說念她是個異鄉人；又說你要學大慈大悲；還給媽媽戴高帽子，說你是個好人。萬媽媽只是一個勁兒地說不管，不管，不管定了。宋士傑想了一下，故意很認真地說：「是啊，救人一命，少活十年。」萬媽媽是個直性子，想也沒想就說：「你這老頭子，越來越糊塗啦，誰不知道，救人一命，多活十年，你怎麼說少活十年？」又是一個說多活，一個說少活，冷不防老頭兒冒出了一句：「你曉得多活，為什麼不去救她呀？」萬媽媽一聽就笑了：「哈哈，你這老頭子，在這兒等著我哪。」

萬媽媽拿了短棒，和宋士傑一同出門，趕上去打走了那夥光棍，救下了那個女子，奪回了包裹。自從革掉差事以後，兩老在西門外開了一所小小的店房，這時，三人一同回到店中。那女子謝過萬媽媽搭救，萬媽媽又張羅她歇息，叫她不要害怕。宋士傑便讓媽媽詢問女子，姓什麼，是哪裡人士。聽說那女子叫楊素貞，是河南上蔡縣人，引起了宋士傑的注意，接著就問她到信陽州來做什麼？楊素貞說是來越衙告狀。

原來楊素貞的丈夫姚庭梅，被嫂子田氏用藥酒毒死；田氏又串通楊素貞的胞兄楊青，將楊素貞賣與布販楊春為妻。在柳林中，楊素貞發覺被騙賣，與楊春爭吵起來；遇到一位算命先生，詢問情由，楊素貞訴說了冤情；楊春十分同情，當場撕毀了賣身文書，自願與楊素貞結為兄妹，並要陪她去告狀伸冤；那算命先生自告奮勇為楊素貞寫了狀子，指點他們到信陽州告狀。不想一到信陽州，就遇上這夥光棍，和楊春失散了，這才被宋士傑老倆口救出來。

宋士傑一聽是越衙告狀，憑他的老經驗，就知道這冤枉一定是大了，便要媽媽問她有沒有狀子，拿來看看。楊素貞先說有狀，聽說要看，便有些猶疑，支支吾吾地改口說沒有，弄得萬媽媽也有點臉上掛不住。宋士傑要媽媽告訴她，自己當過刑房書吏，狀子若有不到之處，可以與他更改更改。又說我們老夫妻是好人，讓她不要多慮。楊素貞聽他二人這樣說，便拿出狀子請宋士傑看。

宋士傑接過狀子，一邊看一邊念，念到「為害夫霸產典賣鯨吞事」，他告訴楊素貞這是八個字的由頭，要記好了。楊素貞口裡答應，想起在柳林寫狀的時候，寫狀的先生也是這樣說的。又聽得宋士傑正念到「刁嫂田氏，用鋼刀殺死七歲保童」，便和上次在柳林一樣哭了起來。宋士傑叫媽媽問她為什麼哭，她說：「保童是我的兒子，若被田氏殺害，叫我怎麼不痛心啊！」一邊說，一邊暗暗觀察宋士傑的反應。萬媽媽聽了，心裡也怪難受的，忍不住就要落淚，卻被宋士傑攔住了。宋士傑從容說道：「牛吃房上草，風吹千斤石，一字入公門，無賴不成詞。這是一句賴詞，她的兒子不曾死。」楊素貞聽他又說得和寫狀的先生又是一樣，暗暗點頭，心裡更加佩服這位老人家的見識。

念到「將奴誆至柳林，賣與……」他停了下來，仔細辨認後，告訴媽媽，這是改了，本來要寫「販梢人」，按院大人有告示禁止販梢，有人犯了，責打四十大板，一面長枷；

如今改為「異鄉人楊春」，這一改，免了楊春這個娃娃四十板子，一面長枷。看完狀子後，他連聲稱讚這狀子寫得好，作狀子的這位老先生，有八台之位，憑他的筆力，只要時來運轉，就是位管一片地方的封疆大臣。

萬媽媽和楊素貞正在高興，不想宋士傑說：「好是好，廢物了！」叫媽媽把狀子還給楊素貞。媽媽忙問原因，宋士傑說，道台大人前呼後擁，她是一個女流之輩，挨擠不上，豈不廢物了嗎！楊素貞聽說，頓時傷心地哭了起來。媽媽忙對她說：「別哭，別哭。咳，真是可憐！我這個人哪，真是刀子嘴豆腐心，見不得這個。」又自言自語地說：「嘿，話又說回來啦，她跟我非親非故，我要是和她沾這麼一點兒的親哪，不是說，這場官司，哼哼，媽媽我替她打啦。」楊素貞是個聰明人，心中會意，立即跪下，拜萬媽媽作乾媽。萬媽媽歡歡喜喜地又讓她給宋士傑叩頭，拜了乾父，然後就把狀子塞給他，要他去替乾女兒告狀。臨走還囑咐，出去不要吃酒，乾女兒的狀子一定要遞上。

宋士傑走到半路上，迎面遇到道台衙門裡一個年輕的班頭，名叫丁旦，說是衙中出了一樁疑難案件，要找他請教，攔住不放，請他去吃酒。吃過了酒，談完了事情，走到道台衙門，叫丁旦去一問，大人已經升過堂了。宋士傑一聽就急了，抓住丁旦，順手就打了他一巴掌。丁旦以為他是發酒瘋，其實宋士傑是後悔吃酒誤事，既怪丁旦不該拉他去吃酒，也怪自己不該貪杯。狀子沒有遞上，只好回去。一邊走，一邊懊喪地想，回去後，乾女兒問起來，大概會說「我不是你的親生女兒」，兩句埋怨的話總是有的。

一進家門，見到萬媽媽，宋士傑就不好開口，萬媽媽早聞到了一股酒味。楊素貞問候過了就急著問狀子遞上了沒有？宋士傑只好實說，遇見一個朋友，酒樓上多吃了一杯，升過堂了，沒有遞上。果然不出所料，楊素貞對著萬媽媽說，卻是有意說給宋士傑聽：「噯，我不是他的親生女兒，若是他的親生女兒，酒也不吃了，狀子也遞上了！」雖然早曉得有這兩句話，經楊素貞這一激，宋士傑還是有些激動，頓時有了一個主意，便問楊素貞膽大膽小，要是膽大，便隨他去擊鼓鳴冤。楊素貞毫不猶豫地說：「哎呀爹爹呀，孩兒若是膽小，也不來越衙告狀了。」宋士傑很是贊許，立刻動身帶她去道台衙門。

宋士傑擊響堂鼓，信陽州道台顧讀立即升堂，命傳擊鼓人。宋士傑取出狀子，讓楊素貞頂在頭上，叫她不要害怕，有自己在這裡，只管向前。顧讀一見楊素貞，劈頭就責怪她擅擊堂鼓，是一刁婦，叫人扯下去打。站在顧讀身邊的丁旦，這時急忙出來說話：「這一女子擅擊堂鼓，必有滿腹冤仇，望大人諒情。」堂外的宋士傑一聽，覺得他這兩句話回答得好；堂上的顧讀也覺得有理，便免了刑杖，要看狀子。

顧讀看了狀子，問楊素貞，你越衙告狀住在哪裡，楊素貞回答住在乾父的家中。顧讀聽說她的乾父就是宋士傑，心內一驚，想不到這個老兒還在，又插手到這件案子裡來了。便放下楊素貞不問，立即傳宋士傑。

丁旦出來，傳喚宋士傑，並囑咐他要小心。宋士傑摘下頭上的帽子，拿在手裡，口裡報著自己的名字，不慌不忙地走上堂去，跪下給顧讀叩頭。看來是從容不迫、胸有成竹，實際在暗暗盤算。他知道顧讀對自己絕無好感，必然要追問他和楊素貞的關係，如果被他抓到什麼把柄，少不得就要背上個「包攬詞訟」的罪名。

一見面，果然顧讀的話很無禮：「宋士傑，你還不曾死啊！」宋士傑一聽，打了一個「哈哈！」立即很傲氣地還擊：「閻王不要命，小鬼不來纏，我是怎樣得死啊！」顧讀單刀直入：「你為何包攬詞訟？」宋士傑馬上就反問：「怎見得小人包攬詞訟？」顧讀氣勢洶洶地說：「楊素貞越衙告狀，住在你的家中，分明是你挑唆而來，豈不是包攬詞訟！」兩人初次交鋒，一經反問，宋士傑摸到了顧讀的底，回答就占了主動。只見他滔滔不絕，一瀉千里：

「小人宋士傑，在前任道台衙門當過一名刑房書吏。只因我辦事傲上，才將我的吏房革掉。在西門以外，開了一所小小店房，不過是避閑而已。」——首先自述過去的經歷和現在的生活狀況，表明自己是奉公守法的；說到避閑，也流露了一點感慨。這些話無需思索，他說得很流暢，但是並不急促，可以多爭取一點思考的時間。

「曾記得那年去往河南上蔡縣辦案，住在楊素貞她父的家中；楊素貞那時間才這長這大；拜在我的名下，以為義女。」——這段話很關鍵，他要把認義女的時間提前幾年，需要編造一段歷史淵源。他說得比較緩慢，字斟句酌，但是語氣很肯定，聽來很生動、很真切。

「數載以來，書不來，信不去，楊素貞她父已死。她長大成人，許配姚廷梅為妻，她的親夫被人害死；來到信陽州，越衙告狀。」——難點已過，思考已經成熟，話就說得快了；接觸到真實的冤情，帶著憤怒，語氣越來越嚴峻。

「常言道：是親者不能不顧；不是親者不能相顧。她是我的乾女兒，我是她的乾父，乾女兒不住在乾父的家中，難道說，叫她住在庵堂寺院！」——最後從擺事實轉入到講道理，越說越快，如同機槍掃射一般；詞鋒犀利，邏輯嚴密，顯示出銳不可擋的辯駁鋒芒。

顧讀找不出一點毛病，只得悻悻地說：「嘿！你好一張利口！」宋士傑回了一句：「句句實言。」這一次，案子就審到這裡，顧讀要楊素貞找人擔保，宋士傑自然是挺身而出。顧讀存心要找麻煩，問宋士傑為何保他？宋士傑又說得理直氣壯：「乾父不保乾女兒，他們哪一個敢保？」顧讀卻又反過來說：「我原要你保。」明顯是對宋士傑進行威脅。宋士傑寸步不讓，坦然答道：「我保保何妨！」顧讀覺得沒趣，這才叫他們下去。

下得堂來，楊素貞攙著宋士傑，親親熱熱地叫著乾父：「你這兩句言語，回答得好哇！」宋士傑微微一笑，嗓音裡帶著笑意，輕輕地說：「這兩句話回答不上，怎麼稱得起……」說到這裡頑皮地兩邊一望，「包攬詞訟的老先生。回得家去，叫你那乾媽媽，做些個麵食饃饃，你我父女吃得飽飽的，打這場熱鬧官司。走哇，走哇！」左手挽著乾女兒，右手一揮，挽起袍子的下角，精神抖擻地出衙去了。

顧讀這裡，派了丁旦去上蔡縣，捉拿姚、楊兩家聽審。丁旦走出衙來，正遇到宋士傑打聽此事。宋士傑知道是丁旦去，顯得很高興；聽他說這是「苦差事」，便掏出一錠銀子要送給他。丁旦接在手上，再看看宋士傑的神情，到底懼怕宋士傑的厲害，終於又退還了。

丁旦到了上蔡縣，知縣劉題派了兩個差人，和他一起去捉人。他們先找到楊青，楊青沒有錢，便領著他們去找姚家，要田氏拿出了一百兩銀子。上蔡縣的差人先拿出五十兩送給丁旦，丁旦怕被縣太爺知道了，有點猶豫。那差人說：「我們縣太爺好酒貪杯，百事不問，你放心拿下吧。」公差們收了銀子便先走了，讓姚楊兩家隨後再來。

田氏見楊素貞告了自己，想起顧讀和她的兄弟田倫是同時考取的進士，這是官場上很重視的「同年」關係，便回娘家去找兄弟，要他寫信去說情。田倫本來是江西的八府巡按，因為父親死了，按規定在家守孝三年，還沒有上任。聽姐姐一說，知道這是人命官司，不能只聽一面之詞，便不肯寫。田氏又去找母親，田母本來也不願管，還教訓了女兒兩句。哪知田氏竟撒潑耍賴，揚言「若是打了上風官司回來，還則罷了，若是打了下風官司，我在公堂之上，就說田倫乃是我的兄弟，我是他的姐姐。你們看看，丟臉不丟臉？」逼著田母叫來田倫，要他寫信。

田倫見母親要他寫信，便說了一番緣由：當初，他和毛朋、顧讀、劉題四人一起考中了進士，因為嚴嵩專權，不讓他們到地方上去作官，多虧了他們的恩師海瑞保舉，才放他們出京。他們兄弟四人，在雙塔寺對天盟誓：「不許密箚求情，官吏過簡，匿案准情，貪贓枉法；如有此情，準備棺木一口，仰面還鄉。」所以，這封信他不能寫。那田氏依然糾纏不休，拉拉扯扯，竟推著田母和她一起跪下，逼得田倫把信寫了，又拿出三百兩銀子，派了兩個差人專程送去。

也是湊巧，這送信的兩個差人，到了信陽州，天也晚了，城也關了，正好住到了西門外宋士傑的店中。宋士傑見這兩人來得尷尬，便留神聽他們說些什麼。兩人關了門，喝著酒，一個就問：「夥計，你看田、顧、劉三位大人，誰忠誰奸？」另一個說：「夥計，管他誰忠誰奸，我們喝酒吧！這個年頭，就是：酒，酒，酒，終日有；有錢的在天堂，無錢的下地獄。」喝得醉醺醺的，吹燈睡了。

說者無心，聽者有意。隔牆宋士傑聽到，便想這田、顧、劉是什麼人？一想就想到了顧讀和劉題；再一想，猛然記起，這姓田的，莫非是未曾上任的江西巡按田倫？聽他們說話，是話裡有話；進店時節，就看到他們的包裹十分沉重，其中必有要緊的東西。心裡惦記著乾女兒的事，只怕是與她有關，當時就作了決斷，就是冒點風險，採取非常的手段，也要把事情弄清楚，好早作準備。

等到夜靜更深，聽聽那兩個差人鼾聲如雷，已是睡熟了。宋士傑用酒壺裝的水，順著門縫澆下，先把門軸淋濕，以免開門時發出聲響；再從頭上取下簪子，從門縫中間將門栓撥開，悄悄推門進去，找到了他們帶的包裹，拿了出來，放在一個矮桌上。就著燭光，打開一看，只見是一堆白花花的銀子和一封信，頓時吃了一驚。輕輕潤濕了信封上的封口，仔細地揭開了，抽出信箋正要看，忽然聽得背後有腳步聲，急忙一口氣吹滅了蠟燭，順手掩上包裹。宋士傑再回頭一看，原來是萬媽媽舉著一根火捻子走來，這才把提著的一顆心放下來，重新點亮了蠟燭。

萬媽媽問他三更半夜在這裡幹什麼？宋士傑示意，要她小點兒聲音，不要驚動了客人，然後告訴她是在為乾女兒辦公事。媽媽一聽很滿意，說：「對啊，她們母子是寡婦孤兒，我們老倆口不照顧她有誰照顧她！」接著又說：「老頭子，你自己也要緊，快點辦完了，早點兒睡吧。」說罷自去了。

宋士傑看著媽媽的背影，在心裡說了一聲：我的媽媽是個好人哪！低下頭來，趕緊看信，只見是上寫：「田倫頓首拜，拜上信陽州顧大人，自從京城分別後，倒有幾載未相逢，姚家莊有個楊氏女，她本是姚家不賢人，藥酒害死親夫主，反賴我姐丈姚庭椿。三百兩銀子押書信，還望年兄念弟情，上風官司歸故里，登門叩謝顧年兄。」看罷這信，宋士傑心情沉重而又震怒，略一沉思，決定把這信謄在衣襟上，那顧讀秉公而斷便罷，他要是貪贓賣法，這領衣襟就是他大大的對頭！想好了主意，便急急地磨墨理筆，取來冷水，含在口中，先將衣襟仔細地噴濕；再定下心來，將信重看一遍，默記在心裡，然後錄寫在衣襟上；寫完後，先吹乾衣襟上的墨蹟，又將信重新封好，放進包裹，原樣送回差人的房中。出門後，返身輕輕帶上房門，再用簪子將門栓撥回拴好，這才疲倦地去休息。

第二天早上，兩個差人向宋士傑借了一個酒罈子，把銀子放在裡面，隨信送到道台衙門。師爺收了，立即去見顧讀。顧讀看了信，念在年兄年弟的分上，就有心要替他擔待擔待。與師爺商量，決定收下銀子，姚楊兩家從輕發落，楊素貞斷她一個私通姦夫、謀害親夫的罪名。師爺去後，顧讀想起了當年在雙塔寺盟下的誓願，如今毛朋又實授八府巡按，正在這一帶巡查，終究有些心虛，暗自盤算，須要提防一二。

田倫的信送到後，姚楊兩家的人才被帶到。顧讀升堂審問，楊青說他妹妹是自願自賣自身；姚庭椿一問三不知，推給田氏；田氏則自稱安分守己，是個好人，反誣楊素貞私通姦夫，謀害親夫。顧讀譏諷了兩句，便讓他們下堂討保。那田氏搖搖擺擺走下堂來，一眼看見了楊素貞，便發起威來：「楊素貞，你今天打官司，明天打官司，這回可打到太太手心裡來啦！」楊素貞看看宋士傑，正在失望之際，又聽得顧讀叫帶她。宋士傑早已看清顧讀是在照田倫信中請託辦事，貪贓賣法，但也只得鼓勵楊素貞大膽向前。顧讀見了楊素貞，開口便問她為何告此謊狀，要她招認私通姦夫，害死親夫。楊素貞反駁道：「小婦人私通姦夫，害死親夫，不去逃命，反來越衙告狀，前來送死不成！」顧讀無理可講，叫人將她綁起來，嚴刑逼供。楊素貞開始還大喊冤枉，後來受刑不過，只得招認了，當堂便上了刑具，帶去收監。楊素貞被押出門來，宋士傑便迎上前去，聽她說了招認的事，安慰她道：「乾女兒，你暫受一時之苦，我定要為你鳴冤！」將她送走，便來到堂口，大叫「冤枉！」

顧讀聽說是宋士傑在喊冤，便知此事瞞他不過，硬著頭皮傳他進來，問他為何喊冤？宋士傑直言不諱，說「大人辦事不公」。顧讀反問道：「哪些兒不公？」宋士傑應聲脫口而出：「原告收監，被告討保，哪些兒公道？」顧讀只好還是說楊素貞告的是謊狀，她私通姦夫，害死親夫。這宋士傑比不得楊素貞，在公堂上與顧讀短兵相接，步步緊逼，據理力爭，倒像是他在審問顧讀。他先問：「姦夫是誰？」顧讀說是「楊春」；接著問「哪裡人氏？」顧讀說「南京水西門」；他再問「楊素貞？」「河南上蔡縣」。宋士傑引得顧讀露出了破綻，便抓住破綻用力一擊：「千里迢迢，怎樣通姦？」顧讀被問得噎住了，便信口胡說：「他是先姦後娶！」這當然不足以服人，宋士傑又乘勝追擊：「既然如此，她不去逃命，到你這裡來送死來了！」顧讀招架不住，口裡支支吾吾，急不擇言，竟說道：「宋士傑，聽你之言，莫非你受了賄了？」宋士傑一聽，這才是此地無銀三百兩，再一次抓住戰機，狠狠反擊，一連說了兩個「受賄？」「受賄。」意思是說：你問我受賄嗎？我是受了賄了；接著就說「受賄不多……」引誘得顧讀急忙追問：「多少？」宋士傑伸出三個指頭，手心向上，昂首怒目，伸出右臂，劍一樣地直向顧讀刺去，同時刀砍斧剁般地吐出三個字：「三百兩！」

「啊！」顧讀一聲驚叫，被擊中了要害，慌亂中只叫把宋士傑扯下去打。宋士傑不慌不忙，立刻攔住：「且慢，你打我不得。」顧讀以為，我一個道台，要打你一個老百姓，還不是想打就打，口裡就說：「本道怎麼打你不得？」宋士傑理直氣壯：「我身無過犯。」顧讀惡狠狠地說：「打了你，自然有你的過犯！」這樣以勢壓人、強詞奪理，在宋士傑這個老刑房書吏看來，未免是太拙劣了，他一定要討個說法：「打我什麼過犯？」顧讀說不出個道理來，口裡「這個」、「這個」地支支吾吾；宋士傑死不饒人地緊緊盯著反問：「大人？」「大人？」逼得進士出身的顧讀終於想出了一個罪名：「嗳，我打你個欺官傲上！」宋士傑「嘿嘿」冷笑了兩聲，以一種居高臨下的傲氣說道：「今天不挨你幾個板子，你也不好意思退堂。來，來，來，打呀！」

顧讀終於打了宋士傑四十大板，打完後還不解氣，叫著問：「宋士傑，我打得你可公？」宋士傑倔強地說：「不公。」顧讀又問：「打得你可是？」宋士傑倔強地說：「不是。」顧讀說：「不公也要公，不是也要是，從今以後，你要少來見我！」宋士傑針尖對麥芒：「見見何妨？」顧讀威脅得更加露骨：「再若見我，定要你的老命！」宋士傑也更加強硬地回擊：「不定是誰要誰的命！」

宋士傑不是說說而已，四十板子打出了一個決心：一狀告他三個官。現在已經不只是姚、楊兩家的人命官司，而是發展成為官員貪贓枉法炮製冤案了。

這時候，微服私訪的巡按毛朋正式在信陽州亮相了，進城後就不聲不響地派了人去上蔡縣，提拿姚楊兩家來聽審。

再說那楊春與楊素貞失散，包裹也被人騙走，大病了一場。如今病好，又聽說按院大人到了，便去尋找楊素貞，好一同去告狀。楊春慌慌張張走在大街上，一不小心將一位老人撞倒在地。這個老人正是宋士傑，他也是聽說按院大人到了，寫好了狀子，出來打聽打聽。宋士傑見這個漢子撞了他，一言不發，揚長就走，便將他叫回來，要與他評理。楊春心裡焦躁，回話就沒好氣：「哈哈，分明你撞了我，怎說我撞了你！我楊春有事在身；如若不然，我定不與你甘休！」宋士傑聽說他叫楊春，突然想起楊素貞有個義兄就是這個名字，叫住他一問，果然是的，便認了這個乾兒子。楊春心裡好笑，自己花了三十兩銀子，倒買出個乾老子來了。宋士傑聽說他要去告狀，便告訴他，如今不告姚楊二家了，要告田、顧、劉：田倫密箚求情，官吏過簡；顧讀貪贓賣法，匿案准情；劉題好酒貪杯，不理民詞。楊春聽了，連說有理。

正在說話，聽得前面鳴鑼開道，楊春急忙上前去打探。宋士傑忽然記起，按院大人有告條在外，有人攔轎喊冤，先打四十大板。自己剛挨了顧讀的四十大板，實實再挨不起了。看著楊春年輕，便盤算著把這四十板子，照顧了這個娃娃吧！楊春匆匆回來，說道正是按院大人從這裡經過。宋士傑拿出狀子，才說了聲「前去告狀」，楊春一把抓過狀子就走，趕到前面，擠進人叢，攔住毛朋的轎子，大喊：「冤枉！」

毛朋坐在轎內，見有人攔轎喊冤，便叫扯下去打。楊春沒有想到不問情由就要挨打，情急之際，記起柳林寫狀時那先生教他自稱「異鄉人」，便大喊道：「異鄉人好命苦！」毛朋聽了，心中一動，便說念他是個異鄉人，免去四十大板。接過狀子一看，上面寫的告狀人是宋士傑；再問這漢子的姓名，卻是叫楊春；便責問他為何告此刁狀，楊春趕緊說明自己是代替年老的義父告狀。毛朋這才發下話來，三日後，命宋士傑到都察院聽審。

楊春下來，找到了宋士傑。聽說他把狀子已經遞上去了，宋士傑本來很高興，後來一想，又有些懷疑。他反覆問了兩遍，又叫楊春走過去、走回來地走給他看，然後很不高興地嘆了一口氣：「唉！娃娃，你沒有遞上。」楊春被他弄得莫名其妙，反問道：「怎見得沒有遞上？」宋士傑說：「我對你實說了吧：按院大人有告示在外，有人攔轎喊冤，打四十大板。你這兩腿好好的，狀子沒有遞上吧？」楊春一聽就笑了起來：「哈哈！幸虧遇見你一個乾老子，再有兩個，我兩條腿都打爛了！」便將如何回答的講給他聽：宋士傑稱讚他「異鄉」二字回答得好；說到毛朋說他是告刁狀時，宋士傑有些疑惑，不知狀子上出了什麼差錯；楊春說：「按院大人言道：『狀子上面寫的是宋士傑，你叫楊春，豈不是刁狀嗎？』」宋士傑一聽就著急了：「哎呀！這是我失於檢點，這……」楊春叫宋士傑不用著急，得意地說他又回答得好：「宋士傑是我的義父，年紀大了，挨擠不上，故命小人代替告狀。」宋士傑一聽，眉開眼笑，直誇他會說話。得知毛朋叫他三日後去聽審，他問楊春：「我們的官司，是輸了還是贏了？」楊春很有信心，說：「我看一定贏定了。」宋士傑心裡已有了幾分把握，口裡卻說：「唉！管他是輸，管他是贏！回得家去，吃得飽飽的，打這場熱鬧官司。」興奮地把手中的包袱扔給楊春：「楊春，接包袱！」領著楊春滿面春風地回家去了。

這一天，各處的官員迎接巡按大人毛朋。到了都察院，毛朋與田倫、顧讀敘話，問起為何不見劉題。田顧二人說他官卑職小，不敢進見。毛朋說我們年兄年弟何論官大官小，便命人把劉題也請來。毛朋首先問劉題，上蔡縣的民情如何？劉題說是官清民順。再問他為何有人越衙告狀？劉題只得用「吏不舉、官不究」來搪塞。這時毛朋拉下臉來，冷笑道，「分明你好酒貪杯，不理民詞」，讓他回衙聽參。劉題一聽，知道是要回家抱娃娃去了。田顧二人見毛朋處分劉題毫不留情，正感到惶恐不安，又聽得毛朋說有事要領教。毛朋先問田倫：「查得有一家官長，密箚求情，官吏過簡，該問何罪？」這一下子打中了田倫的要害，他口裡支吾，心裡盤算，只得硬著頭皮答道：「按律當斬。」毛朋又問顧讀：「有一家官長，貪贓賣法，匿案准情，該論何罪？」顧讀見毛朋問田倫，便知道事情不妙，但還心存僥倖，也硬著頭皮答道：「按律當斬。」毛朋這時正式向他們攤牌：「有人將你二人告下來了。」田顧二人異口同聲地要證據，毛朋便叫帶宋士傑。顧讀此時是困獸猶鬥，瞅空子踅了出來，截住宋士傑，進行威脅：「此番去見大人，當講則講；不當講，不要胡言亂語！」宋士傑口裡稱「是」，從容回答道：「當講自然要講；不當講，呵呵，也要講他幾句！」顧讀還不死心，繼續威脅道：「我看你講些什麼？」事已至此，宋士傑哪裡還肯示弱，立即回敬道：「我自然有講的！」此時此際，顧讀也不敢和宋士傑多糾纏，便叫宋士傑進來。宋士傑反唇相譏道：「不要這樣的虎威，這是按院的行轅，不是你的道台衙門了。」隨即進去，跪下叩頭。

毛朋威嚴地對宋士傑說道：「你告了兩員封疆大臣，一個縣令；當著二位大人在此，將狀子上的情由，一一講來，若有一字差錯，定要你的老命！」

宋士傑跪在地上，從自己開店、那日來了兩位公差說起，他們如何吃酒時話裡有話，使他生疑；講到當天夜晚，宋士傑便停住了。毛朋問他為何不講，宋士傑說自己有剁手之罪。田顧二人立即就要剁他的雙手，卻被毛朋攔住，免去此刑，讓他往下講。宋士傑講了自己如何將門撥開，取出紋銀三百兩，書信一封；說到書信，又停住不講。等到毛朋問起，他承認自己有挖目之罪。田顧二人還想挖他的雙目，又被毛朋攔住，宣稱一概免去，讓他講完。宋士傑一再試探毛朋，心中已經有了底，便合盤托出道：「小人將書信拆開一看，原來田大人與顧大人密箚求情。小人見此事重大，因此一字套一字，一筆套一筆，謄寫在衣襟之上。」說到這裡，翻開衣襟，雙手擎起，高舉過頭，口裡叫道：「大人不信，請看！」

毛朋霍地站了起來，把椅子移近宋士傑坐下，邊看邊念那衣襟上的密信，念到「三百兩紋銀押書信」時，回過頭來，目光如炬地向田顧二人臉上一掃，嚴厲地吐出兩個字：「撤座！」田顧二人既惶恐又羞愧，趕緊站了起來，背上冷汗直流，全身禁不住地顫抖。

毛朋看完信後，忍著怒氣看了看田倫，又看了看顧讀，吩咐將宋士傑的衣襟入庫，讓宋士傑下去等候，然後沉重地說：「二位年兄，宋士傑和衣襟，就是你二人的對證了！」這時田顧二人還在互相埋怨，顧讀怪田倫不該寫信，田倫怪顧讀不該收那三百兩銀子。田倫又拿「母命難違」來為自己作辯解；顧讀也有些後悔沒有聽恩師海瑞的教導。這時毛朋百感交集，他和田倫、顧讀回憶當年考取進士、奸賊專權、恩師保奏的往事，重溫當年在雙塔寺共同盟下的誓願，然後說道：「小弟不才，實授八府巡按，查得上三府，官是清官，民是良民；查得下五府，官是贓官，民是刁民。查來查去，這贓官二字卻應在我們年兄年弟的身上，叫小弟哪裡去尋，哪裡去訪！」田顧二人還想向毛朋求情，毛朋嚴肅冷峻地請出皇帝賜的尚方寶劍，三人一同拜過，叫聲「小弟得罪了」，便下令升堂。

首先，毛朋以「貪贓賣法，密箚求情」的罪名，將田倫、顧讀看押起來，聽候聖旨發落；然後將楊青革去秀才、發往邊外充軍，將姚廷椿、田氏判了斬刑；最後帶上宋士傑，對他說道：「有道是『民不告官』，你一狀告倒兩員封疆大吏，一個百里縣令，豈能無罪！」宋士傑懇求毛朋格外開恩，毛朋說：「念你年邁，發往邊外充軍。」

宋士傑還沒有來得及品嘗伸張正義的喜悅，就被戴上了冷冰冰、沉甸甸的刑具。剎那間，他覺得自己好像是一條大魚，不幸吞進了釣餌，大禍臨頭。出得都察院來，見了楊春和楊素貞，老人家更是悲憤交集。他對這兩個乾兒女說道：「你們一個家在河南上蔡縣，一個住在南京水西門，我們三個人從來就不認識。為了你們的事情，我挨了四十大板不說，現在還要披枷帶鎖地到邊外去充軍。可憐我這麼一大把年紀，離鄉背井，死在外面，連一個披麻帶孝的人也沒有啊！」說到了內心的痛處，這位剛強的老人也不禁聲淚俱下了。楊素貞和楊春在兩邊攙住老人，勸他不必傷心，爭著說我們就是你的親兒子、親女兒。楊素貞這時口裡說著話，眼睛卻不停地向堂上看，忽然她對楊春說：「哥哥，你看上面坐的這位大人，好像在柳林替我們寫狀的那位先生。」楊春仔細一看，也說是像那位寫狀的先生。宋士傑問他們在說些什麼，聽他們一講，頓時就來了精神；又精細地再問了二人一遍，二人都說確實沒有看錯。只見宋士傑喜形於色，說道：「只要你們沒有看錯，要我充軍就去不成了！」

這個老人極為敏銳果斷地抓住了機遇，這一次他是要用自己的智慧為自己的命運進行抗爭。扭頭就進都察院，見了毛朋說道：「青天老大人，我這個老百姓告官，按朝廷的王法說是有罪，可是，要是沒有人寫狀子，我們能告得成嗎？」毛朋一聽，懂得他的意思，便說道：「我這次奉命出京來，為了替老百姓辦點事情，特地作了微服私訪，在柳林寫狀子也是為他們打抱不平。對你的處分，是有王法在那裡，我不能徇情啊！」宋士傑說道：「我們知道您微服私訪是為了老百姓，您是清官，是一個大忠臣，您回朝去，一定會受到朝廷嘉獎，在史書上也會留下美名。您寫狀子是為百姓，我宋士傑不也是為他們打抱不平嗎？」毛朋說：「按照律令，老百姓告官是犯了王法，該當問斬，我對你已經是從輕發落了。」宋士傑微微一笑，說道：「要說犯法，您替我們寫狀可是第一個犯法啊！」毛朋被問得不好再說什麼，心裡既同情他好心好意地為人打抱不平，又佩服他的精明老練，便含笑把他從地上扶起來，替他鬆了刑具，口裡說道：「你真是個說不倒的老先生！」

十二、

「清風亭」

「做官不把義父認，逼死恩母在亭前。」——張元秀

話說漢中府紫陽縣，有個書生薛榮，本是歷代書香。娶妻嚴氏，三年無子，又娶側室周桂英，已身懷有孕。這一年是大比之年，薛榮就要起程進京赴試。臨行之前，先把周桂英叫來囑咐一番，說是你已有九月身孕，要多加保重；大娘面前，須要依順。然後請出大娘，夫妻分別。少不得嚴氏與他餞行，薛榮囑咐她照料家事。誰知薛榮這一去，山川阻隔，音信不通，家中生出了許多風波。

棄子

薛榮一走，那嚴氏大娘便拉下臉來，對桂英又打又罵，百般折磨，命她白日挑水、織布，每晚還要磨一斗麥子。桂英受盡苦楚，無法申訴。到了正月十五，腹內一陣疼痛，在磨房內生下一個男孩。嚴氏聽見嬰兒哭聲，找到磨房，見到嬰兒，妒性大作，藉口老爺不在家，是個野孩子，要把他摔死。桂英哀求大娘，念他是薛門後代，不想更加激怒大娘，說道：「我三年不養，才娶了你做偏房，如今又有了孩子，往後還能有我嗎？」桂英苦苦哀求，道是嬰兒無罪，求大娘饒恕他一條小命。嚴氏想了一想，答應放他一條生路，可是

萬萬不能放在家裡，命人將他寄養在外面，等老爺回來發落。桂英迫於無奈，只好依了。嚴氏便要丫環將孩子抱走。桂英哀求要與嬰兒分別，嚴氏且允了，卻去安排家人薛貴，準備個匣兒，將孩子拋棄在曠野荒郊。那桂英懷抱嬰兒，想到他剛離娘胎，就要離開娘懷，實實不能割捨，不禁哀哀痛哭。又想到兒子這一去生死未卜，也不知能否再相逢，便想寫下血書一幅，說明情由，藏在兒子身上。若是遇上仁人君子，可憐他的身世，將他撫養成人，母子倘有相逢之期，便以血書為證。打定了主意，便忙撕下一塊白羅裙，忍痛咬破手指，寫下血書道：「此子生於癸亥年正月十五日酉時，父名薛榮，生母姓周，因父赴考，大娘不容。祈求撫養，感戴不盡。」匆匆寫畢，又從頭上拔下一隻金釵，和了血書，一併藏在嬰兒身內；暗想著若再相逢，只憑這血書金釵。不等桂英再哭，那邊嚴氏趕進磨房，一把奪過嬰兒，交給家人薛貴；薛貴將嬰兒放進匣中，抱著去了；桂英撲上攔阻，卻被嚴氏一把推開，倒在地上，痛哭不已。

拾子

卻說正月十五，本是民間的燈節，四鄉八處的鄉民都出來觀燈，十分熱鬧。內中有一對老夫婦，老老張元秀，媽媽賀氏，都已六十開外，卻是膝下無有子女。二老身體倒還強健，平日裡以磨豆腐、打草鞋為生。這天張元秀提起，我們這裡，年年有個燈山大會，今年格外的熱鬧。那賀媽媽來了興致，便想去逛上一逛。張元秀道：「你我偌大年紀，還湊什麼熱鬧哇！不去也罷。」賀媽媽道：「老老，話不是這樣講啊。我二老好比風前燭，瓦上霜，只怕來年有你無我，乘此機會，還是前去逛上一逛的好。」老老一想，覺得媽媽說得有理，便一同去大街觀燈。

再說那薛貴奉了大娘之命，要把嬰兒拋在荒郊，心想這樣數九寒天，嬰兒豈不要活活凍餓而死！有心想找一個小戶人家，請他撫養。正在盤算之際，忽然刮起一陣狂風，把燈都吹熄了。頓時遊人大亂，一陣擁擠，薛貴手中裝著嬰兒的匣兒被人碰落在地，人也站立不穩，一衝一擠，不由自主地被人群裹去了。

那張家二老正看得高興之際，見狂風把燈都吹滅了，大街之上，一時人眾擁擠，不能行走，便由周梁橋小路回去。此時黑夜昏昏，舉步難行，忽然聽得有嬰兒啼哭。二老順著聲音找去，左一摸，右一摸，摸著了一個匣兒；那嬰兒的聲音，就在匣兒裡面，便把它背了回去。回到家中，掌了燈亮，打開匣兒，抱出一看，竟還是個男娃子。兩人見了，十分歡喜。賀媽媽再一找，見著了那支金釵，卻不識得是金子，只道是一支銅簪兒；老老接過一看，也道是一支銅簪兒。賀媽媽一把奪過來，說是等孩子大了，與他換糖吃。忽然媽媽又叫了起來，說裡面還有骯髒東西，老老一看，說那不是骯髒東西，是娃兒的血書。賀媽媽聽說是血書，知道是要緊的，連說這倒要把它收好，立即便將它藏起來。

這時嬰兒一陣接一陣哭得甚急。張元秀知道是他餓了，急得手足無措，連喚媽媽，如何是好？賀媽媽卻道不妨事，隔壁劉大嫂養了一個娃子，她有奶水，可以討些奶與他吃。張元秀覺得不是長久之計，不能天天去麻煩人家。這時賀媽媽倒想起來了：我們是開豆腐店的，天天與他豆腐漿吃，再買上一點乳糕，豈不是好！老老一聽，也覺得甚好。

媽媽又道：「老老，你要與他起個名兒啊。」看來老老早想好了，便道：「我們就叫他繼保。」賀媽媽一聽，也很滿意，笑道：「呃，繼保，好好好，老老，我們如今是有兒子的人了。」老老也大笑道：「呵呵，有兒子的了哇！哈哈哈！」

失子

再說薛榮。自從上京赴試，倒也得中，有了官職；卻是身居邊關，一十三載，與家中音書未通。近日奉調進京授職，有意把桂英接到身邊，便修書一封，差人送往漢中。嚴氏接信一看，知是丈夫身居高位，要接桂英進京。心想：好啊，老爺啊，老爺，這就是你的不是了！想我乃是你的結髮夫妻，你如今做了官了，不來迎接我去同享榮華富貴，反而接她前去……再說，讓她去了，在老爺面前搬弄是非，翻起十三年前的老帳，那還有我的日子嗎？當時便打定主意，要斬草除根，準備夜晚去到磨房，將桂英害死。家人薛貴在旁，知道嚴氏不懷好意，便暗地告訴桂英，教她逃到京城去。

那張家二老，自從在周梁橋下撿來個孩子，取名繼保，含辛茹苦撫養了一十三年，看著這孩子一天天長大，自是十分歡喜。日常二老談起，張元秀只說是幫我們磨豆腐，跟著去賣草鞋，到底多了一個幫手。那賀媽媽卻不願叫他做這些粗笨的事兒，還是要叫他安心讀書，書讀好了，二老豈不更有依靠！

這天，還不到放學的時候，張繼保就哭喪著臉跑回來了，將書包往地上一丟，便哭了起來。老老問他，他也不理。張元秀一想，莫非學中有人欺侮他？再一問，那繼保哭道：「我來問你：我母親多大歲數？」老老答道：「七十三歲了。」繼保道：「我哪？」老老道：「你今年十三歲了。」繼保道：「是啊，六十歲的老媽媽會養孩子嗎？」這一問，事先未曾料到，直問得張元秀無話回答。繼保接著說道：「我在學中，他們告訴我：女人家過了五十歲，就不會生養孩子。學中的學生都罵我是私生野種。看來你們不是我的親生父母，快快還我親父親母便罷，如若不然我就死在你們的面前。」說罷，又哭鬧不止。張元秀一聽，猶如迎頭挨了一捧：沒想到我們把你養大了，你要親生父母不說，還要以死來威脅。胸中翻騰，一時氣得不知說什麼是好。賀媽媽正在做飯，這時忙從灶間出來，問他父子為何吵鬧。老老耐住性子，三言兩語說了緣由，媽媽對老老擺一擺手，叫聲繼保：「兒啊，我二老就是你的親父親母，旁人的話是不能聽的。隨為娘吃飯去罷。」伸手就去牽繼保。繼保氣衝衝地把媽媽一推，口裡說道：「你不是我的親娘，快快去吧。」小孩子不知輕重，這一推，推得媽媽險些跌倒。老老發怒道：「好奴才，竟敢將你母親這樣推搡，好沒有規矩！說什麼親生不親生，我們養你十三年，好不容易把你養大成人，你人大心也大了，竟敢不聽教訓，我打死你這個奴才。」舉起拐杖就要打繼保。賀媽媽一把抓著拐杖，攔住老老；繼保心裡賭氣又怕挨打，一跺腳，飛跑著逃出去了。媽媽先是勸老老消消氣；一看兒子跑遠了，心裡又疼又急，不禁又埋怨老老總是這個脾氣，不該把兒子嚇跑了。張元秀雖然生氣卻也急了，氣喘咻咻，便要去追兒子回來。剛剛走了兩步，又被媽媽倉促叫住，只見她轉身找出血書，臉色沉重，交給老老道：「老老，這個奴才，人大心大了，你帶著血書，恐怕路上有人盤問，也好有個憑證。」張元秀被她提醒，「哦」地應了一聲，接過血書，來不及多說，只道是：「我、我、我知道了。」一步跨出門去，高聲叫道：「張繼保，小奴才，慢些走，為父趕……你……來了，趕你來了。」跌跌撞撞掙扎著追去了。

卻說周桂英，聽了薛貴報信，得知丈夫作了高官，現在京城；大娘嫉妒，要害自己，便獨自逃出家門，要去京城，尋找丈夫。一路上，淒淒惶惶，想到自己只因家貧，才嫁給人作偏房，受盡了折磨；生下一個兒子，抱出在外，一十三年了，也不知生死存亡；現在孤零零一個人漂流在外，也不知何日才能到京城？這天走到了清風亭前，只見烏雲遮日，雨要來了，就在亭中暫避一時。放下包袱雨傘坐下，連日驚駭辛苦，不覺朦朧睡去。

那繼保在前面跑，張元秀在後面追，一跑一追，也追到了清風亭。繼保怕被爹爹追上，要挨一頓痛打，看見清風亭內有一個媽媽在打瞌睡，便躲藏在她身後。張元秀追到清風亭，忽然不見了兒子，正在四處打量，恰好繼保探出頭來張望，被張元秀一眼看見。張元秀本來要進亭去，又看見亭子裡還有一個婦人，兒子正躲在人家的身後，有些不便。就站在亭前叫繼保：「小奴才，你快些出來；再不出來，為父要打進來了。」這雖然是叫兒子，也有一個向那婦人打招呼的意思。小孩子怕挨打，也不管認識不認識，便向人家求救。那繼保一面推桂英，一面叫道：「婆婆救命，婆婆救命！」桂英被吵醒了，一看這陣勢，有些奇怪，便問張元秀，你這老公公為什麼打這小孩子，他是你的什麼人？不等張元秀開口，繼保搶著說道：「上告婆婆……」張元秀有些耳背，不曾聽清，忙教訓他道：「呸，你與人家又不認得，一見面就問人家要饃饃。」繼保道：「去你的吧！我說上告婆婆，誰跟她要饃饃。」桂英也忙幫著繼保說話，證實他不是要饃饃。張元秀覺得自己有些失禮，不好再阻攔兒子說話；再說父母教訓子女是天經地義的事，人家知道了，也會幫著勸兒子跟自己回去。便道：「哼，我看你這個奴才講些什麼。」桂英就叫繼保不要害怕，慢慢地講。那知繼保一開口就說張元秀不是他的親生父親，打得他渾身皮開肉綻，求桂英救救他，不然他就活不成了。張元秀一聽，越發生氣，覺得這個孩子沒良心。便問桂英是往哪裡去？桂英說是往東京去的。張元秀對她說，你走你的路，我管我的兒，我們各不相干，你也不用管我的閒事。說罷舉起拐杖就要打繼保；繼保急忙閃開，躲到桂英的身後；桂英插在他們父子之間，擋住老老，說道：「公公息怒，我有話講。」她向張元秀借過拐杖來，在手上掂了掂，說道：「這拐杖這樣的沉重，豈不要打死這個小學生？」張元秀被她一言提醒，但又不好當著兒子在外人面前認錯，便奪回拐杖，故意說道：「我是預備打死這個小畜生。」桂英自從見了繼保，竟是十分關切，此時以為繼保真是倍受虐待，不忍撒手不管，想了一想，對張元秀道：「打死不如放生。」張元秀有些奇怪，問：「什麼叫做放生？」桂英道：「放生不如賤賣。」張元秀更覺得奇怪：「啊，你叫老漢賣與哪一個啊？」桂英道：「喏喏喏，賣與我啊？」張元秀覺得好笑，我與她又不認得，一見面就要買我的娃子。看那桂英衣著，也不是一個闊綽的，便問桂英：「你拿什麼來買？」桂英答道：「我自然有。」就在頭上拔下了一支金釵。張元秀無意間接過金釵一看，覺得有些眼熟。原來這金釵本是一對，當年藏在繼保身上的那支，和這一支是一模一樣的。張元秀沒有多想，把金釵還給桂英：「哎，我當什麼稀罕之物，原來是支銅簪兒。我的孩兒是不賣的，拿了去！不要在這裡顯富。」桂英有些失望：「哦，你的孩童不賣。」張元秀道：「我本來就不賣啊。」桂英道：「不賣就罷！待我勸這小學生隨你回去。」轉面對繼保微笑道：「小學生，你爹爹不打你了，隨他回去罷。」繼保道：「我不回去，他要打我。」張元秀道：「回去！回去！不回去，打死你這個小畜生！」忍不住又舉起拐杖來，做出要打的模樣。

桂英覺得這內中有些蹊蹺，想要問個明白。便攔住張元秀，和他拉起了家常：「慢來！哎呀，鬧了半天，我還不曾請教公公上姓？」老人道：「老漢姓張。」桂英問道：「大號？」繼保搶著道：「他叫張元秀。」老人罵兒子：「呸！張元秀也是你這奴才叫的！好沒家教的東西！」桂英接著問道：「公公作何生理？」老人有些不好意思，便打了一個啞謎：「我……我是『馬上彈琴』。」那桂英不懂，繼保插嘴道：「他是打草鞋的。」老人道：「呸，打草鞋，難道就算不得生意！丟你娘的醜！」桂英接過話頭又問可有婆婆，她做什麼？老人說道有一個老伴：「她是……她是『推轉乾坤』。」桂英又不懂，繼保又插話道：「他們是磨豆腐，天天給我豆腐渣吃。」這一說，勾起了撫養兒子的艱難，老人有些悲憤：「是啊，你要曉得：沒有豆腐渣，怎會把你養得這麼大啊！」桂英繼續問道：「公公今年高壽？」老人笑了笑：「老漢……呵呵，小呢，七十三了。」桂英問：「婆婆呢？」老人道：「和我同庚。」桂英緊接著就問：「這小學生？」老人沒有聽清，以為還是在說婆婆，便道：「她也七十三了。」小孩子反應快，繼保一聽便嚷道：「呸！我今年才十三歲。」老人忙道：「呃，他十三歲了。我被這娃兒氣糊塗了。」桂英聽了，心中一動，略一盤算，開口便道：「如此說來，這小孩子不是你們養的。」老人有些生氣，搶白她道：「哎！不是我養的，是你養的？」桂英道：「常言說得好：『男子四十九，到老終須有；女子四十九，天癸水絕。』哪有六十歲的老媽媽養兒子的道理？」張元秀越聽越生氣，幾次想要打斷她，這時反駁道：「嗳！『枯竹林中生嫩筍，老牛臨危產麒麟。』只要她養，慢說七十三歲，就是一百三十歲，她也會養啊。」桂英冷笑一聲，把面孔一板：「嘿！怪不得你用這樣沉重的拐杖，打在這小學生的身上。你快快講了真情實話便罷，如若不然，拉你到前村，約來三老四少，大家講個明白。」繼保本來就有些懷疑，見有人為自己說話，便也跟著起哄：「好！拉著走，拉著走！」說著，就要去拉老人，張元秀舉起拐杖做出要打的模樣，繼保又嚇得躲在桂英身後了。

張元秀道：「呵呵，老漢我今天遇見了女光棍了！」看來要是不講，這個婦人不肯甘休，繼保也必定不肯隨自己回去；既是一定要講，也好訴訴這十三年的苦楚，讓繼保知道我二老撫養他是何等的不容易。打定了主意，便道：「也罷！——我對你實說了罷！」便從頭細說那年燈會如何熱鬧，老兩口如何商量去看燈，如何遇到狂風、大路上擁擠，從周梁橋小路回來聽見有嬰兒啼哭，「那時節，我左一摸，右一摸，摸著一個匣兒。」桂英忙問道：「匣兒裡面？」老人看了看繼保，無限傷感：「哼！就是這個小畜生。」不僅繼保震驚，桂英更是大為震驚：「哦，就是他？」望著繼保，一陣端詳，急忙問道：「可有金釵一股？」老人猶自沉浸在往事裡：「金釵？……金釵沒有，有一隻銅簪兒；被我媽媽換糖給他吃了。」桂英說聲「可惜。」又急急問道：「可有血書？」張元秀道：「血書？……有哇！」周桂英越聽越緊張，此時悲喜交加，情不自禁地撲向繼保，大哭道：「如此說來，他是我的兒子。——喂呀，我的兒啊！」老人大感意外，極為生氣，口氣十分強硬道：「噯！老漢與你說了幾句話，我的兒子成了你的兒子；我再與你說幾句話，老漢也變成了你的漢子了。」桂英「啐」了一聲，哽哽咽咽說道：「他……他……他本來是我的兒子。」又抱著繼保哭個不止。老人覺得事情有些麻煩，想了一想，想起臨走時老伴囑咐的話，交給自己的血書，心裡便有了主意。叫住桂英道：「來，你言道，他是你的兒子，你將這血書上的言語說得一字不差，你便帶去；倘若有一字差錯，喏喏喏，老漢的拐杖，要拐你幾拐。」桂英一聽覺得老人說得在理，正合了自己的心意，便很有把握地說道：「我自己寫的，焉有不記得之理。」老人便叫她念。桂英回想起當年磨房產子被迫寫下血書的苦情，悲從中來，忍不住哭出聲來：「喂呀！苦呀！」老人一聽，就去拉繼保：「噯！不是你的兒子，走走走！」桂英著了慌，忙道：「怎麼不是我的兒子？」老人道：「這上面，頭一個字不是什麼『苦呀』。」桂英道：「我說的是我們母子分離之苦，不在血書上面。」老人無奈，只好讓她再念。桂英剛剛念得一句：「此子生於癸亥年……」老人正拿著血書對照，卻發覺繼保躲在自己身後偷看，忙將血書收起道：「不能算數，不能算數。」桂英問是什麼緣故，老人道：「這奴才我叫他念了幾年書，他識得幾個字。他在背後看了，對你言講，這不能算數。」桂英對繼保道：「兒啊，你不要為娘擔憂，娘還記得。」

周桂英也把往事細說了一遍，又將血書從頭至尾一一背了。老人萬萬沒有想到，這婦人竟背得和血書一字不差：「此子生於癸亥年正月十五日酉時，父名薛榮，生母姓周，因父赴考，大娘不容，祈求撫養，感戴不盡。」桂英剛剛念完，繼保一把將血書搶去。老人聽那桂英敘說往事時，已是渾身顫抖，此時血書又被繼保搶走，不由得人就呆了。只聽得那桂英道：「老丈，我念得可有一字差錯？」張元秀沉吟半晌，只得承認並無一字差錯。桂英緊逼道：「如此，他是我的兒子了？」老人焦急萬分，但又一時無言答對：「呃，他、他、他、他是你的兒子。」桂英如釋重負，馬上又斷然說道：「既是我的兒子，我就要帶著走了。」老人豈能讓她帶走，急忙阻攔，急切無奈之際，忽然冒出了一個主意：「我們來一個『憑天斷』。」原來就是讓繼保站在中間，他和桂英二人兩邊喚來；繼保跟著那個走，就是那個的兒子。桂英答應了，就叫繼保站在中間。繼保還怕老人要打他，桂英胸有成竹道：「有為娘在此。」張元秀也忙道：「為父不打你了。」繼保站好後，張元秀便要先叫，桂英也爭著要先叫，老人急了，大聲喚道：「我來先叫。」桂英便讓了一步，讓他先叫。張元秀叫道：「兒啊，他不是你的親娘，她是個女拐子；你的母親在家中作熟了飯了。兒啊，回去吃飯，兒啊，兒啊！」老人原以為繼保是他二老撫養大的，怎麼也不會跟著一個陌生的婦人走，自己一叫他就會過來的。誰知一連叫了數聲，那繼保只是不睬。只聽得桂英叫道：「兒啊，你的爹爹在京中作了官，隨為娘上任享榮華、受富貴去罷。」繼保聽了老人和桂英的講述，已經明白了桂英就是他的親娘；又聽說親爹是在京中作官的，不等桂英叫完，便向桂英跑去，跟了她就走。張元秀一見，如五雷轟頂，立即暈倒在地。

桂英和繼保忙回轉身來將老人扶起。此時繼保心中倒也可憐養父，含了眼淚，一邊給他捶背撫胸，一邊叫喚。過了半晌，老人悠悠醒來，抱著兒子痛哭不止。桂英只得安慰他道：「老丈不必悲傷，日後自有相逢之期。」老人見桂英定要領走兒子，便央求讓他父子分別分別。桂英自然應允，便叫繼保上前拜謝養父養育之恩，自己回到亭中去取包袱雨傘。繼保上前雙膝跪下，叫道：「爹爹！你回去對我那母親言講，就說孩兒認了親了。」老人含著眼淚叫著問道：「張繼保，兒啊，你……你認了親了？」繼保答道兒認了親了。老人明知無望了，仍然盡力掙扎道：「兒不……不回去了？」繼保回答兒不回去了。老人至此完全絕望，強自按捺著悲痛，撫摸著兒子的頭頂道：「好，我兒既然不願回去，為父也不來勉強你。此番跟隨你母親去見你那做官的父親，把我二老一十三載養育之情對他言講。兒啊，你必須好好讀書，日後長大成人，若得一官半職，你回來的時節，來看看我二老。倘若我二老無福下世去了，你必須買幾陌紙錢，在我二老墳前燒化燒化，叫我二老幾聲，拜我二老幾拜。難道說我二老還受不起你這幾拜！難道說我二老還要爭兒這幾拜！不是的，你這幾拜不值緊要，叫那些無兒無女的人，也好撫養人家的兒子啊！」說罷，又痛哭起來。想到繼保親生父母那邊一家團聚，自家卻是被人生生剜去了心頭肉，從此就失去了依靠，哭得更加悲苦。那繼保見養父如此悲痛，想起十三年來養育的恩情，也動情嚎啕大哭。桂英見他父子二人直哭得難解難分，看看天色不早，心裡焦急，便上前勸解道：「老丈不必悲痛，日後自有相逢之日。」勸得老人應聲了，突然叫道：「啊，你看！那邊來了一位老媽媽，她是何人？」老人聽了一驚，忙對繼保道：「想必你母親找來了。」又匆匆對桂英道：「我叫她來與兒子分別分別。」一邊擦著淚眼，一邊轉身向來路張望，口裡叫道：「媽媽，媽媽！」這桂英原是騙他的，趁機便拉了繼保趕緊偷偷溜走了。老人淚眼昏花，好容易才看清來路上並沒有媽媽；再回頭一看，繼保和桂英也都不見了；張口叫得一聲「嬌兒！」拔腿就追，跌跌撞撞才跨了二三步，便一頭跌倒在地，掙扎著爬起來還想再追，「哎呀！」一聲，暈倒在地上，人事不知了。

過了半晌，老人漸漸醒來，爬起來站在大路上翹首遠望，此時暮靄四合，杳無人跡，哪裡還看得見兒子的影子！此時他心煩意亂，倍感淒涼。全身顫抖著，一步一掙扎地獨自回去了。

思子

自從繼保走後，賀媽媽朝思暮想，一病奄奄，幾乎不起。這幾天身體好了一些，出來走動走動。又想起繼保，只怪老老不該今日打，明日罵，才將那孩兒趕走了。想到這裡，便想把老老痛罵一場，出出胸中的惡氣。媽媽一連叫了幾聲，那張元秀才聽到。經過一番變故，老老不比從前，竟是虛弱得多，行動也遲緩了。聽得媽媽的叫聲中含有怒氣，便知道是為了繼保的事。見了媽媽便關切地問道：「媽媽，你怎麼出來了？」賀媽媽一開口便沒好氣：「我這幾日病體好了些，出來走動走動，難道你還盼我不好嗎？」老老並不介意，依然是體貼地道：「好了，便好。」誰知媽媽不肯甘休：「我來問你，我這病從何而起？」老老只得勉強答道：「還不是為了繼保。」媽媽氣沖沖責怪道：「是啊，我好端端一個兒子，被你這老天殺的今天打，明日罵，將他趕出在外，是我朝思暮想才有這場大病啊。」雖然已經說過了無數次，老老依舊耐心解釋道：「那天趕到清風亭，遇見他的親娘，將血書念得一字不差；若有差錯，我焉能白白的讓她領了去呵。」嘆了一口氣，又說道：「撫養了一十三年，不過是一場水底月，鏡中花，全是假的，畢竟不是自己十月懷胎的啊。」媽媽本來有氣，聽了這話，只道是埋怨她不曾生育，心中不服，便道：「你說他不是我十月懷胎，我來對你說，這一十三載，慢說是個人兒，就是一塊頑石，被我今日磨，明日磨，也要將它磨光了。」想想更加生氣，舉起拐杖連連敲打道：「我只要我的兒子，今天你把我兒子還來便罷，若不然，定不與你甘休。」老老心中煩惱，便道：「你說這話就不應該了，你這不是要逼我去死嗎？」媽媽拄著拐杖站起來，指著老老道：「哈哈！動不動就是要死要活的，難道說，我這條老命還拼你不過嗎？」老老也失去了耐性，站起來對著媽媽道：「我還拼你不過嗎？」媽媽道：「我們來拼哪！」老老也道：「我們來死啊！」兩人同時舉起拐杖向對方打去，誰知老邁無力，竟雙雙撲倒在地；兩人各自掙扎著爬起來，人還未站穩，卻又背撞著背，又都摔倒了；如此爬起來又摔倒，兩人廝打在一起，媽媽一頭撞在老老的胸口，老老頓時昏死過去了。媽媽又驚又急，十分後悔，扶起老老，連連呼喚：「老老，老老，老老……」過了一陣子，老老才緩過氣來，睜開眼睛，望著老伴，有氣無力地叫道一聲：「媽媽……」眼淚就往下淌；賀媽媽叫道一聲：「老老……」卻也哽咽著說不出話來；兩人不禁抱頭痛哭一場。倒是老老先止住了哭，擦乾淚寬慰媽媽道：「不要為了這個小畜生，傷了我二老的和氣。不要想他了。」媽媽也順著他說道：「是啊，我不想他了。」

老老口裡說著「不要想他了！」便要扶媽媽到後面去歇息。媽媽道：「老老，我心中煩悶，你攙我到外面去走走。」老老才說得一句：「外面風大。」媽媽便又急了：「你又來嘔我。」老老忙連連答應道：「好好好，待我開門。」門一開，一陣寒風迎面撲來，媽媽不禁打了一個寒顫。老老忙隨手把門掩了，問道：「怎麼樣？」那媽媽執意要出去，只說是不妨事；老老只得依她。出得門來，北風一刮，遍體生寒，兩人不覺都將身上衣裳緊了緊。老老又關切問道：「怎麼樣？」媽媽還是說不妨事。老老不放心，又問了一句：「不妨事？」媽媽仍說是不妨事。老老只好攙了媽媽慢慢地走。走了一程，來到一個三岔路口，媽媽問道：「老老，這條道路往哪裡去的？」老老道是往四川去的。走了一程，又遇到個岔路口，媽媽又問是往哪裡去的，老老說是往湖廣去的。走著走著，又到了一個路口，老老一看，就想起了那年追趕繼保的往事，也不說話，低著頭就往旁邊一條路走。不想被媽媽叫住，指著中間那條路問道：「老老，中間這條道路呢？」老老本想避開，如今是避也避不開了：「中間這條道路麼——是往清風亭去的啊！」媽媽一聽，頓時傷心起來：「往清風亭去的嗎？你我的兒子由此道而去啊！」兩位老人望著這空蕩蕩的大路，情不自禁地高聲叫喚起來：「張繼保，小姣兒！」老老道：「你由此道而去。」媽媽道：「為何不從此道而回？」老老又叫道：「為父在此盼你！」媽媽也叫道：「為娘在此想你。」老老哭道：「兒怎的不歸？」媽媽哭道：「兒怎的不回？」兩人一迭一聲地叫道繼保，姣兒！想起他過去找著老老要穿要戴，纏著媽媽要襪要鞋，在家裡肩挨肩幫著媽媽磨豆腐，出外去一前一後跟著老老去賣草鞋，如今都已成了過去的事。眼前雖有這條路在這裡，路上卻再也見不到兒子，他一去就不回來了！二老越想越傷心，越哭越傷情，那賀媽媽大病過後，尚未痊癒，悲痛過度，竟又暈暈欲倒，老老急忙將她抱在懷裡，連連呼喚：「媽媽，媽媽……」好容易那媽媽才咳出一口痰來，望著老伴喘息叫道：「老老。」老老含著眼淚道：「媽媽，這個奴才喪盡天良，不回來了。不要想他了，回去吧。」媽媽無奈，點了點頭，答應道：「好，回去吧。」

老老便攙了老伴往回走，一邊走，一邊嘆息。那老老道：「那年把繼保撿回來，剛出生才一天吧！」媽媽道：「我們辛辛苦苦養了他十三年啊！」老老道：「那時候也沒有想到這個奴才會不行孝。」媽媽道：「早知如此，當初就不把他撿回來了。」老老嘆了一口氣道：「錯在當初。」媽媽也嘆了一口氣：「悔在今朝。」老老望望媽媽：「錯了。」媽媽也望望老老：「悔了。」老老道：「唉！回去吧。」話還未落音，突然，媽媽回頭急叫道：「老老，老老，你我的兒子回來了。」老老急問：「在哪裡？」媽媽指著遠處道：「喏喏喏，在大樹底下。」老老急忙擦了擦淚眼，仔細看了半晌道：「哎！那不是你我的兒子。」媽媽還不死心：「是哪一個？」老老道：「那是放牛的牧童。」媽媽喃喃道：「怎麼，放牛的牧童！」突然又高聲問道：「我們的兒子呢？」老老掙扎著只道得一聲：「我們的兒子！」便再也忍不住了，兩位老人望著大路，一聲聲叫著繼保，哭成一團。

認子

再說桂英領著繼保去到京城，見到了丈夫薛榮，夫妻團聚，父子相認，自是歡喜不盡。薛榮聽桂英把往事細說了一遍，便命繼保改名薛藻，發憤讀書。過了幾年，繼保一舉成名，狀元及第，奉旨回鄉祭祖。臨行之時，桂英對他道：「想那張老夫婦，撫養我兒一十三載，此番回家祭祖，若是他二老還在，接到此處同享榮華；又恐他們年邁龍鍾不敢相認，你將這血書帶在身旁，他二人見了血書，便能認你。」繼保聽了，心中不願，支吾道：「爹爹和您才是我的父母，我怎麼能又去認別人呢！」桂英臉色一沉，教訓他道：「若不是張老夫婦將你撿去撫養一十三載，兒焉有今日！說出這樣不義的話來，你就不是我的兒子。」繼保勉強答應了，心中卻自有主意。

這幾年張老夫婦早晚思念兒子，憂鬱成病，身體更加衰老，豆腐也磨不動了。他二老無依無靠，生計越發艱難，直落得四處漂流，沿門乞討。這天走著走著，賀媽媽又累又餓，實在是走不動了。張元秀看見前面好像有大戶人家，想去討點茶飯充饑，便攙了媽媽一步一挨地往前走，走近一看，老老認出是清風亭，心中傷感，喃喃自語道：「唉，只當是個大戶人家，誰想偏偏又來到此地。」媽媽從未到過這裡便問：「來到什麼所在？」老老只好告訴她：「又來到清風亭了。」媽媽雖然沒有來過，「清風亭」這三個字卻是死也不會忘記的，馬上問道：「哦！我的兒子就打此亭而去的嗎？」老老說正是。媽媽嘆了一口氣：「唉！這不叫清風亭。」老老問叫什麼？媽媽道：「要叫它望兒亭。」老老也嘆了一口氣道：「唉！不叫望兒亭。」媽媽問叫什麼？老老道：「要叫它斷腸亭。」說著，二老又叫著張繼保的名字，哭了起來。哭得累了，老老攙媽媽坐下，讓她歇息。

正在這時，來了當地的地保周小乙。因為新科狀元回家祭祖，要經過這裡，在清風亭歇馬，他特地趕來打掃，驅散閒人。一看亭子裡有兩個叫花子，就要趕他們出去。走近一看，好像是張元秀，便試著叫道：「張家伯伯，張家伯伯。」張元秀應了一聲，正要起身，卻又坐下了。老伴怕他未聽見，便道：「老老，有人叫你啊。」老老道：「窮得這個樣兒，哪裡還有什麼人叫我們啊！」周小乙知道不曾認錯，便上前招呼；張元秀卻不認識他了。聽說他是周小乙，老老上下打量他道：「哪裡來的這身榮耀啊？」小乙道：「你不知道，我弄了幾個錢，捐了一名地保。」不想媽媽突然一把將他抱住，喊道：「繼保，你回來了！兒啊，你回來了！」小乙吃了一驚，十分奇怪，忙問道：「媽媽，你做什麼？」媽媽還在對老老說：「他是繼保。繼保兒回來了。」老老只得告訴她：「咳，他新充當了地保，不是繼保。」小乙和老老又說了二三遍，媽媽還是似明白非明白地在那裡自言自語：「地保，繼保。地保，繼保。繼保……」老老忙對小乙道：「她想兒子想瘋了。小哥不要見怪。」小乙連說不要緊，又問他二老如何落到這般光景。老老就把繼保被領走，二老想念成病等緣由說了一番。小乙十分同情，連說可憐，可憐。忽然說道：「哎呀，我倒想起來了：今有新科狀元名叫薛藻，回家祭祖，在此歇馬。我跟縣太爺在前站接差的時候，看見這位狀元公的面貌，和繼保兄弟一模一樣。何不等他在此歇馬的時候，你去看他一看，倘若是他，豈不就好了嗎！」老老仔細聽小乙說完，臉上漸漸露出了喜色；聽說叫他去看一看，還怕挨擠不上。小乙答應把閒人轟開，讓他二老進去。老老感激不盡，小乙又囑咐了兩句，自去辦事去了。

老老想著就要見到兒子，兒子又是新科狀元，心裡十分高興，不覺「哈哈哈哈」大笑起來。媽媽奇怪，問他笑什麼？老老把小乙的話一一告訴媽媽，又說道：「我記得，她母親說過，她嫁與薛家；這新科狀元，他也姓薛；倘若真是繼保，定能將我們認下，豈不是好哇！」媽媽一聽，就來了精神，忙問此話當真？聽說是真的，就要謝天謝地。又說道：「老老，若是將我們認下，你就是老太爺了。」老老笑呵呵回道：「你就是太夫人了。」媽媽越發高興了，要和老老演習演習，不要與做官的兒子丟醜。老老便也湊趣，忍住了笑，道：「哦，如此說來，那旁是太夫人！」賀媽媽笑道：「那旁是太老爺！」老老道：「太夫人請。」媽媽道：「太老爺請。」老老故意作出謙讓的樣子，但說的卻是真心話：「不敢。兒子是你抱養大的，應該太夫人請。」媽媽道的也是真情：「雖然是我撫養一十三載，也是你打草鞋、磨豆腐養大的啊。」老老道：「你我挽手而行吧！」媽媽忍不住了，哈哈大笑起來，不想一下笑岔了氣。老老忙問怎麼樣？媽媽連說不妨事，不妨事。兩老哈哈笑著認兒子去了。

當了狀元的張繼保，來到這裡歇馬，坐下一問，原來這個地方就是清風亭，頓時吃了一驚。立即傳下話來：不許閒雜人等來往；打坐片刻，就要起馬。小乙一聽，就有些著急，怕二老趕不上，錯過了時機。正在張望，二老倒是興沖沖地趕來了，便叫他們趕緊去看，又囑咐他們要看清楚。二老一看，老老說是的，媽媽也說是的。老老還不放心，又慎重問媽媽是不是，媽媽十分有把握地說：「是的，是的。」小乙哥也過來關切問道是不是，一聽二老都說是的，立即便改了稱呼：「那麼我給太老爺、太夫人預備兩頂大轎去。」老老忙叫住他：「慢來，不要大轎，兩頂小轎也就是了。」小乙道：「大轎威風。」媽媽道：「哎，我的兒子沒有錢。」小乙笑道：「您真體諒兒子。」便叫他們去認，自己忙著備轎去了。老老笑嘻嘻地與媽媽商量道：「媽媽，我去認吧？」媽媽倒也爽快：「好，你去認。」又打趣道：「認下，你不要忘了我。」老老笑著用右肘一碰媽媽的左臂，道：「我豈能忘了你這個老伴兒！」

張元秀滿懷喜悅邊說邊笑走進亭內，對繼保叫道：「兒啊，恭喜你做了官了，為父來了，還不下位來迎接為父嗎！」繼保一看，倒還認得是養父，不自覺地就準備要起身。兩邊的隨從人員不明究理，看到跑來個瘋瘋顛顛的老叫花子，便七嘴八舌、大呼小叫起來。繼保一見這陣勢，看看自己身上的大紅袍，又看看張元秀身上的破衣爛衫，便端起架式重新坐好，以審問的口氣問道：「唔！……啊，你是何人敢來冒認官親？」張元秀一楞，脫口道：「啊，老漢張元秀，你不認得嗎？」繼保道：「這就不對了。你姓張，我姓薛，怎麼會是你的兒子？」老人以為是兒子當了官了，要盤問一下，便如實答道：「義子不同姓。」繼保問：「有何為證？」老人答道：「血書為憑。」這血書正在繼保的手裡，明知老人拿不出來，他馬上接口道：「拿來我看。」老人興高采烈而來，未料到兒子竟是這樣對待自己，冷不防地又要看血書，一時懵了，便出來找媽媽拿血書。媽媽一楞，很快就想起來了，埋怨道：「哎！你老糊塗了。不是在這清風亭，被他的親娘搶得去了啊！」一經提醒，老老也記起來了。忙轉身進去委婉地提醒道：「兒啊，在這清風亭，被你親娘拿得去了。」繼保頓時拉下臉皮，喝道：「嘟！膽大的老乞丐，竟敢冒認官親！不念你年紀大了，定要重責——來，趕了下去。」老人這時才明白過來：原來是當了狀元的兒子不認自己了。一時手足無措。下面的隨從應聲而上，就要把老人趕出去。老人急了，掙扎著對繼保和隨從們高聲叫道：「請息雷霆之怒。兩旁暫免虎狼之威。」不覺就改變了口氣，哀求道：「聽我老乞丐一言告稟。……」急切之中，不知說什麼才好，便想用古代的故事來打動兒子：「孟宗孝順父親，直哭得冬天生出了嫩筍；王祥孝順母親，三九天去臥寒冰。兒啊，學一學前輩的古人吧……」不等老人說完，繼保喝道：「趕了下去。」老人無奈，也不再哀求，憤憤然說道：「這奴才竟忘了養育之恩！」淒涼地出亭去了。

張元秀見了老伴，只叫了一聲：「媽媽。」便說不下去了。媽媽見他神色不對，忙問怎麼樣？老老恨恨道：「他不認哪。」媽媽一聽，自然氣憤。略想一想，卻道：「也難怪他不認。你常常打他罵他，難怪他不認；我疼的是他，愛的是他，我若前去，一定認下。」老老一聽，覺得也有幾分在理，便也抱了希望道：「媽媽，將你認下，不要忘了我。」媽媽安慰他道：「少時夫妻老來伴，我豈能忘你這老伴伴兒啊。」進到亭內，見了繼保，媽媽呼喚道：「兒啊，為娘來了，就該相認。」繼保見到賀媽媽來了，剎那間想起她對自己的疼愛，心中動了一動，卻很快就打定了主意，板著面孔道：「唔！大膽老乞婆，也敢前來冒認官親！——趕了出去。」媽媽見了朝思暮想的兒子，本來就有許多話要說，不想一見面就罵她老乞婆，頓時痛哭起來：「兒啊，自從你走後，我二老朝朝暮暮思念我兒，害了一場大病，才落得這般光景。可憐我哪一天想你不哭上三遍五遍，晚上想你從一更直哭到五更，想你盼你把肝腸都想斷了……」繼保又是不等他說完便喝道：「趕了下去。」媽媽見哭訴無用，也倔強起來，惱怒道：「撫養了十三年竟都忘記了！不認！不認便罷。」氣憤地出亭去了。

張元秀一見老伴出來的神色，大致就料著了幾分，忙上前問道：「媽媽可曾認下？」

媽媽氣極，喘息道：「這奴才喪盡天良，他，他，他不認哪。」老老這次已經有了心理準備，顯得倒也平靜：「哦，他連你都不認了！這倒乾淨。走，走，走！」媽媽問到哪裡去？老老斷然道：「我們挨門乞討。」說罷，拉著老伴便要走。媽媽望望老老：腰彎了，背駄了，鬚髮白了，長長嘆了一口氣道：「唉！年紀大了。」老老道：「窮，要有窮志氣啊。」媽媽沉吟道：「這樣吧，『若要好，我大做小』。」老老一聽，心裡不大贊成：「大做小？他再不認呢？」媽媽遲疑了一會，還是把話說出來了：「……也罷，我們就與他跪下。」老老一聽，極為震驚，強抑不滿反問道：「怎麼，我二老與他跪下？」媽媽含著眼淚哀求道：「跪下。」看著媽媽的滿頭白髮，滿臉皺紋，老老心一軟，牙一咬：「好。這就是我們的下場頭。」二老再次雙雙進得亭去，稱呼也改了，老老叫道：「兒子老爺。」媽媽叫道：「兒子狀元。」二位老人一口一聲哀告道：「你休將我二老當做義父義母，」「權當僕婦丫環。」「吃不了的剩粥剩飯，」「與我們一碗半碗。」「穿不了的破衣破衫，」「與我二老遮寒。」「老爺」「狀元」叫了半天，繼保鐵了心腸，只是不睬。老老對媽媽道：「他還是不認哪。」媽媽便連連催促老老：「跪下，跪下。」老老無奈，只得屈從，雙雙跪在繼保面前，老老道：「我二老與你跪下了。你只當是惜孤憐貧，積善積德做好事吧。」媽媽道：「老天爺會保佑你的兒孫福壽綿綿。」繼保發怒道：「哪裡來的兩個老乞丐，瘋瘋顛顛在這裡胡言亂語。我是堂堂的狀元公，哪裡會有你們這樣的乞丐父母！」站在一旁的小門子，看了多時，知道這內中必有緣故，這時出來轉圜道：「狀元老爺不必動怒，賞他們一些銀錢，叫他們去吧。」繼保隨口道：「好。看在你的分上，賞他們二百銅錢。」小門子一聽，賞二百銅錢，這真正是打發叫化子了。便也只得照辦，上前叫起老老，對他說道：「狀元老爺看你們可憐，賞你們二百銅錢。」

張元秀一聽，就楞住了。不敢相信自己的耳朵，撫養了十三年的兒子，竟用二百銅錢來打發二老；盡力睜大了昏花的老眼，盯在銅錢上，無法相信這一切竟是真的；過了半晌，看到手上確實是二百銅錢，不禁渾身劇烈地顫抖，竭力用拐杖支撐著身體，嘶啞地叫著還跪在地上的老伴：「媽媽，起來。媽媽起來。」媽媽還不知道是怎麼回事，老老壓抑著憤怒，聲音極力平和地告訴她：「狀元老爺賞下來了。」媽媽道：「哦，賞下多少？」老老抑制不住悲憤，聲音顫抖地說道：「媽媽，我二老撫養他一場，如今賞我二老這二百銅錢。」媽媽一聽，竟也呆了。少頃，顫巍巍地指著銅錢道：「哦！這是賞與我們的？」老老氣梗胸膛，說不出話來，用手指指錢，指一指媽媽，又指了指自己，只是「嗯」了一聲。媽媽心一橫，很快作了個決定，斷然對老伴道：「這不是我們的兒子。」老老不明白她的意思，趕緊問：「我們的兒子呢？」媽媽道：「我們的兒子，在亭子外面。」老老還是沒有明白，便叫她道：「媽媽，我們去吧。」媽媽叫他先走，他便拄著拐杖，高一腳低一腳地出去了。賀媽媽憤怒至極，轉身進了清風亭，指著繼保高聲叫罵道：「張繼保，小奴才！我二老撫養你一十三載，你忘恩負義，喪盡天良。這二百銅錢，你與我二老，還是夠你吃的，夠你穿的，夠你讀書買紙筆墨硯的？這二百銅錢我們不要，我與你拼了吧！」賀媽媽把錢丟在地上，一頭撲向繼保；繼保一把將她推倒在地。可憐她半天才爬了起來，掙扎著向前踉蹌了兩步，拼著全身僅有的一點力氣，一頭向亭中的石柱撞去。這位老媽媽已是年近八旬，本來就大病未愈，哪裡還經得住這一撞，頓時就倒地身亡了。

張元秀只說是媽媽把他支開，還要單獨去哀求繼保。情知求也無用，放心不下，又進來找媽媽。口裡叫道：「媽媽，還不走啊？窮也要有個窮的志氣，我們走。媽媽，媽媽。」一邊叫邊往裡走，一眼看見媽媽倒在地上，心裡一急，「哎呀」叫了一聲，向前衝了兩步，立腳不穩，一跤摔倒在地；顧不得爬起來，跪在地上爬了幾步，撲到媽媽身上一摸，已是氣絕身亡了。又見那二百錢丟在地下，便拾錢在手，搖搖晃晃站了起來。這時他已經沒有眼淚，哭也哭不出來了。將手裡的錢連擊了三下，低沉淒慘地念道：「可嘆世人心太偏，有錢無子也枉然。老漢無子又無錢，妄想繼子接香煙。做官不把義父認，逼死恩母在亭前。辛苦撫養十三載，報恩就是這二百錢！」轉身用錢指著繼保怒斥道：「張繼保，小奴才！你不認倒也罷了，與我這二百銅錢，將你母親生生逼死。這二百銅錢我們不要，留著你打棺材釘吧！」說罷，隨即一頭撲向繼保；繼保又將老人推倒在地。老人決意跟著老伴一起死，爬起來跪著移到亭口，望望頭上的蒼天，望望亭外的人，向天拜了幾拜，用顫抖的手指，指指天，指指地，指著手裡的錢，指著張繼保，指指地上老伴的屍體，又指指自己的心。他已經說不出話來了，他在心裡控訴：當年在周梁橋撿來個小孩，撫養了十三年，就是這個當了官的張繼保，就是這樣拿二百錢來報恩，就是這樣逼死了他的老伴！接著他更加急速地叩拜，以頭搶地，越拜越急，突然站了起來，咬緊牙關，狠命一頭向亭柱撞去，撲倒在地，掙扎了幾下，可憐竟也氣絕身亡了。

地保周小乙從人叢中走出來，向繼保道：「狀元老爺，他二老雙雙碰死亭前。」他的本意是想要繼保負責把二老安葬了，只是話沒有說出來。繼保冷笑了一聲，一邊站起來朝外走，一邊說道：「可笑，可笑，竟敢來冒認官親，給他二百銅錢也無福消受。」出亭上馬，竟自去了。小乙望著他的背影道：「好狠的心哪！」這時許多鄉民圍了上來，有人問道：「他是不是張繼保？」小乙道：「怎麼不是，燒成了灰，我也認得他。」那人又問道：「他怎麼不認呢？」小乙答道：「這不很明白嗎？官是官來民是民，窮人怎能攀富人！」人叢中紛紛議論，都說是「一場恩養反成仇，報恩只有這二百文。」有人說，就拿這二百文把他們老倆口埋葬了吧。有的鄉民立即反對，說他們老倆口就是為這二百錢死的，用這二百錢，不是傷了他們的心嗎！有人就說把這二百錢打一個鐵箍，箍在狀元老爺家的祖墳上，別讓人家把墳給罵裂了。最後，還是鄉親們湊錢才把二老安葬了。

十三、

「辛安驛」

月上柳梢，天色已晚，正是飛鳥投林客投店的時分。

辛安驛大道旁旅店門首，李媽媽吆喝著：「辛安驛熱炕大被窩，有住店的上這兒來呀！」迎來了一男一女兩位少年客官。

李媽媽將客人請進上房坐定，殷勤問道：「二位須用酒飯，早點吩咐，我好去準備。」那少年男子答道：「酒飯前面用過了，只取明燈一盞前來！」李媽媽轉身便送了一盞燈來，口裡唱道：「燈到！」那少年叫她：「放下就是，喚你再來。」那媽媽口裡答應卻不動腳，只顧打量著二人：「聽二位口音是從京城裡來的吧！」那少年長得十分俊俏，應了一聲「正是」，被她看得好不自在，反問道：「媽媽看些什麼？」媽媽笑道：「我給你們相相面。」這倒引起了少年的興致：「怎麼媽媽還會看相？」那媽媽誇口道：「三百六十行，沒有一行我不會的。我看你們二位不是夫妻，定是兄妹。」這些江湖小伎倆，那少年如何識得，竟信以為真，得意地向那女子看了一眼，回頭道：「媽媽好眼力，我們正是兄妹二人。」「怎麼樣，我說你們就是兄妹嘛。看您這穿著打扮定是貴公子無疑啦！」接著便問那少年的姓氏，聽說是姓趙，媽媽想起了京城有個大官趙文華，正是嚴嵩一黨。便追問道：「我說公子，您在京城一定知道嚴府啊！」那少年一聽嚴府二字，竟神情異常：「嚴府，怎麼不知，勢力大的很哪！」媽媽又盯著問了一句：「你府上跟嚴府一定常有來往吧？」那少年順著話音支吾道：「一殿為官，倒也常來常往。」說到這裡，那女子忙攔住話頭：「媽媽，京中之事不必多問。天時不早，我們要安歇了。」媽媽應聲出門去了。

兩人正要安歇，那媽媽卻又端了酒菜進來。那女子道：「我們不曾要酒啊！」媽媽滿臉堆笑：「我知道你們沒有要酒，可是我們辛安驛有個規矩，凡是從京城裡來的，每位敬酒三杯，敬酒不要錢。」那少年也不細想，一時高興，信口說道：「怎麼，媽媽你不要錢？如此我便擾你三杯。」那媽媽連連贊他是個痛快人，忙不迭地給他斟酒。那女子忙上前阻攔：「兄長，這酒還是不飲的好！」那少年口裡說是少飲，卻被那媽媽「您先吃一個當朝一品」，「再敬您一個和合二仙」，「再來個連中三元」一連灌了三大杯，醉倒在桌上。媽媽回頭再來勸那女子，那女子堅稱「我是從來不吃酒的」，「我是一些兒也不用」。媽媽奈何不得，只得叫她也早點歇著。

出了房門，轉到後面，那媽媽對著暗處叫道：「呔！我說女娃子聽著，前店來了兩隻羊，公羊受綁，母羊不受綁，你把刀磨得快快的，媽媽我要大祭財神！」說罷，竟自登登登地去了。

荒村野店，獨對孤燈，那女子守著一個醉人，本來就是滿腹心事，此時更加傷感。和衣倚在床前，輾轉反側，哪裡能夠安睡。捱到三更時分，正在朦朧之間，忽然被人推醒。睜眼一看，只見一個紅衣漢子，滿臉都是紅鬍子，手拿一把明晃晃的鋼刀，正對著自己的胸膛，斃著嗓音惡狠狠地問道：「你是什麼人？從實講來！」聽得這一問，那女子的眼淚便似珍珠斷了線一樣簌簌地往下掉：「我是落難之人，我們家遭了大難！」那紅鬍子略一遲疑，又喝道：「呔！這一女子，你家住哪裡，姓甚名誰，遭了什麼大難，從實講來，大王爺寶刀雖快，從不屈殺好人，你要與我講啊！」口裡說著話，腳下一個旱地拔蔥，輕輕巧巧地竄到桌子上，盤著一條腿坐下，用刀比劃道：「你要與我講！」這女子驚魂未定，跪在地上哭哭啼啼地說道，父親是一個清官，名叫趙榮，被嚴嵩奸賊陷害，滿門罹難，只有他兄妹二人逃亡在外；求求大王爺開恩饒了他們，留下一條性命好給父親伸冤報仇。那紅鬍子聽了，心中暗暗埋怨，錯把忠良當了奸黨，卻又指著趙小姐再問一聲：「方才所言可是實情？」趙小姐道是句句實言。紅鬍子倒也爽快：「你且起來，姑娘啊，你大王爺一不貪美色，二不奪財物，你既不是嚴家一黨，只管放心，我這鋼刀不傷無辜之人。話已講明，俺要去了。」說著提刀便往外走，那趙小姐忙不迭地跟在後面念叨，「送大王爺！」

驀地那紅鬍子轉身將刀一揮，趙小姐驚叫一聲，幸好低頭躲過，戰戰兢兢地連聲哀求：「大王爺饒命啊！」那紅鬍子道：「我來問你，那一男子，為何不來答話？」趙小姐道：「他吃醉了酒。」「啊，吃醉了酒？大王爺出世以來，從不曾見過吃醉酒的人兒，待俺掌燈看上一看。」回身便去取燈。小姐急忙上前連聲叫道：「哥哥醒來！」那少年沉醉如泥，哪裡叫得醒！紅鬍子喝命趙小姐靠後，近前舉燈一看，吃了一驚！忙將燈火放在床前，放下鋼刀，左看右看，驀地聽得一個嬌滴滴、水靈靈的女聲叫道：「妙呀，好一個俊雅的少年！」只見他一把將滿臉的紅鬍子揪下來丟在地下，哪裡有什麼紅鬍子大王，原來是一個笑吟吟臉泛紅霞的絕色嬌娃。她俏聲笑道：「適才是與你作耍，莫要害怕。」那趙小姐驚愕無比，猶自膽顫心驚地躬身念念有詞：「送大王！」她那裡調皮地粗著嗓門道了一聲「免！」嫣然一笑，挾了鋼刀，歡快地扭捏著腰肢，嫋嫋娜娜如同風擺楊柳似的飄去了。

第二天天一亮，李媽媽便來叫門。趙小姐見了劈頭便道：「啊媽媽，你店中出了強盜了！」那媽媽故作驚訝：「怎麼，出了強盜了！」趙小姐道：「夜晚三更，有一紅衣大漢，手持鋼刀進得房來，真真的把我嚇壞了！」李媽媽一本正經地問道：「殺死你了嗎？」趙小姐老老實實地說：「沒有。」媽媽道：「我說的呢，要是把你殺了，你也不能跟我在這裡說話了。那麼，丟了什麼財物了嗎？」趙小姐如實地說：「東西也未曾動。」李媽媽逮著了理兒：「這不結了嗎！哪有這樣的強盜，又不殺人，又不劫財，光串個門就走的？你一定是走累了，作了個惡夢吧。」丟開這個話頭，轉身指著那少年故意問道：「喲，公子這是怎麼啦？」聽說是吃了她的酒，一直沉睡未醒，口裡說：「我會治，一口涼水就得。」隨手取過一碗水，含在口中向那少年臉上噴去，那少年果然便醒來了。兄妹二人謝了媽媽，那媽媽道：「不用謝，喝了我的酒給道謝的還真少，你算頭一個。」

兩人正要清算了店錢趕路，那媽媽又發話了：「忙什麼的，你們二位在我這兒索性多住幾天，我是連店錢帶酒錢、飯錢全不要，您看怎麼樣？」那少年哪裡還敢喝她的酒，連連說：「不敢領教了！」媽媽執意要他們坐下，還有話說：「我想請問趙公子您的大名怎麼稱呼，為什麼兄妹二人遠離京城呢？」那公子略一遲疑，媽媽又道：「公子，有話只管明言，您別看我是開店的，可我們老頭子在世的時候，也是在京城當差的，只因被奸臣所害，才避難來在這辛安驛。剛才我聽說你們哥倆好像也是為避難才離開京城的，是這回事不是？」趙小姐心中疑惑，插問道：「媽媽從何知曉？」「夜裡我從你們窗戶外頭過，聽見你在屋裡說的。告訴你趙小姐，別瞞著我了，我們是好人。」那公子再也按捺不住：「媽媽，我就與你實說了吧！」自稱姓趙名景龍，是一名武解元；將他父親趙榮官居極品，只因直言得禍，被嚴嵩陷害，滿門遭難，惟有兄妹二人逃亡在外，等等情由說了一遍。那媽媽聽了便道：「哎喲，原來是趙老大人的公子，還是一位解元公哪，失敬了！」又似乎不經意地接過話頭問道：「請問公子，此番避難意欲何往呢？」聽說是前往廬山探親，媽媽打趣道：「八成是去看你的丈母娘吧！」那趙公子不好意思，急忙分辯道：「唼，小生尚未婚配，哪裡來的丈母娘啊？」媽媽一聽，要的就是這一句話，心裡說：「還沒娶親哪，合適！」又問公子今年多大了？公子說二十一歲。媽媽贊了一聲：「正好！趙公子，我有一言不知當講不當講？」公子只好讓她有話請講當面。只聽得她說道：

「我有個女兒今年十九歲，有意許配公子，不知你意下如何？」那公子做夢也不曾想到竟有這等事，一時不知如何回答才好；那趙小姐忙道：「哥哥，使不得！媽媽，使不得！」媽媽心切，竟對她道：「小姐，這裡頭沒你什麼事呀！」這時公子正色道：「媽媽，小生父仇未報，怎能提起婚姻之事，使不得的！」媽媽咳了一聲，便有了主意：「一碼事說一碼事的，咱們先作了親，然後咱們再一塊兒想法子報仇，你看好不好？」他兄妹二人仍是一個勁兒地說使不得，使不得。媽媽尋思：他們瞧我這長相，怕我這個破窯裡出不了好磁器，我得把我們姑娘叫出來，他瞧我們小妞兒長的好看，也就願意了。便出門去對著後面叫喚：「我說丫頭快來呀！」

話音未落，只見一個身穿紅嫁衣、頭上搭著紅蓋頭的女孩兒一陣風似的刮來，口裡忙不迭地連聲答應道：「來了，來了。」媽媽一看，正是自己的寶貝女兒周鳳英：「喲，你這是幹什麼去呀？」「媽呀，我跟人家拜天地去。」媽媽道：「喝，真急呀，我跟人家說了，人家不要你。」鳳英一把扯下了蓋頭，「怎麼著？他不要我？媽呀，您拿刀來，我殺了他。」說著又拉開了昨夜那扮山大王的架式：「哇呀呀！」媽媽道：「得了唄，這麼大的姑娘拿刀找婆家，誰敢要你呀！」鳳英拉著媽媽嬌聲道：「媽呀，他既不要我，他長的那麼好看，我不把他殺了，可惜了的，怎麼能便宜別人呢！」媽媽伸出指頭在她額頭上一點：「你這孩子真毒！」鳳英扭股糖似地拉著媽媽的手臂直搖：「不毒又怎麼樣呢？」媽媽說：「你過去跟他見個禮兒，他瞧你長的好看，也許就答應了。」鳳英倒痛快：「得，就這麼辦了，您給我們說說去吧。」

媽媽先給小姐說了要讓兩人見一見，小姐以為親事不允就不必了。媽媽說親事成不成，見個禮也不要緊的。小姐去和公子一說，公子倒爽快：「見個禮又何妨，快快請來相見。」媽媽給兩人一介紹，鳳英便主動上前將雙手在腰間拜了一個萬福：「相公，我們這兒有禮了。」那公子一見鳳英便看得呆了，見她行禮，倉卒間便也用雙手在腰間萬福還禮；旁邊的趙小姐急忙拉扯他的衣服；公子省悟，慌忙伸出雙手向鳳英打躬作揖。媽媽在旁看得一楞，口裡不禁「啐！」了一聲。鳳英不解：「喲，媽，您這是怎麼啦？」「你瞧他又拜拜又作揖，這叫什麼禮呀？」鳳英倒有說道：「媽呀，他是瞧我長的好看，我怎麼施禮，他就也怎麼施禮；他呀，是怎麼施禮怎麼好。」媽媽卻說：「我可是怎麼瞧，怎麼彆扭呢！」

鳳英將公子上下打量，又有了一個主意：「媽呀，他既是武解元，武藝一定錯不了，我要跟他比槍，他要是勝得女兒，咱們就留他在咱們店房招親。」媽媽看著女兒：「對，他要是勝不過你，乾脆把他打發走就結了。」鳳英可不願意了：「那也不能叫他走啊，武藝總有高低，既是武解元，就是不勝女兒，武藝也是不會差的。」媽媽笑道：「我明白了，聽你這話，他的武藝比你好，你不讓他走；他的武藝沒有你好，你也不讓他走，反正你是不讓他走定了，是不是？」「媽呀，你就給我們說說去唄！」辮子一甩，一溜小跑，取槍去了。

媽媽回頭再對公子道：「我說趙公子，您看我們丫頭長的怎麼樣？」公子實話實說：「小姐嘛，十分美貌！」「她還會點武藝呢！」這邊一聽，手便癢癢了：「小姐還有武藝在身麼？」媽媽心裡一樂，有門兒，又激了一句：「公子既是武解元出身，我們姑娘要跟你比槍。」「要扎槍？我會。」小姐還要阻攔，說是我哥可不會武藝，媽媽那裡肯聽：「人家全答應了，你就別在這裡搗亂了。咱們瞧個熱鬧！」

四人來到鳳英平日練武的後院，趙公子全身結束停當，俊雅中更透出幾分英武。兩人各拉開架式，便交起手來。那公子本是少年心性，一時技癢，只想顯擺顯擺，全然不想會有什麼後果；三兩個回合之後，見那鳳英身手不凡，便抖擻精神，小心應對，心中不由的暗自敬佩。鳳英見他槍法嫺熟、武藝出眾，愛慕之心更添了幾分，勝也不是，敗也不是，十分本領便只使出了八九分。兩人雖是你來我往，難解難分，卻又惺惺相惜，情意綿綿。

媽媽看得心知肚明，便對趙小姐道：「你瞧，這才是郎才女貌呢，咱們這門親事，就算妥啦，告訴你哥哥打扮打扮，等著拜天地吧！」小姐急得連連擺手，氣急敗壞地話也說不完整：「我哥哥他……」媽媽誤以為沒有聘禮：「我知道他沒有，可我也沒跟他要什麼呀！」小姐拉著媽媽道：「媽媽你好不明白！」媽媽越加不解：「我怎麼不明白呀，這是好事！」小姐急得頓足：「媽媽你糊塗！」媽媽有些不高興了，便反唇相譏：「我比你媽還糊塗！我瞧出來了，八成你瞧人家結親有些眼饞了！別忙，過些日子媽媽也給你找個門當戶對的主兒。」

小姐見她糾纏不清，無計可施，只得去找哥哥。兩人商量，此時只怕難以走脫，不如等到半夜三更再設法逃走。

那媽媽請了鄰居幫忙，歡歡喜喜、吹吹打打將新人送入了洞房。掌燈時分又來了兩個投宿的男子，媽媽胡亂將他們安置了。走到洞房中一看，趙小姐還在那裡寸步不離的守著他哥哥，見了媽媽仍然是口口聲聲「使不得！」「你真真的糊塗！」……媽媽不由分說，將她拖走了，讓新人早些安歇。

此時新房中，周鳳英端坐在床上，既不能隨意走動，也不好意思先開口，只是隔著薄薄的紅綃帳，不停地打量著新郎：只見他眉也清，目也秀，有紅似白，俊俊俏俏，比女人還標致。越看心裡越愛，真得謝謝月老牽的紅線，天降下這樁美滿姻緣。那邊的趙公子，在洞房裡陪著一個大美人兒，卻沒一丁點當新郎喜孜孜的心境。僵坐在桌邊，像坐在針氈上，心裡七上八下，這才知道禍闖大了，無法收拾。又是害怕，又是後悔。想要一走了之，這女子卻又守在身邊，不能動彈。好不容易捱到二更過後，那趙小姐才摸到新房門外，剛剛輕輕叫了兩聲「哥哥！」那媽媽便跟蹤而來：「趙小姐，什麼時候了，還要鬧新房啊，叫你哥哥、嫂子好好的睡吧。走吧，咱們也得睡啦！」

那趙公子在門後聽了，暗暗嘆了一口氣。無計可施，只得轉身倚在桌邊佯裝睡覺。那鳳英生來就頑皮好動，憋了半夜，再也憋不住啦，便悄悄走到桌邊。想要叫喚，又有些不好開口，便輕輕推一推桌子。那趙公子只作不知，依舊裝睡。鳳英四下一看，走到窗前，撕下一小條窗紙，撚成紙捻兒，便俯身去捅趙公子的鼻孔。趙公子鼻癢，頭一動，那鳳英卻一溜煙又躲進了帳子裡。趙公子正要去推醒周鳳英，恰好外面有個客人餓了，想找廚房卻摸錯了門。趙公子乘機便要去開門，鳳英忙將他攔在身後，自己開門出去，四下看了看，沒有什麼動靜。便轉回來關上房門，也不聲張，指著床帳，請公子安歇；那公子也不言語，也是指著床帳，讓鳳英先睡。兩人你推我讓，像推磨一般在房中轉了兩圈。公子見不得脫身，便避開鳳英，又回到桌邊蒙頭假睡。

鳳英耐著性兒，在桌邊站了一會兒，從頭上拔下一根簪子，輕輕地扎公子的手。見公子醒了，便問道：「你怎麼獨坐在這裡呢？早些安歇吧。」公子硬著頭皮說：「我一個人睡慣了。」鳳英道：「既然如此，就請郎君上床安睡，我在椅兒上獨坐一宵。」公子道：「這如何使得？」鳳英望著他道：「使得的。」公子躲開了她的目光，道聲「不恭了！」靴子也不脫便和衣倒在床上。

鳳英見他如此冷淡，不免寒心，只道這姻緣怕是錯了；轉念又一想，事已至此，又豈能輕易拆散？顧不得害羞，便走近床前，正要與公子除去頭巾，卻一眼瞥見他耳垂上有個耳朵眼兒。再定睛細看，可不是，還有戴過耳環的痕跡；再看他的頸脖，也不見喉結。心中詫異，鳳英不由得心裡發慌，疑惑他不是男子，索性便去脫他的靴子，這一脫不打緊，竟脫出了一隻小小的三寸金蓮。鳳英大叫一聲：「媽呀，了不得啦！」轉身往外就跑，卻一頭撞在了門上；開了房門，跑去找她媽去了。這時那假公子忙穿上靴子，也跑出去了。

那趙小姐聽見外面吵鬧，情知發作了，趕到新房來，正遇上鳳英拉著媽媽來找他們，一見面便哭喊道：「好呀，你蒙的我們好苦啊，媽呀，你別叫他跑了。」媽媽被鬧的糊裡糊塗，還在問：「怎麼回事，這是？」鳳英道：「媽呀，他是個女人！」媽媽沒聽清：「咳，他是解元，不是舉人。」鳳英道：「我說他是女的，不是男的！」「怎麼，他是女裝男扮！」趙小姐正要分辯，外面又闖進一個客人來，向她叫道：「你不是我妹子美蓉嗎？我找得你們好苦，不想在這裡相遇了。」李媽媽又糊塗了：「你們怎麼跑在這兒胡認親？」趙美蓉道：「他真是我哥哥趙景龍！」「他是趙景龍，那位是誰呀？他上哪兒去了？」這時假公子走了進來：「您別找啦，我在這兒。」鳳英哭著要和他拼命：「你把我害得好苦，我宰了你！」假公子撲通一聲跪在地上，那趙美蓉拉住鳳英道：「小姐息怒，她是我妹子，叫雁蓉，我是她姐姐。」雁蓉跪著哀求道：「可憐我們姐妹倆逃難，怕路上不方便，我才扮成男子保護我姐姐，沒想到在這裡竟闖了大禍，請媽媽、小姐饒恕吧！」趙美蓉也對媽媽說：「我們進得店來，你就要我們招親，我說使不得，媽媽偏說使得，我說媽媽你不明白，媽媽你還說明白……」媽媽接口道：「這回我就全明白了！」鳳英哭道：「母親，事到如今，叫女兒怎生做人哪？」趙景龍此時也明白了原委，便上前深施一禮：「啊，媽媽、小姐，這都是兩個小妹無知，還望多多恕罪，小生這廂陪禮了。」美蓉道：「媽媽，這個是我的真哥哥，您瞧怎麼樣哪？我晚上想好了，這樁親事就應在我哥的身上，昨晚就算是我小妹代我哥拜的花堂。哥哥你瞧怎麼樣？」趙景龍看看小姐，低頭道了一聲「慚愧！」。美蓉道：「這是願意了。媽媽，您也問問小姐呀！」媽媽道：「丫頭，這個可是真的，別錯過了好機會！你是願意還是不願意呢？」鳳英見那趙景龍與雁蓉十分相像，更添了幾分陽剛之氣，行事又頗為有禮，心中轉憂為喜，只是又怕再鬧假鳳虛凰的笑話，便咬著媽媽的耳朵：「你去看看他的耳朵，再看看他的喉嚨！」

十四、

「鎖麟囊」

話說己酉年間，有一天，那登州城內，有一家父子兩人都當儐相的，就吵起來了。原來明兒六月十八，是個好日子，娶媳婦的人多。一起是薛家的小姐嫁給周家，都是有錢的財主；一起是趙家的女兒嫁給盧家，這趙家的家境就不能提了。父子兩人都爭著要上薛家去，都不願意去趙家，吵成一團。

這時候，薛家上上下下都在為小姐的出閣奔忙。老管家薛良捧著一個鎖麟囊，匆匆忙忙地往回趕，心裡直犯嘀咕：老夫人要與小姐繡個鎖麟囊，祝小姐早生貴子。前日繡了一個，不稱小姐心意，命他去更換。今天才得繡好，也不知是否稱小姐的心！忽然聽得有人叫喚，原來是府中的胡婆、王青和薛順，都是去給小姐換了嫁妝的。說起小姐這嫌不好，那嫌不好，都覺得好難伺候。

回到府中，從小姐房中叫出梅香，請她把嫁妝一樣樣拿給小姐看。梅香先將鞋盒端進去，一會兒出來退給王青，說小姐還是不中意，要他再去換個好的。王青極不情願地接過鞋盒，轉身剛要走，卻聽得小姐在房裡叫梅香，說道：「那花樣要鴛鴦戲水的。」梅香急忙轉告王青，話未說完，又聽得小姐在房內叫道：「轉來。鴛鴦一個要飛的，一個要游的，不要忒小，也不要忒大。」梅香應了，還未轉身，又聽得小姐叫道：「轉來。鴛鴦用五色，彩羽透清波，莫繡鞋尖處，提防走路磨。」梅香才應得一聲，又聽房內急叫道：「轉來！快快轉來！配景須如畫，襯個紅蓮花，蓮心用金線，蓮瓣用朱砂。」梅香無奈，只得對房內說道：「我說小姐，您說得太多了，我記不住，乾脆，您自己出來吩咐他們吧！」薛小姐薛湘蓮嗔道：「無用的丫頭！」這才讓梅香攙著，走出房來。

薛小姐看了衫兒，嫌花樣不好，說是若配上鴛鴦戲水的鞋兒，就越發的不中看了；拿起手絹一看，便丟在地上，嫌素白白的，吉日良辰不能用；只有胡婆換來的一對「富貴白頭」的花瓶，小姐看了沒說什麼，只是點頭微笑。最後拿起鎖麟囊再三細看，總覺得那上面繡的麒麟不滿意，說它像馬吧，又有鱗有角；說它像龍吧，又有四條高高的腿。聽說是薛良買來的，又使性子要他去換。薛良聽說小姐還是對花樣不滿意，心裡好不為難：這麒麟含瑞草的花樣，從來麒麟就是這個模樣，換來換去，如何能滿意？自己一個作奴才的，又不能直言相告，心裡一急，不覺便掉下淚來。

那薛夫人睡了午覺起來，聽見外面吵吵鬧鬧，出來一看，見薛良正在拭淚，問清了情由，便叫薛良隨他去見小姐。夫人說笑了兩句，梅香便告訴夫人，說小姐為鎖麟囊花樣不好在生氣。夫人要女兒不必生氣，讓她出個花樣，再命薛良換來就是。湘靈並不答話，把頭向右一扭，臉上仍是不悅。夫人道：「兒呀，為娘與你講話，你為何不語？再若不語，為娘就要生氣了。」湘靈雖然嬌縱，倒也十分乖覺，站起身來，低頭道：「母親，孩兒哪有不悅之心，只是……」話猶未盡，已是嬌羞滿面。夫人取笑了一番，又叫薛良去換。湘靈忙道：「不用換了。」夫人趁勢便叫薛良將囊放下，下去歇息。湘靈又讓梅香取了一錠銀子償給薛良。

夫人起身，拉了女兒入內，接過鎖麟囊，便叫梅香取自己的珠寶箱來。打開箱兒，取出一顆溜圓晶亮的夜明珠，放進囊內，口裡說道：「我們本地鄉風，女兒出嫁，必有這鎖麟囊，多裝珠寶，祝你早生貴子啊！」一邊說，一邊挑揀箱內的珠寶，告訴她這是赤金鏈，這是紫瑛簪……任她隨意挑選。說罷回頭一看，不見人影，原來湘靈早羞得躲進內房去了。

此時同一城中的趙家，卻是另一番光景。那趙祿寒家道中落，半世清貧，眼看明日就是女兒出嫁之期，妝奩一無所有。到處借貸，分文未曾借到。回到家門，正要叫門，心中好不作難。見到女兒，問起妝奩，自己何言答對？若不回去，又恐女兒盼望。只得硬著頭皮叫門。

趙家的女兒趙守貞，知道家境清寒，從來不曾埋怨父母；見到老父為自己出嫁終日奔忙，到處借貸，心中倒也不忍。聽得叫門，打開門來，見了父親的臉色，便明白了幾分，頓時無限淒涼湧上心來，忙攙父親坐下。趙守祿開口便道：「兒呀，為父對不起你了哇！」話音未落，便失聲痛哭。守貞大略問了原由，便對父親道：「爹爹說哪裡話來，難道一無所有，女兒就不上花轎了麼？」祿寒道：「話不是這樣講啊，想你自幼貧窮，孤苦伶仃，如今出嫁，還是這樣冷冷清清，非但對不起你，也對不起你死去的母親啊。」守貞強作笑顏，對父親道：「自古道，『窮在街頭無人問，富在深山有遠親。』您還不知道這世態炎涼嗎？」祿寒見女兒明理行孝，反倒為自己寬心，甚是欣慰，但終覺臉上無光。守貞好容易勸得父親回房歇息，轉身不覺又流下淚來。

第二天，趙祿寒雇了一乘小轎，送女兒出閣，只請了一名鑼夫在前面敲打。那鑼夫故意將鑼敲得有氣無力，趙祿寒要他敲得響些，那鑼夫竟頂撞道：「敲餓了，你管飯嗎？」正在爭執，天上卻下起雨來，見前面不遠，有一座亭子，便奔去避雨。走近一看，裡面停了一乘大紅花轎，鼓樂彩旗、陪送的妝奩，擺滿了一地，原來是薛家送親的隊伍，也在這裡避雨。趙家的轎子擠了進去，兩個轎夫沒好氣地將轎子一墩，趙祿寒忙叫道：「放輕些，轎中還有人呢。」那轎夫道：「我知道有人，又不是雞蛋。」趙祿寒這邊的氣還未嘔完，那邊梅香又說話了：「你們嚷什麼，要嚇著了我們小姐，你們擔當得起嗎？」看一看趙家的轎子，又大驚小怪的叫道：「喲，這轎子是什麼顏色啊，紅不紅，黃不黃，是哪家的紫花月白毛藍色兒呀?!」趙祿寒斥道：「嘿！你是怎麼講話！」那梅香仗著財大氣粗、人多勢眾，更加放肆道：「得了吧，我沒有見過這樣嫁閨女的，今天我要開開眼！」那趙祿寒人雖貧窮，志氣不窮，被人如此恥笑，只氣得說不出話來。趙守貞坐在轎內，一句句刺到心上，本想叫爹爹不要氣惱，不想自己反倒失聲哭起來了。

薛湘靈坐在轎內，正百無聊賴地聽著雨聲，忽然聽得有人大哭，隔著轎簾看去，見旁邊停著一乘小轎，想必也是出嫁的新娘子。心中有些奇怪：這吉日良辰，應當高高興興，新娘子為什麼要痛哭呢？想了一想，她覺得明白了，這世上哪能家家都像自己這樣豪富呢，也許是家裡窮苦、缺吃少穿，也許是遇上了不如意的事。聽她哭得這樣傷心，一定是有什麼隱情吧！

這邊的趙守貞，也看見了對面的花轎，真個是珠圍玉繞，錦繡成堆。看看人家，想想自己，又擔心過門後受到譏笑，哭得更傷心了。

薛湘靈聽得哭聲悲切，心中不禁也有些為她難過。便坐在那裡猜想，新娘子哭得這樣傷心，是不是嫌夫婿長相醜、不般配呢？是不是男方強行婚配、逼著姑娘出嫁呢？想來想去，心裡放不下，便叫梅香去問問。那梅香道：「咱們避咱們的雨，他們避他們的雨，等到雨過天晴，各自走去，管他哭不哭吶。」湘靈嗔道：「別胡說了，憐貧濟困才是正道，我們和人家遇上了，怎麼能袖手旁觀呢？」她這裡已經打算要幫幫人家了。

那梅香奉命行事，本不情願，便叫道：「老頭兒，我們小姐問這轎子裡頭是你的什麼人，她為什麼哭哇？」梅香剛才回小姐的話，趙祿寒已經聽見了，便搶白她道：「你們避你們的雨，我們避我們的雨，等到雨過天晴，各自走去，何勞動問，何勞動問！」梅香碰了一鼻子灰，只得回報小姐，說是人家不告訴我呀！湘靈有些生氣了：「你是怎樣的講話！如此傲慢，說了許多的廢話，真是個蠢才。站到一邊去，讓薛良去問問。」

薛良過去，先施一禮，口稱「老人家」，那趙祿寒見他如此，慌忙還禮。薛良問他上姓，轎中是何人，趙祿寒一一答了。再問因何啼哭，趙祿寒未曾說話，先嘆了一口氣：「唉，實不瞞老哥哥說，是我家業貧寒，無有妝奩，我女兒唯恐我心中不安，故而啼哭。」薛良轉身一一回稟小姐。湘靈聽了，知道了貧寒人家竟有這許多的苦處，頓時把平日的驕矜打消了不少。暗想我如此錦衣玉食，尚嫌不足，不過是撒嬌使性兒罷了；像人家這樣，才真是衣食不足，啼饑號寒啊！看這人世間，都道是人情冷暖，世態炎涼，今日我倒要變它一變：把我的妝奩分給她一點，也夠她過半輩子安穩日子了。打定主意，便隨手取出鎖麟囊，低聲叫梅香送過去。想了一想，又囑咐道：「不要把我們的姓名告訴人家。」梅香吃了一驚，忙道：「小姐，您給什麼東西，我都不攔您，這鎖麟囊是老夫人給您的，還指著它抱外孫子吶。」湘靈笑道：「什麼麒麟送子，那不過是神話；有的人家無非是借這鎖麟囊多裝珠寶，誇耀富豪。我可是不信神的，求神還不如積德呢。這小小的囊兒算不了什麼，能夠救人的饑渴就勝似瓊瑤了。」

那梅香將囊送去，趙祿寒不收。還是薛良去將小姐的好意又說了一遍，告訴他內有珠寶甚多，請他收下。那趙祿寒為了女兒出嫁之事，東借西湊，分文未借到，如今遇到仁義的小姐，幾乎當作了菩薩顯聖。將囊交給女兒，守貞忙道：「爹爹，請問恩人尊名上姓，日後也好報答。」趙祿寒便問薛良，梅香嘴快，脫口便道：「我們小姐姓薛。」湘靈急叫住梅香道：「『漂母飯信』，非望報也。」

說話間，天已放晴，薛良命吹打起來，梅香扶著小姐的轎子，眾人簇擁著去了。那趙祿寒又叫住薛良，問清了小姐姓薛，牢記在心中。回頭也叫鑼夫敲打起來。那鑼夫見如今趙家有了錢，敲打起來也有勁了。

轉眼之間，過了六年。這年暑天，大雨連綿，山洪暴發，河水氾濫，各府州縣，大水成災，這登州河堤眼看就要不保。

湘靈嫁到周家後，與丈夫周庭訓十分恩愛。第二年生了個兒子，取名大器，長得倒是挺好，就是養得太嬌，比那湘靈當初的脾氣還大。這天陰雨初晴，準備了車輛，湘靈帶了大器和陪房丫頭梅香回娘家。那大器鬧著不肯去，湘靈少不得給他許願，買東買西。大器卻要買馬，還要買個綠馬。湘靈剛說了一句「黑馬白馬倒有，哪裡來的綠馬呀。」那大器便又鬧了起來，非要綠馬不可。梅香哄他說有綠馬還不甘休，非要她媽說有才成。湘靈知道是自己平時疼愛驕縱的，也只得連聲說：「有，有，有。」好容易哄得大器上車，還未到家，只見眾百姓紛紛逃竄，哭號之聲驚天動地，原來是河堤決口了。一場洪水沖來，薛家的萬貫家財都被沖走，幸虧薛夫人、大器、薛良和梅香等人都被救生船兒救起，只是不見了湘靈。

再說那從前在薛府中幫工的胡婆，在登州發大水時，被救生船救了上來後，到了萊州府。她人生地不熟，兩眼黑忽忽，幸虧當地有個盧員外，搭棚施粥，一天三頓，全仗這點粥活命。這天看看天時不早，她又去打粥。那粥棚內外，儘是災民，有哭爹喚娘的，有尋兒覓女的，亂作一團。胡婆見一女子蓬頭垢面，裙衫上儘是泥水，獨自悲泣。看那身影，十分熟悉，走近一看，正是湘靈。兩人劫後相逢，抱頭痛哭。原來湘靈在水中被人救起，恍惚中送到了這裡，也不知是什麼所在。尋不著丈夫、母親和兒子，也找不到薛良和梅香，憂慮他們都已葬身魚腹，正在痛哭。見了胡婆，湘靈急問丈夫和母親的消息，胡婆並不知道，卻估計怕是見不著面了。湘靈便要胡婆和她回登州去尋找。胡婆告訴她，登州都成了大河了。湘靈一聽，又哭了起來。

胡婆忙岔開話頭，問她餓不餓。湘靈倒真是餓了，經她一提，便要胡婆快些開飯。胡婆哭笑不得，對湘靈道：「我說姑奶奶，您還當是咱們從前在府裡的時候，你說聲開飯，什麼四碟兒八碗兒，絲溜片炒，燕窩魚翅，我都給您端來了。這一會兒啊，姑奶奶，您就別作那個夢啦。」湘靈又愁未帶銀錢，不知如何好。胡婆嘆了一口氣，便要她跟著去打粥。湘靈哪懂什麼叫「打粥」，還問道：「想那粥乃是飯後之品，一碗稀粥怎能充饑呀？」胡婆道：「哎喲，我說姑奶奶，都是什麼時候啦，您還說這話。」湘靈只覺得自己是做了一場大夢。

兩人擠擠挨挨，好容易胡婆打得了一碗粥，便遞給湘靈。湘靈接在手上，一口未喝，那邊粥已打完了。有一個老婆婆餓得骨瘦如柴，又未打到粥，便痛哭起來。湘靈心中不忍，便將手中的粥，給了那老婆婆。想起了自己的家人，不禁又淚流滿面。

這時盧府的家人，注意到湘靈，兩人指指點點，議論府中缺一個哄小少爺的老媽子，他們覺得湘靈挺合適。湘靈聽了，心中不悅，自走開去。那家人叫過胡婆把這意思說了，又道：「我看這位年輕輕的，幹這事準行，也有了吃的住的了，不知你們願意不願意？」胡婆忙轉告湘靈，並勸她到那兒去，省得在外頭整天的打粥。湘靈問胡婆為何自己不去？胡婆道：「我不是為了您好嗎？我這麼大歲數了，還怕什麼啊，在外面東跑西跑的，總比您方便得多。」湘靈覺得甚是有理，心中感激。但又有些為難，不知怎樣哄小孩。胡婆道：「當初我是怎樣哄您來的，您就照樣哄人家，不就成了嗎？」湘靈道：「胡婆你不要說了，我情願跟隨二位老哥哥去到大戶人家求個溫飽……」話未說完，哽哽咽咽，已是語不成聲了。胡婆忙哄湘靈別哭，轉身回覆盧府的家人，託他們多多關照。回頭又告訴湘靈，她慢慢打聽老夫人的消息，有了就馬上給她送信。湘靈此時，只有胡婆是親人，再三叮囑，要她過兩天一定來看她。說著，含了一泡淚水，跟隨人家去了。

到了盧府，家人先去稟明，再帶湘靈進去。湘靈見了員外和夫人，心中不願，也未行禮。那夫人倒是大度，也不勉強。問了姓氏、籍貫，聽說是登州人，夫人便問那裡災情如何，似乎十分關切。得知登州已淹沒了，連說「真真可慘」。隨即命丫環帶領薛媽到後面更衣。回頭叫身邊的丫頭碧玉請來小少爺麟兒。這麟兒是員外夫人的獨子，只有四五歲，很是嬌貴。聽她母親說與他雇了一個媽媽，以為是個七八十歲的老婆子，連說「我不要」。等到湘靈換了衣服出來，麟兒一見，十分喜歡，說她長得好看，要跟她玩，拉了她便走。夫人忙叫住薛媽囑咐：「你帶公子到花園玩耍，要提防金魚池，小心太湖石，莫惹蜜蜂刺，休挑蛛網絲。」湘靈答應了。夫人又囑咐道：「那松針已長，不要刺著了小東人哪。」湘靈道：「記下了。」麟兒在旁，只催著快走，夫人卻又叫住了薛媽。那員外覺得夫人太囉嗦了，夫人卻道：「不是的，我還有一件要緊的事兒呢。」正色對薛媽道：「你帶領公子，花園到處俱可玩耍，唯有東角朱樓，不能亂闖！若違我命，定責不貸！」湘靈心中一驚，連稱「件件記得。」

麟兒拉了薛媽往後走，一邊走，一邊問：「你們家有這樣大的房子嗎？」「你們家有這樣大的花園嗎？」跟在身後的碧玉卻譏諷道：「她們家有破草房。」「她們家有豬圈。」湘靈也不作聲。到了三間花廳，裡面有張小床。那碧玉指教薛媽道：「小少爺玩累了，哄他睡個覺。這哄小孩兒，不是件容易事，要是磕著碰著，咱們當底下人的，可擔待不起啊。唉，其實我是多嘴，你呀，愛聽不聽。」湘靈趕緊稱謝。碧玉又拿起玩具，還要教導薛媽，倒是麟兒不耐煩，把她推走了。

麟兒要薛媽哄他玩。給他撥浪鼓，給他小喇叭，他都不要，摔到地上，說這些都玩膩了，要想個新鮮的。湘靈便給他剪紙。先給他剪了個紅色的紙人，麟兒很喜歡，又要再剪個馬，而且點著要個綠馬。湘靈一楞，想起發大水前，自己的兒子也是要一個綠馬，不覺便呆了。麟兒連連催促，要她快剪。剪好了紙馬，麟兒問它會走嗎？又說自己會走，便撲在地上學馬走。湘靈怕他弄髒了衣服，忙扶了起來。麟兒卻道：「不要緊的。我們家有的是錢，髒了，我媽給我買新的。」湘靈不語。麟兒又道：「我學完了，該你學了。」湘靈哪裡肯趴在地上學馬爬？麟兒一連問了三次：「你學不學？」見湘靈執意不肯，便要去告訴她媽媽。湘靈無奈，只得答應，又藉口沒有馬鞭，躲躲閃閃，和他兜了幾個圈子。忽然心生一計，指著前方道：「啊，公子，你看，那旁有個蝴蝶兒。」麟兒忙問在哪兒，湘靈引他去撲，那蝴蝶卻飛了。麟兒又吵著要蝴蝶，湘靈道：「我與你剪個紙的可好？」麟兒倒是喜歡，催他快剪。等到湘靈剪好，麟兒已趴在桌上睡著了。

湘靈輕輕放下剪刀，頓時淚如泉湧。不過是一、兩天的光景，從九天雲裡一頭栽到了地下，嘗盡了人世間的悲歡離合、酸甜苦辣。萬貫家財，頃刻間盡被洪水沖走；好端端的兩家人家，如今只剩下自己孤身一人；昔日呼奴喚婢，今天竟淪為僕婦，聽人使喚。只覺得人生在世，真是變幻無常。回想過去安榮尊貴、撒嬌使性的情景，不得不萌生了一些悔意；暗暗心生警惕，也許這是老天爺的一番教訓罷！事到如今，戀不得富貴，由不得性子，只能是洗面革心，重新作人了。心神恍惚之際，竟把那麟兒當作了自己的兒子，撫著他的肩頭叫大器兒。猛然驚覺，這是人家的小少爺。想起自己的嬌兒，想起了當年的鎖麟囊，想起母親送囊時的祝願，如今他們和丈夫只怕都已葬身波濤了，不由得又悲慟不已。

麟兒醒來，見薛媽不理他，又要去告訴她媽，湘靈忙領他到花園中去玩。麟兒見到地上有一個皮球，便拍皮球玩，湘靈記著夫人的囑咐，跟在身邊照護，絲毫不敢大意。麟兒一時性起，用力一扔，竟將皮球扔到東角的朱樓上去了。湘靈大驚。記著夫人的告誡，本不敢去撿，無奈麟兒吵著一定要她快去撿來。湘靈想，自己是伺侯公子的，他的命令也不敢不聽。走了幾步，來到樓門，還是不敢冒然進去。回頭望望公子，哀求道：「夫人怪罪，是哪個擔待呀？」麟兒究竟是個孩子，平時又是極驕縱的，一口應承：「我媽怪罪，有我吶，你快去撿吧。」湘靈只得大膽走上樓去，東西兩廂和廊前均未見到，尋到小樓深處，見一神龕，龕內供的卻是一個小囊。湘靈見了那囊渾身一震，走近前去，取下一看，頓時哭了。原來正是自己出嫁時母親送的鎖麟囊。這鎖麟囊如何到了這裡？一剎時，無邊往事襲上心來，思緒萬千，淚落如雨。

跟在身後的麟兒，見狀忙去告訴母親。夫人聞訊，立即帶了碧玉趕來。湘靈見夫人上樓，心中驚怕，忙將鎖麟囊依舊放好。夫人一臉怒氣，便要薛媽下樓領責。湘靈叫著夫人，把自己如何怕夫人怪罪，公子如何說由他擔待，一一說了。夫人當面便問麟兒，此話可是你講的？麟兒道：「是我說的。可是薛媽看見這個紅口袋就哭啦，這是怎麼回事啊？」夫人一聽，臉色便和緩了一些，上下仔細打量薛媽，口裡說道：「喔，原來如此。啊薛媽，隨我下樓，有話問你。」湘靈心中害怕，猶自遲疑。夫人要她不用害怕，拉了她的手，一起下樓。走到樓梯口，湘靈戀戀不捨回頭一望，夫人發覺，問她看什麼？湘靈道：「鎖麟囊。」夫人怕自己沒有聽真，又問了一遍，只聽得湘靈清清楚楚答道：「鎖麟囊！」

來到堂中，夫人居中坐下，湘靈遠遠站在堂前。夫人問她到底是哪裡人氏？湘靈答是登州。夫人又問姓名，湘靈遲疑著不開口，禁不住碧玉從旁催促，便說叫薛湘靈。夫人聽了這名字，知道她不是尋常人家的女兒。接著便問：「你是何時出閣的？」湘靈道：「己酉年六月十八日出閣，今已六載。」夫人聞言，若有所思，口中輕輕念了一遍，轉面問麟兒：「兒呀，你今年幾歲了？」麟兒有些奇怪：「媽，我不是五歲了嗎？」夫人點點頭，叫他出去玩兒。回頭就叫碧玉給薛媽看座。湘靈正在驚異，碧玉說話了：「我說夫人，在您跟前，哪有她的座兒呀！」夫人不理，只是叫她快去。碧玉極不情願地搬過一把椅子，慢吞吞走到湘靈身旁，狠狠地一墩。湘靈十分惶惑，正待坐下，碧玉猛地一聲咳嗽，驚得湘靈站起，忙給碧玉讓坐。夫人過來，拉了湘靈坐下。

夫人問道：「你出閣那日，天氣如何，可記得麼？」湘靈自然記得，正要站起來答話，夫人示意讓她坐下講。湘靈很清楚地記得，那天上轎時還是個好天氣，坐在轎子裡不知怎麼一下子天就暗了，不一會，就聽得風聲大作，雷聲隆隆，接著豆大的雨點打在轎頂上，奏樂的也停了，亂哄哄的喊著：下大雨了，下大雨了！夫人問：「大雨傾盆，你在何處避雨？」湘靈道是春秋亭。夫人接著問道：「那日春秋亭避雨，就是你一乘花轎，還有別的花轎無有？」湘靈道：「還有一乘。」夫人「哦」了一聲，緊問道：「那花轎是怎樣的風光？」見湘靈此時站在椅背後說話，忙又讓她坐下講。湘靈道：「我也曾隔著轎簾偷看，雖然是按照古禮，婚禮用的青廬以樸為儉，那乘花轎也只能說是因陋就簡，有些殘破不全。」夫人聽了，叫來碧玉：「將薛媽的座位移到客位。」這是將薛媽當作客人看待了。碧玉噘起嘴來：「我說夫人，一個當老媽子的，有個座位就可以了，怎麼能坐到客位上哪？」夫人道：「休得多言，快去！」湘靈讓了兩次，夫人不允，便在客位坐下了。

夫人肅然問道：「那轎中人有何動靜？你可記得？」聽得湘靈說記得，便催著她快往下講。湘靈道：「出閣是女兒家大喜，理應歡天喜地才是。那轎中人卻是滿腹幽怨，哭個不停，哭得悲悲切切，淒淒慘慘，動人心弦。」夫人道：「她哭得可憐，難道你就袖手旁觀不成？」湘靈道：「實不相瞞，那時節我的妝奩不下百萬，只是我坐在轎中不便出來。」夫人緊問道：「後來呢？」湘靈道：「急切間想起帶在身邊的鎖麟囊，便將那囊贈給她了。」夫人道：「怎麼，你贈她鎖麟囊麼？」聽湘靈答得十分肯定，又叫碧玉：「快將薛媽的座位移到上座。」碧玉被弄得糊塗了，在夫人跟前，薛媽哪能上座啊，那她不比夫人還尊貴嗎？夫人叫她不必多言，快去照辦。湘靈再三謙辭，最後只得居中上坐了。

夫人急切問道：「我來問你，那囊中有何物件，你可曾記得？」湘靈一件件數道：「囊內盡都是珍寶，有金珠、紅珊瑚、綠翡翠，有一串夜明珠，還有幾樣首飾：赤金鏈、紫瑛簪、白玉環、雙鳳鏨、八寶釵釧。雖然算不上是奇珍異寶，也可以讓一家人過幾年平安日子了。」夫人聽罷，如釋重負，幾年來壓在心上的一件大事，今天如願以償了。忙叫碧玉帶薛媽去更衣，把自己上等的衣服與她換上。湘靈驚問道：「夫人這算何意啊？」夫人道：「決無惡意，少時你就明白了。」

這邊碧玉領了湘靈下去更衣。忽見盧員外走了進來，有些不快地說道：「這是從哪裡說起呀！」夫人忙問原故，員外道：「我們剛收留了一個薛媽，不想她的母親、丈夫、兒子與親戚朋友都來了！」夫人大喜，來不及告訴員外薛媽是何人，便叫快快有請。只見胡婆領了一群人進來，一一給盧員外夫婦引見。薛夫人和湘靈的丈夫周庭訓施禮已畢，薛夫人便問女兒。盧夫人笑道：「老夫人，你女兒現在後面更衣，少時就來，老夫人請稍待，待我請她出來。」說罷便叫碧玉。碧玉進來便對夫人道：「我把您的箱子都打開了，我把最好的衣服給她穿上了，別提多好看啦！」此時盧夫人改了稱呼，吩咐道：「有請薛娘子！」只見湘靈換了一身紅色的新衣，款款走來，依舊是往日的模樣，覺得自己像是在夢中。抬頭一看，遇到的卻是老娘親的笑臉，驚喜得忙問母親從哪裡來？薛夫人正要說如何被救生船所救，大器卻撲過來叫「媽！」母子相見，更加歡喜，湘靈笑顏逐開，正要把兒子擁在懷裡，大器拉著她道：「我爸爸也來了！」猛一回頭，見丈夫正站在身後，頓時心中一酸，感懷萬狀，禁不住兩行熱淚交流。周庭訓和薛夫人都道一家團圓，應該高興才是。湘靈只覺得歷盡滄桑，如在夢中，不知從何說起。

忽然，湘靈的陪房丫環梅香說道：「喲，小姐，您當了老媽子還穿這麼好的衣服，真是有福氣。」周庭訓聞言，上下打量，見她不是僕婦的裝束，不免就起了疑心，連忙追問情由。湘靈見丈夫生疑，頓時滿面羞紅，卻期期艾艾說不出話來。薛母聞言，覺得蹊蹺，也來追問。湘靈只得實說，不知是什麼緣故，他們叫自己換了衣服，要母親去問盧夫人。薛母更加疑惑，莫非盧家有什麼歹意？對著盧夫人越說越動氣，竟要與人家拼了。湘靈忙安慰母親，要她不必動氣。碧玉心中不平，快嘴快舌：「得了，我們員外夫人救了你們一家子，你怎麼還要跟我們玩兒命啦？」

盧夫人含笑對薛母道：「老夫人，我是趙家的女兒趙守貞。您女兒是我終身難忘的大恩人，六年前，我出嫁之日，受盡了世態炎涼，在春秋亭遇雨，是她把鎖麟囊送給我了啊！」

十五、：「白蛇傳」

遊湖

初春時節，江南西湖，遊人如織。波光裡倒映著塔影，湖心島邊緊傍著三潭；蘇堤上，桃李初綻，楊柳輕拂。這時，分花拂柳，走來了兩位美麗的少女。那位穿白的端莊嫻雅，另一位著青的卻歡快活潑，好似主僕二人，指點著湖光山色，款款而行。只聽得那青衣少女說道：「姐姐，我們可來著了！這兒真有意思。瞧，遊湖的男男女女都是一對兒、一對兒的。」那白衣少女名喚白素貞的答道：「是啊。你我姐妹在峨嵋修煉之時，洞府高寒，每日白雲深鎖，閒遊冷杉徑，悶對桫欏花；於今來到江南，領略這山溫水軟，叫人好生歡喜。青妹，你來看，那前面就是有名的斷橋了。」那青妹道：「姐姐，既叫『斷橋』，怎麼橋又沒有斷呢？」白素貞道：「這橋雖然是叫做斷橋，其實橋並不曾斷，你看那橋亭上不是還有三三兩兩的遊人嗎？」二人說說走走，忽然天色突變，風狂雲暗，眼看就要下雨了。放眼四顧，正想找一個避雨的所在，卻聽得小青叫道：「姐姐，你看，好俊秀的人品哪！」白素貞隨著小青的手望去，只見那旁有一少年男子挾著雨傘走來，果然是神清氣爽，十分俊秀，不覺便看得出神了。小青見她目不轉睛地盯著那少年，連下雨也不知覺，便笑著提醒道：「下雨了，走吧，姐姐。」兩人才走得幾步，那雨竟下得大了，只得就站在柳樹下避雨。

那少年男子姓許名仙，是從靈隱掃墓回來的。正撐著雨傘在風雨中趕路，忽然看見路旁有兩個女子站在柳樹下避雨，那柳條如絲，哪能擋雨，竟被淋得頗為狼狽。許仙心中不忍，便站住問道：「啊，二位娘子何往？」小青答話道：「我們主婢二人在湖中遊玩，不想中途遇此大雨。我們要回錢塘門去，請問君子您上哪兒呢？」許仙道：「我到清波門去。這樣大雨柳下焉能避得？就用我這把雨傘吧。」說著便把手中雨傘遞了過來，小青正想接傘，白素貞見人家也只有一把傘，便攔住小青，對許仙道：「只是君子你呢？」那許仙是個老實人，被問得不知如何回答才好，略想一想，只好說道：「我麼……不要緊的。」說著又把手中傘遞了過來。白素貞忙推辭道：「這怎麼使得？」正在這時，風雨中忽然傳來一陣山歌：

槳兒划破白萍堆，
送客孤山看落梅。
湖邊買得一壺酒，
風雨湖心醉一回。

歌聲漸漸由遠而近，原來是湖上有一位船夫划著小船過來了。許仙在那山歌聲裡說道：「雨越下越大了，二位娘子不要推辭，我去叫船。」白素貞見他一片志誠，十分感激，躬身施了一禮，口中說道：「如此，多謝君子！」這才伸手接過傘來。許仙冒雨叫來小船，講好先送二位娘子到錢塘門，再送他到清波門；又囑咐船家搭好扶手，讓小青攙了白素貞上船站好後，這才上船命船夫開船。此時風雨似乎更大了，那船小艙窄，許仙只是離她二人遠遠地，獨自站在船頭，以袖遮雨。船夫叫道：「今天湖裡風大，客人靠攏點兒吧。」小青也說道：「是啊，雨下大了，我們共用一把傘吧。」許仙仍站在原處，搖手道：「不要緊的。」白素貞心中不安，便道：「這如何使得？」示意小青移傘去為許仙遮雨。小青向前走了兩步，以傘遮許仙，白素貞卻又半身淋在雨裡了；欲回身遮蔽小姐，又無法照料許仙。一把傘前後不能兼顧，卻教小青好不為難。白素貞和許仙只得彼此靠近些，結果是他二人並肩而立，小青站在身後掌傘。三人默默無語，那船家見他們如此，耐不得寂寞，便又唱起了山歌：

最愛西湖二月天，
斜風細雨送客船，
十世修來同船渡，

百世修來共枕眠。

這山歌字字入耳，唱得許仙怦然心動，忍不住側過臉來，瞥了白素貞一眼；哪知心有靈犀一點通，正好遇上白素貞也是側過臉來瞧他。四目相對，猶如電光火石，一觸即逝，旋即飛快地避開了。即使如此，許仙已是羞得滿面通紅。

一霎時，湖上天清雲淡，風收雨歇。那許仙見雨漸漸小了，便悄悄移動身子，稍稍離得她們遠一點兒；再也不敢回頭，只顧把眼去看岸上的景致。又聽得小青道：「小姐，您看雨過天晴，西湖又是一番風景啊！」白素貞道：「是啊，這雨過天晴，真是湖山如洗。」許仙也忍不住搭話道：「難怪人說是西湖好比西子，淡妝濃抹總相宜。」這時白素貞讓小青去問許仙家住哪裡，改日好登門叩謝。許仙連說：「哎呀，不敢當啊。我家住在清波門外，錢王祠畔，小橋西邊；這點小事用不著介意，怎麼敢勞動小姐呢！」說完便低下了頭，不再開口。白素貞原以為自己問了人家，人家也會回問自己的姓氏住址，正好借此攀談；不想這少年問一句才答一句，並不輕易問話，越發覺得他為人老成，令人喜愛；便示意小青再主動發話。小青對許仙道：「君子，我們住在錢塘門外曹家祠堂附近，有紅樓一角，就是我們小姐的妝閣。您有功夫一定請來坐坐啊。」許仙忙答道：「小生改日定當登門拜候。」說話間，船已到了錢塘門，船夫叫客人上岸。白素貞只得對許仙施禮告別，許仙急忙還禮，殷勤以目相送。小青正要將傘還給許仙，只見白素貞一手按住了雨傘，兩眼兀自望著許仙，露出了依依不捨的神情。小青見了，心中暗笑，忽然向著天上一指，口裡叫道：「哎呀，怎麼又下雨了！」果然天色頓時轉暗，又下起雨來了。白素貞忙對小青道：「是啊，又下雨了，如何是好？」小青也說：「真是的，這傘……」許仙忙接口答話：「不要緊，雨傘小姐拿去，我改日來取就是。」白素貞這才放下心來，一再向許仙道謝，指著岸上告訴許仙，她家就住在那紅樓上，請許仙一定要來。小青扶著上岸後，白素貞再次叮囑道：「明天一定要來的呀。」許仙答應了明日一定奉訪。一個在船上叫慢走，一個在岸上說少陪，又流連了一番；白素貞盈盈一禮，轉身正要舉步，卻又回過頭來，深深看了許仙一眼，這才由小青擁著，慢慢去了。

許仙站在船頭，癡癡地望著她們的後影，口裡喃喃自語：「好一位娘子！」驀地想起，還不曾問人家的姓氏，明天到哪裡去找？真是太荒唐了；急忙高聲叫道：「小娘子轉來！」小青應聲回來，調皮地問道：「什麼事啊？是不是要傘？」許仙忙道：「不是，不是。請問你家小姐她姓什麼？」小青道：「我家小姐她姓白。」許仙道：「原來是白小姐。你們可知道我姓什麼？」小青燦然一笑，想也沒想：「你姓許，對不對？」許仙十分驚訝，問道：「我正是姓許，你是怎麼知道的？」小青微笑道：「你那把雨傘上不是有一個大大的許字嗎？君子，明兒個請早點兒來，免得我們小姐久候啊！」許仙滿口答應，小青這才翩然而去。望著她們的背影，許仙忍不住又獨自笑了起來。不料歡喜過度，竟將小青剛剛說過的話都忘記了，「啊呀！那位小姐她姓什麼呀？她姓……」正在苦苦回想，一直冷眼旁觀的船夫開口了：「她姓白。」這次許仙可牢牢記住了：「是啊，她姓白。」那船夫道：「怎麼鬧了半天，敢情你不認識她？我還以為你們是一家人哩！」許仙笑道：「咳，這就叫『相逢何必曾相識』——」那船夫倒也湊趣，接口道：「風雨同舟便一家。」說罷，便撐開了船兒，緩緩向清波門划去；那許仙猶自立在船頭，引領遙望，心馳神往不已。

結親

第二天，小青早早地在路口等候，迎來了許仙，領回家中，請出小姐。二人就座，小青獻茶。白素貞首先道謝：「昨日在湖上遇雨，若非君子借傘叫船，我與小青真不知如何是好。」許仙答道：「此乃男子分內之事，何足掛齒！」白素貞隨即命小青安排酒菜，留許仙小飲，以申謝意。二人對酌了幾杯，白素貞便問起他家中還有些什麼人。許仙道：「小生自幼父母雙亡，寄住姐姐家中。雖蒙姐丈見憐，只是他家也非寬裕，蒙姐丈推薦，在藥鋪作事。」白素貞聽了，心中好生同情，又問道：「君子既是在藥鋪作事，昨日哪有功夫在湖中遊玩呢？」許仙道：「小生哪裡是在湖中遊玩，先母就葬在靈隱山後，昨日乃先母忌日，告假半日，到我母墳上拜掃，歸途大雨淋漓，才得與小姐、小娘子相遇。」白素貞贊他淳孝可敬，又敬了一杯酒，旋即輕輕起身，把小青拉到一邊，羞答答地在她耳邊說了一句什麼，小青一聽，就叫了起來：「這，怎麼好意思問呢？」素貞忙拉小青的衣襟，示意不要高聲叫喚，那小青小聲道：「你們當面說不好嗎？」素貞兩手捧在腰際，躬身向小青一拂，口稱：「賢妹，拜託……」一扭身，含羞帶笑地退到後面去了。

小青是個直性子，開門見山就對許仙道：「許官人，我們小姐問您娶過親了沒有？」許仙道：「小生伶仃孤苦，還提什麼『娶親』二字？」既然還未娶親，小青就直接往下說：「我說許官人，您還沒有娶親，小姐也沒有出嫁，我們主婢二人也是伶仃孤苦，無依無靠，小姐意欲跟您結為百年佳偶，您意下如何呢？」許仙大喜，但他是老實人，心中想到的難處，先要給人家說清楚：「若得小姐為妻，真乃喜出望外。只是方才說過，小生在藥鋪作事，寄人籬下，怎麼養得活小姐與小娘子呢？」這點難處，小青自是不在的話下，當即說道：「唷，我們主婢二人不是在柴、米、油、鹽上打攪的。先老爺去世，還留有一份家財。你既在藥鋪作事，小姐也深明醫理；結親之後，學個夫妻賣藥，那還愁什麼呢？」許仙見小青說得頭頭是道，更是歡喜；只是想起自己是姐姐撫養大的，這樣的大事還應先稟告姐姐才是。小青聽了，又有說法：「忙什麼呀？結了親，帶新娘子一塊兒去見姑奶奶、姑丈，不更有意思嗎？」許仙哪裡說得過小青，卻又想起了一件事：「只是今日倉卒之間不曾帶得聘禮，如何是好？」小青道：「哎，要什麼聘禮！你那把雨傘就是你們訂親的上好聘禮。今日正是良辰吉日，我點起花燭，你們倆就拜見了吧。」說罷，小青自去張羅，片刻之間，就佈置起了喜堂，喜幛高懸，紅燭高燒，一派喜氣洋洋。這天大的喜事從空而降，許仙彷彿是在夢裡，不知如何是好，一任小青擺佈。那小青又作媒人，又作儐相，看看已是準備齊整，便說道：「我替你們贊禮吧」：

千里姻緣一線牽，
傘兒低護並頭蓮；
西湖今夜春如海，
願作鴛鴦不羨仙。

「動樂攙新人！」這時果然從室外傳來一陣優美歡慶的樂曲聲。小青贊罷了禮，又來當伴娘，拉著許仙向著東面站好，又忙著去到後面攙出白素貞。只見白娘子身著紅衫，頭戴花冠，明眸皓齒，滿面春風，更加楚楚動人。許仙此時，不知今夕何夕，亦不知人間天上。只聽得小青叫道：「先拜天地，後拜高堂，夫妻對拜，送入洞房。」扶著白素貞與他一同拜了，送進了洞房。

說許

許仙婚後，和白娘子、小青三人，來到鎮江，開了一間保和堂藥店。夫妻二人，喜則同慶，病則相扶，寂寞相伴，百般恩愛。轉眼數月，白娘子已是有孕在身，每日仍在店中行醫，救治病人，十分辛苦。這一日，許仙自江邊買得一籃時鮮水果，提了回來；見了小青，知道白娘子還在診治病人。說話間，白娘子送走了病人，許仙接著，忙道：「娘子忒以辛苦了，歇息歇息吧。」白娘子道：「見了病人，怎麼歇息得了？」許仙悄悄說道：「不要忘了你已是有孕之身了。」白娘子嬌羞地低下了頭，輕聲說道：「曉得了。」這時，許仙變戲法一般，拿出了適才藏著的水果。白娘子問道：「你那是什麼？」許仙道：「適才江邊見有賣太湖東山時鮮水果的，十分難得，帶些回來，與娘子嘗嘗。」白娘子心頭一熱，伸手接籃道：「官人如此見愛，多謝了！」許仙隨手將水果放在桌上，扶著白娘子道：「娘子說哪裡話來！許仙自幼伶仃孤苦，自得娘子，才知人間幸福。如今來到鎮江，賴娘子之力，藥店又如此興旺，卑人正不知怎樣感謝娘子才好喲！」轉身叫來小青，要她去請醫生來店中照顧病人；自己先到房中去安排好繡被，然後扶了白娘子去歇息。

許仙安頓好娘子，回頭來取水果，只聽得有人叫道：「店中有人麼？」許仙見是一位鬚髮皆白的老和尚，便忙過來招呼。那老和尚道：「施主請了，你就是許官人麼？」許仙回答了，便問老和尚的上下。原來那和尚是金山寺的主持法海。許仙以為他是來募化的，說是已經捐過檀香一擔了。法海道了謝，但說今天不為募化；許仙又以為他是來看病的，說是拙荊累了，歇息去了。法海道：「休要驚動你妻，老僧是來與你看病的。」許仙吃了一驚；那法海把他拉到一旁，威嚴地低聲說道：「老僧查明，你那妻子乃是千年蛇妖所化。」許仙聽得一楞，隨即惱怒道：「唉！我妻乃賢德之人，怎說是蛇妖所化！老師傅說出此話，忒以無禮了！」說罷就要拂袖而去。法海喝道：「許官人！老僧喜你善根甚深，才親下金山，指點於你。你若執迷不悟，久後定被她所害。」許仙還是不信：「他既要害我，為何又對我十分恩愛呢？」法海道：「此乃是她迷惑你，時候一到，定要將你吞吃了。」許仙反駁道：「她每日忘餐廢寢，醫治病人，也是迷惑我麼？」法海說許仙是執迷不悟；許仙說他有背人情；兩人爭執起來。法海道：「許官人，看你入迷已深，說也無益，待等端陽佳節，你勸他多喝幾杯雄黃酒，她原形一現，你自然明白。」說罷，悻悻然告辭而去。許仙眼看著法海走遠了，心裡好生不快：「這是從哪裡說起！」

酒變

過了不久，便是端陽佳節。這天滿城鞭炮鑼鼓不絕，家家插艾蒿菖蒲，吃粽子、喝雄黃酒，十分熱鬧。白娘子卻心神恍惚，躺在床上休息。中午時分，許仙手持酒壺，微帶醉意，走進房來。白娘子強打精神起來招呼了，許仙道：「娘子，適才店房之中，與夥友們共賀佳節，喝得十分暢快。只是卑人與娘子每日同桌而食，從不相離；偏偏今日，你身染小恙，卑人如何放心得下？夥友們定要我進來代敬娘子幾杯雄黃酒。來，來，來，卑人先乾。」說罷，將手中的酒一飲而盡，又滿滿斟了一杯，遞到娘子唇邊。白娘子輕輕按住許仙的手道：「為妻身體不爽，不能飲酒，官人代為妻謝謝他們吧。」許仙今日興致甚高，定要娘子飲下，殷勤勸道：「娘子海量，今日佳節，你我夫妻怎能不醉？」小青站在一旁，心中焦急，脫口而出道：「今日怎能比得往日！姑爺別勸小姐喝了吧。」許仙有些驚訝：「怎麼小姐今日就不能喝酒呢？」小青自知說漏了嘴，急急辯解道：「小姐今天身體不爽，再說，她又有了小少爺了。」許仙興致不減，仍然不肯甘休，舉杯道：「也說得是。只是日子還早，幾杯淡酒又待何妨？」忽然想起，轉面舉杯對小青道：「哦，是啊，青兒，你也辛苦了，喝一杯吧！」小青忙推辭道：「謝謝姑爺，您知道我從不喝酒的。」

許仙乘勢便想支開青兒：「如此，你歇息去吧。」小青不好多說，只說我要服侍小姐；許仙卻說小姐有我服侍。白娘子知道此刻小青也是在強自支撐，便順著許仙說道：「青兒你就去吧。」一邊使眼色叫她去附近山中暫避一時。小青放心不下，叫道：「小姐！」心裡有許多話，當著許仙卻不便說出。白娘子明白小青的心意，只是說道：「知道了。」小青無奈，只得去了。

許仙又把酒杯遞到白娘子的唇邊，親暱地說道：「娘子，今日異鄉佳節，看在你我的情分，乾了吧。」白娘子避開酒杯，婉轉推辭道：「今日身體不爽，實實不能飲酒。」許仙道：「娘子身體不爽，不敢多勸，就乾了這一杯吧。」白娘子見丈夫再三殷勤相勸，不忍拂了他的情意；接過酒杯暗自惦量，憑了自己千年修煉的功力，這一杯雄黃酒料也無妨吧。就此一念之差，將酒一飲而盡，一亮杯底，豪爽地叫了一聲：「乾！」許仙喜歡不盡，口中贊道：「娘子真快人也！再飲一杯。」手中又滿滿斟了一杯，餵了過來。白娘子正在躊躇，那許仙又情意綿綿地說道：「祝你我夫妻偕老百年。」這句話真說到了白娘子的心坎上，十分願聽，一時興至，輕喝一聲：「好！」又是一乾而盡。許仙斟了酒還要再勸，那雄黃酒的酒力卻發作了。白娘子腹內翻騰，面色陡變，十分痛苦，強自鎮定道：「不要緊，我還不曾醉，我還不曾……」許仙見狀，知是真的醉了，急將妻子扶上床去睡下，隨手又將羅帳放好。

此時許仙想起妻子已有幾個月的身孕，平日十分辛苦，今日又有小恙，不該將她灌得如此大醉，心中未免有些不安。便去藥房調製了一份醒酒湯，好與妻子解酒。許仙端了醒酒湯，走進房來，正要揭開帳子，猛然一件事浮上心來：那天法海對他言講，娘子乃千年蛇妖所化，若飲雄黃酒，必現原形。想到這裡，心中害怕，那手便縮了回來，不敢去掀帳門。再轉念一想，娘子乃是賢德之人，不可信那法海的胡說。聽了一聽，帳內無有動靜，想是娘子睡熟了，便將醒酒湯放在桌上，等娘子醒來，再給她賠罪。剛走了兩步，耳邊彷彿又響起了法海的言語，不禁心中有些猶豫，若不揭開帳子看上一眼，這一點疑心又怎生得消？回頭端起醒酒湯，輕輕叫道：「娘子，娘子！」聽得帳內似乎有呻吟之聲，便說道：「娘子不要難過，卑人與你醒酒來了！」許仙左手剛剛撥開帳子，驀地大叫一聲：「哎呀！」仰面向後便倒，那醒酒湯和碗摔了一地。

剎那間，小青直衝進來，伸手一探許仙的鼻息，便向帳內急叫道：「姐姐醒來，姐姐醒來！」白娘子含含糊糊在帳內應了一聲；小青忙道：「姐姐快醒！官人被你嚇死了！」白娘子急掀開帳門，見許仙倒在地上，頓時大驚失色；忙跪倒在地，抱著許仙搖了搖，只見他牙關緊咬，全無知覺，不禁放聲大哭。急得小青頓腳道：「姐姐，現在不是哭的時候，想個法兒搭救官人要緊。」白娘子被小青一語提醒，忙收淚道：「賢妹說得有理，就托賢妹護住官人，我去仙山盜取靈芝草。」小青大為震驚，忙攔阻道：「倘若你被守山神將看見，如何是好？」白娘子道：「賢妹呀，此去只要取得仙草，慢說是守山神將，就是那刀山火海，我也顧不得了。」又匆匆囑咐道：「要是我回來得早，或許還可以救官人一命；如果我回不來，就請你把官人埋葬了，在他的墳頭種上同心草，在他的墳邊種上相思樹；我就是死了，也要變作杜鵑鳥，守著他墳頭哭盡我的血淚。」小青見她如此決絕，便不再勸，一口應承了照顧官人，讓她放心前去；隨即取出寶劍，送到白娘子手上。白娘子接過劍來，又到床前看了許仙一眼，對小青深深一拜，說道：「賢妹，拜託你了！」便急急去了。

盜草

白娘子急如星火，含淚趕到仙山。雖然是下定了決心，得不到靈芝草決不回去，但也十分謹慎。先去前山探看，見有許多威嚴的神將在那裡守衛，不敢硬闖；便轉道去僻靜的後山。哪知才行不遠，就被巡山的鹿童截住了。白娘子跪下苦苦哀求，說道丈夫身染重病，特來仙山尋找靈芝，為丈夫救命，請仙家大發慈悲，解救危難。鹿童見她哭得可憐，倒也不想與她為難，只是趕她快走；至於那靈芝草，乃是仙家之寶，哪能輕易給她。白娘子豈肯就走，仍然哀求不已；鹿童不願與她多說，便仗劍威脅道：「再要不走，你就休想活命了！」說罷，見她還是不動，便一劍刺去。白娘子雖是跪著哀求，心裡卻早有提防，見他刺來，只得出劍招架。鹿童開始也是虛張聲勢，只想把她嚇走了事；誰知白娘子端的了得，一連幾劍，她雖然只是招架，不曾還擊，攻勢卻都被她輕易化解了，口裡依然還在央求。鹿童性起，便連施殺手，一劍連著一劍，劍劍直向白娘子要害刺來。白娘子情知央求無望，只有儘快殺敗對手，好去尋找靈芝，便也不再退讓，而是拼死相搏。那白娘子的劍法十分凌厲，看看鹿童抵擋不住，被她一劍刺傷。白娘子得空，飛身直上峰頂，採了靈芝便走，卻被聞警趕來的鶴童擋住去路；卻待回頭，又被鹿童追來截住了。此時白娘子身陷險境，難以脫身，心中又掛念許仙，不知是否還能救活，只得把心一橫，將採來的靈芝銜在口裡，舞起雙劍，向前殺去。那鶴鹿二童長期相伴，配合十分默契，聯手進攻，比一人的威力竟要大了數倍。此時白娘子身懷有孕，又被雄黃所傷，體疲力薄，心煩神亂，雖是拼了性命苦戰，哪裡抵擋得住。一不留神，跌下崖去；在此生死攸關之際，猶自護住口裡的仙草，唯恐損壞了。鶴童趕上，正要殺死白娘子，卻被人喝住了。原來是驚動了南極仙翁，親自來查問情由。白娘子對仙翁哀哀哭訴道：「仙翁啊！素貞死不足惜，只可嘆我那苦命的許郎，就無有回生之望了哇！」哭得南極仙翁動了慈悲之心，點頭道：「白素貞，念你癡情可感，又兼身懷有孕，饒你不死，靈芝帶回家去，可救你夫性命。下山去吧！」白娘子意想不到竟有這樣的結果，感激得雙淚交流，連連向仙翁拜謝不已。

白娘子求得了仙草，救活了許仙的性命；又和小青日夜照料，精心調理，眼看許仙漸漸康復。這一天，許仙悶懨懨地出門去走動走動，不覺來到長江邊上。站在江亭上，正望著壯闊的江面發呆，忽然有人喚他，回頭一看，正是法海。便打招呼道：「哎呀，師父在此，好些日子不見了。」法海面現憂色道：「老僧年高，前日忽染重病，幾乎就見不到施主了。」許仙一聽，甚是關切，問道：「但不知老師父害的什麼病？」法海揶揄道：「老僧受了一點驚嚇，故而病了。」許仙渾然不覺，老老實實說道：「弟子也曾與老師父害一樣的病。」法海嘲弄道：「怎麼施主也受驚了？莫非吃了醒酒湯？」許仙大驚，這才明白自己的事他已經都知道了。法海正色道：「施主哪裡知道，那日你被驚嚇，原已死去。那白素貞去到蓬萊，盜得仙草，才將你救活。若非妖怪，怎能有此本領？」許仙這才知道自己是被仙草救活的，卻道：「如此說來，我那娘子仙山盜草救了我的性命，倒是一個好人了。」法海未想到許仙竟然還感激白素貞，忙反駁道：「她哪裡是救你性命，不過貪戀你眉清目秀，叫你多活一時。」許仙仍然不信：「她如今懷有七個月的身孕，難道也是假的不成？」法海倒被他問住了。想了一想，就給許仙講了一個故事：從前有一個人去進香，遇到一個美女在路旁哭泣。這人一問，說是在家受後娘虐待。這人可憐她，把她帶回去，兩人成了夫妻，後來還生了一個孩子，好像過得很恩愛。說到這裡，法海狠狠嚇唬許仙道：「誰知一個夜晚陡起風波，那女子變成一條十丈長的銀蛇，先把孩子一口吞了，然後又咬死了此人。許仙你現在年輕，眉清目秀，白蛇才和你作夫妻；一旦你年老體弱，青春不再，那就只能是葬身蛇腹了。」許仙聽得心驚膽戰，一時沒了主意，想要保全自己的性命，便問法海可有解救的辦法？那法海便叫他「皈依佛法」。許仙以為只是要他去進香還願，便說道：「弟子病中也曾許下心願，已經與娘子說知，正要到寶剎拈香還願。就請師父多多指引。」法海笑道：「只是，老僧法不空傳。」許仙道：「這裡有紋銀十兩，望師父笑納。」法海又笑道：「有道是『菩提不用黃金買』。」給錢還不行，許仙就不明白了，只有問道：「依師父之見？」法海一聲斷喝：「入我門來！」許仙聽說是要他跟了法海去出家，心中躊躇，卻又不敢拒絕，口中喃喃道：「這……明日如何？」法海繼續恐嚇他道：「明日你就走不成了。」許仙不禁抱怨：「師父忒以性急了。」法海卻緊緊進逼：「從水火中救人不得不急。」許仙無奈，只得下拜道：「如此，師父請上，受弟子一拜。」法海口念「阿彌陀佛」，哈哈大笑，扶起許仙，就領他上金山寺；那許仙猶自頻頻回頭張望，戀戀不捨，終於還是被法海挽著帶走了。

索夫

白娘子見許仙一去不回，知他上了金山，心中十分悲苦。過了三天，仍然杳無音信，便帶了小青上金山寺尋夫。

剛剛走到金山寺外的山崖下，就見法海立在山門外的斷崖上，似乎是估計到她們要來。小青惱恨法海從中挑撥生事，一見便要叫罵；白娘子急忙攔住，向法海委婉請求道：「老禪師啊！我丈夫許仙，三日前到寶剎拈香，望求師父喚他出來，我們一同回去。」法海故意問她丈夫是誰，又說許仙不在寺內，要她到別處去找。白娘子耐心懇求道：「我丈夫臨走之時，明明說是到寶剎拈香還願。望求放我丈夫回家團聚，我夫妻生生世世感您老禪師的大恩大德。」那法海不好再抵賴，卻開口就罵她們「孽畜！」小青被戳著了心中的痛處，更加憤怒，就要衝上去動手；白娘子苦苦地將她按捺住了。那法海訓斥道：「許仙已經是佛門弟子，豈能與你這妖魔配夫妻；我勸你還是早回峨嵋山去修行吧，再若是混在人間，我立刻就取你們的性命！」小青已是怒不可遏，恨恨罵道：「我姐姐和許仙本來是恩愛夫妻，被你活生生拆散；你放出許官人就萬事全休，若不然，我掀起長江浪連你這廟一起淹了！」白娘子忙叫小青不要胡說，對法海哀求道：「我這妹妹性急，有些言語得罪，比不得您寬宏大量，不必計較。」針對法海罵她們，白娘子依據佛門宗旨和他講理：「我佛如來從來是講眾生平等供養，才感動得世人衷心信奉禮敬啊！」法海道：「你不要癡心妄想了，想見許仙除非是江水倒流！我除掉了你們這些害人的孽障，保護良善，這才是菩薩心腸。」白娘子盡力忍住性子，據理反駁道：「我救治的貧苦病人成百上千，江南百姓人人稱讚，有口皆碑。也不知是誰在那裡害人，眼前就害得我夫妻活活分離！」最後，法海理屈詞窮，只得以武力相威脅；小青再也按捺不住，正要大鬧經堂；法海亮出青龍禪杖，急忙召來伽藍護法神等一干神將，要收服白素貞和青兒。

水鬥

白娘子滿腔悲憤，退到江邊，一再思慮，終於不顧成敗，將一面調動水族的令旗交給小青。小青令旗揮處，頓時波濤洶湧，白浪排空，長江中魚、鱉、蝦、蟹等水族，奉了號令，又激於義憤，要為白娘子打抱不平，一個個駕著潮頭，奮力向金山寺撲去。眼看潮水撲上山崖，就要衝進廟門，只見法海脫下身上大紅袈裟，鋪在崖頭，護住寺門，竟擋住了潮水；伽藍率領了眾神將極力反撲，要將水族擊退。白娘子和小青率了水族，奮起爭鬥，一次次衝向金山寺，奮力拼殺，都不能得手。一時間，烏雲低壓，電閃雷鳴，江聲怒吼，驚濤裂岸。一陣陣波濤湧起，以排山倒海之勢，撲向金山；撞在山崖上，浪花飛濺，化為許多小股的潮水倒退回來，很快又被後浪簇擁著，重新聚集在一起，更為洶湧地撲了上去。正殺得難解難分之際，那伽藍親自帶領一夥神將來圍攻白素貞，眾神將見勢，也都向這裡湧來，團團把白娘子困在垓心。白娘子這時已有了好幾個月的身孕，哪裡還經得起這樣的惡戰，竟動了胎氣，腹內一陣陣絞痛，看看就要支撐不住了。正在危急時刻，幸虧小青領了一股水族，冒死殺進重圍，護住白娘子且戰且退。白娘子見水族們的陣勢淩亂，紛紛潰退，眼看大勢已去，心中又悲又恨，不禁哀聲高叫：「官人！」

逃山

這時在金山寺內，一處僻靜的佛堂裡，許仙手持經卷，正在念誦經文。

自從上山以後，許仙被鎖在佛堂裡，只覺得度日如年，面對青燈黃卷，心裡卻在思念家中的妻子。忽然聽得寺外陣陣吶喊，殺聲震天。正在驚疑，看守他的一個小沙彌給他送茶來了。許仙問他寺外為何這樣喧嚷，小沙彌支支吾吾，只說是我不能告訴你。許仙一想，悟出來了：「莫非我那娘子找我來了？」小沙彌畢竟很天真：「哎，你還真是猜著了。正是你那妻子找你來了。她長得好漂亮啊！可是你那丫頭好厲害呀！」許仙便央求道：「小師父，快讓我夫妻見面吧。」小沙彌道：「你得了吧，這個時候怎麼讓你夫妻見面呢？再說，老師父說你那妻子是妖怪，她是假的。」許仙道：「可是她的情意是真的呀！」

這時又聽得寺外一陣殺聲傳來，許仙道：「哦，我知道了，這山門外喊殺連天，莫非師父與我那妻子交手了不成？」聽說法海派遣護法神將去捉拿娘子，如今正殺得難解難分，許仙焦急萬分，叫了起來：「哎呀，我妻現有身孕，她、她、她、她怎經得這一場苦戰！小師父，快快放我出去吧！」小沙彌有些好奇，問道：「你出去做什麼呀？」許仙支支吾吾：「我、我、我，我要幫……」小沙彌想知道個究竟：「你幫誰？」許仙終於說出來了：「我幫我那妻子。」小沙彌著急了：「你這不是給我惹簍子嗎？」這時，許仙似乎聽見了白娘子在哀哀叫喚：「許郎啊！你在哪裡？許仙啊！你在哪裡？……」許仙急忙應道：「娘子我在這裡！」抬腳就往外闖。職責攸關，小沙彌不曾細想，就把他攔住了。急得許仙道：「小師父方便，我、我、我這裡跪下了！」說著，就直挺挺跪在他的面前。小沙彌心也軟了，忙道：「得，得，你別著急，趁師父還沒回來，我放你逃下山去就是。」許仙連連稱謝。那小沙彌把他帶到後山無人處，指了一條小路，連催快走，放他逃走了。

小沙彌眼看許仙走得遠了，想起師父回來必遭責打，索性也逃下山去了。

斷橋

白娘子從重圍中殺出來，逃離了金山寺，又被神將們苦苦追趕，一直逃到杭州西湖邊，才得脫身。小青四處尋覓姐姐，隨後趕來，姐妹二人重逢，不禁抱頭痛哭。白娘子此時既恨法海無故生事，也恨許仙無情無義，身心交瘁，十分委頓。小青忙問：「姐姐怎麼樣了？」白娘子道：「腹中疼痛，寸步難行，如何是好？」小青十分著急，只得說道：「想是要分娩了，且到前面橋邊，少坐片時，再想良策吧。」二人一面行走，一面辨認路徑，忽然白娘子問道：「青妹，這不是斷橋麼？」話語裡滿懷惆悵。小青看了看，也說是的。白娘子觸景生情，對著斷橋道：「想當日與許郎雨中相見，也曾路過此橋，於今橋未曾斷，素貞我，卻已是柔腸寸斷了哇！」心中埋怨許仙不該忘了夫妻情份。小青遭此大挫，更是痛恨許仙，咬牙切齒道：「這樣負心之人，小青早就勸姐姐捨棄了他，姐姐不聽。於今害得姐姐有孕之身，這樣顛沛流離，俺小青若再見許仙之面，定饒不了他。」白娘子見小青如此，卻又委婉道：「為姐也深恨許郎薄情無義。只是細想起來，都怪那法海從中離間，以致如此。」小青依然對許仙不忿：「雖然法海不好，也是許仙聽信他的讒言。」白娘子又道：「許郎對我疑懼，也是常情；還是那法海不好。」小青已聽明白了白娘子話中的意思，忍不住嘆道：「咳，到了今天，姐姐還這樣向著他，你的苦還沒受夠麼？」白娘子幽幽道：「想當初，我和他二人，也曾對著牽牛織女星發下誓願，夫妻們心心相印，永不猜疑。」小青冷笑道：「姐姐你到如今對許仙還是真心不變，怕只怕，那許仙已不是當日的許仙了！」說到這裡，恨恨地拔劍出鞘道：「叫天下負心人吃我一劍！」

卻說許仙逃出金山寺後，心中惦記妻子，慌不擇路，日夜奔逃，說也湊巧，這時也走到斷橋來了。遠遠看見白娘子就坐在橋邊，不禁心中大喜；再一細看，只見娘子滿面愁容，病懨懨的，十分憔悴；轉眼又見小青手裡按著寶劍，一臉怒氣，心中不禁十分害怕。略一躊躇，想到原是自己不好，才害得她們如此，也怪不得她們要怨恨。於是大踏步趕上前去，不顧一切地高聲叫道：「娘子！」白娘子吃了一驚，剛剛叫出一聲：「官人！」卻見小青口裡說道：「許仙，你來得好！」話音未落，人已衝上前去，一掌將許仙摑倒在地，隨手抽出劍來，就要殺了許仙。白娘子急忙上前攔阻；那許仙爬了起來只顧逃命。小青閃開白娘子，再次撲向許仙，白娘子追著叫道：「青兒不可！青兒不可！」許仙急忙躲到娘子的身後，嚇得全身發抖，跪在腳邊哀求道：「娘子救命，娘子救命哪！」白娘子一手護住許仙，一手扶著青兒的手腕，不讓她手中的利劍劈下，低頭對著許仙吐出滿腹怨憤：「怎麼你、你、你、你今日也要為妻救命麼？你忍心將我傷害，在端陽節勸我喝雄黃酒；你忍心將我誑騙，剛剛和我起過誓就跟著法海上金山；你忍心將我拋棄，不說是平日的恩情，連我腹中還有你的骨肉也不顧了；你忍心看著我敗亡，可憐我和神將拼命廝殺險些命也不保，你卻在那山上袖手旁觀。你自己摸著胸膛想一想，還有臉面來見我嗎？」許仙忙道：「聽說你們來找我，急得我不知流了多少眼淚；可是法海把我關起來了，就是不讓見你們。」小青聽了，心中生疑，喝道：「許仙！既然法海不許你來見小姐，你今天是怎樣來的？」許仙剛要張嘴，小青如急風暴雨一般發作起來：「是不是法海派你來追趕我們姐妹來了？這樣負心的人，讓我殺了他！」許仙此時恨不得渾身是嘴，急急分辯道：「哪有此事！娘子聽我說！娘子聽我說！」白娘子便對小青說，且聽她說些什麼。小青憤憤地指著許仙道：「講！」許仙便把法海如何誘逼他出家，不許他見娘子；自己如何思念，聽說交戰如何著急；如何央求小沙彌放他下山，才得奔波到此，一一從頭說了一遍。小青只是不信，質問道：「你既然思念小姐，為何要去出家？小姐為你和法海交戰，你為何要站在他那一邊？你這些花言巧語還想騙誰？」越說越氣，舉起劍來又要殺許仙。

白娘子經過深思熟慮，這時攔住小青道：「妹妹且慢殺他，我還有話要講。」回頭對直挺挺跪著的許仙額上，恨恨地伸指一戳，叫聲「冤家啊！」不想那手指略重了一些，許仙又不曾提防，被戳得向後一仰，似乎就要跌倒；白娘子想也未想，急忙彎腰雙手去攙；許仙順勢雙手向娘子身上一搭，兩人便偎依在一起。白娘子扶起許仙，輕輕甩開他的手，平和而鄭重地說道：「我把全部真情都對你說了吧！你的妻子不是凡間的女子，本來就是峨嵋山上的蛇仙。」說到「蛇仙」時，稍一猶豫，終於堅毅地說了出來。話一出口，小青要想阻止，已是來不及了；許仙雖是吃驚，但早已明白了幾分，並不十分恐懼。白娘子滿腔哀怨回首往事道：「只因為我們羨慕人間的生活，才和青妹來到西湖邊。那天在風雨中遇到了你，我不只愛你深情拳拳、風度翩翩，也是愛你孝敬娘親，又能自食其力。婚後我們夫妻何等恩愛，不想好端端的美滿姻緣變成了孽緣！端陽酒後你命懸一線，我上仙山、盜靈芝，捨死忘生歷盡了苦難艱險！誰知你病一好心就變了，跟著法海上了金山。可憐我天天盼你回家，哪一夜不是等到五更天；可憐我哪一夜不是枕上都被淚水濕遍？可憐我閉上眼睛就夢見你，醒來卻更加增添了憂愁、痛苦。無奈何去金山寺找你，只盼著你我夫妻再團圓。金山寺那一場惡戰，若不是青兒拼死救我，我和腹內的孩子都難以保全。你不要怪青兒對你翻了臉，到底誰是誰非，你手摸胸膛問一問你自己的良心吧！」白娘子對許仙又愛、又恨、又怨，如泣如訴地一番傾訴，吐出心中的辛酸和衷情，越說越悲憤。許仙聽得又愧又悔，心中激蕩，當即對娘子道：「娘子心地良善，千難萬苦都是為的我許仙，如今我都明白了。縱然你不是凡人，我也決不變心！」小青不等他說完，過來一把抓住許仙，劈面喝道：「你的甜言蜜語又來了。你這個負心人，哪裡知道我姐姐的苦楚！」白娘子卻為許仙說話道：「青兒，官人如今他知道了。」小青甩開許仙，反問白娘子道：「怎見得他知道了？姐姐你就是心太軟了；這樣的男人，心腸說變就變。」許仙跪在地上，叫聲：「娘子，青兒！」對天發誓道：「我要是再變心，叫我死在刀劍之下，不得好死！」白娘子見他口出重誓，覺得他也可憐，急忙扶起，兩人抱頭痛哭。

小青見他們夫妻和好，情深意厚，反顯得自己是多事；又想到姐姐如此眷戀，只怕將來還要再受熬煎。一時心灰意冷，便對白娘子道：「姐姐，多多保重，小青我拜別了！」說罷躬身一拜，淒然欲去。白娘子想不到小青竟要離去，急忙攔住道：「青妹，你我患難之交，何出此言！你看我就要分娩了，你能丟下我在路邊流離麼？要是再有個危難，你忍心讓我單絲獨線麼？……」說到這裡，白娘子泣不成聲，嗚咽道：「姐姐我求你了。」說著就要下跪。小青拉住姐姐，忙安慰道：「姐姐不要如此。當初下山時，我們發誓要同生死、共患難，小青怎能捨得姐姐，但願你早生麟兒，母子平安；但願那許……」說到這裡望了許仙一眼，許仙悔恨地低頭不語；白娘子又啼哭起來。小青嘆了一口氣，為了姐姐，也只得饒恕了許仙，便改口道：「但願得我姑爺從此愛定情堅，永不變心。」即使如此，還是又加了一句：「要是我姐姐再受欺騙，我這口劍決不饒你！」許仙這才趕著一聲聲地叫「青姐」，一再表白永不負心。

一天雲霧散去，經歷了患難的一家人又和好如初。白娘子和許仙商量，先到他姐丈家去安身。許仙和小青攙起白娘子，抬頭一看，當初避雨處的風光依舊如畫，一家三口，相扶相將著緩緩向清波門去了。

合缽

這一天，正是白娘子產下嬰兒的滿月之期，一家人忙著給嬰兒作滿月。清早起來，許仙滿心歡喜，採了一束鮮花，回到房中，扶起愛妻，坐到妝台前，代白娘子梳理髮髻。兩人在鏡中相視而笑，十分恩愛。許仙選了一朵花，正要為白娘子插在鬢邊，突然晴天一聲霹靂，法海從空而降，手托金缽，大叫道：「許仙！你與白素貞孽緣已滿，用此缽將她收下，隨為師金山去吧。」許仙大驚失色，急忙用身子護住娘子；白娘子欲撲向法海，法海高聲叫喚護法神將，韋馱應聲而來，舉起金缽，缽內射出一束金光，罩向白娘子。白娘子十分痛苦，極力掙扎，急叫青兒。法海獰笑道：「你那青兒，被老僧戰敗，逃走了。」話聲未絕，只見小青揮劍殺了進來，要救白娘子，卻被眾神將纏住廝殺。小青苦鬥不能取勝，看看形勢危急，白娘子毅然叫道：「賢妹快走，與我夫妻報仇！」法海聞言指揮神將加緊圍攻。小青慘叫了聲：「姐姐！」突出重圍，殺出去了。白娘子見小青已走，缽內金光威力大增，更加痛苦，眼看自己無力逃脫，夫妻就要分離，拉住許仙，痛哭不捨。許仙見娘子如此受苦，心似刀扎，只得忍氣吞聲哀求法海：「老禪師呀！我妻身無過犯，為何下此毒手？我妻一死，夫妻恩愛莫要提起，撇下這剛剛滿月的嬰孩，何人撫養？望求師父開恩饒恕，許仙我……」正要向法海下跪，卻被娘子攔住了。白娘子道：「你對屠夫還講什麼恩和愛？快把姣兒抱來，讓他再吃一口奶吧。」

白娘子接過嬰兒，緊緊摟在胸前，連連親吻嬰兒的臉，淚珠點點灑落下來，口裡對嬰兒輕輕說道：「你這個患難中生下的小乖乖啊，我只說一家人苦盡甘來，再也沒有什麼風波，無病無災地把兒養大。娘為你做的四季衣裳裝滿了一櫃子，娘為你做的大大小小的鞋襪夠你穿到十來歲。誰知這個賊法海，苦苦地要把我們夫妻母子拆散，害得我的兒剛剛滿月就沒了娘啊！」說著淚如泉湧，抱著嬰兒又是一陣親吻，隨即解開衣裳給嬰兒餵奶，哭道：「讓娘最後再親兒一下，讓娘再餵兒一口奶。兒要記住娘的苦楚，長大後為娘報仇啊。」

此時許仙又悔又恨，恨不得打碎金缽，救出娘子，便撲了上去，想要搶下金缽，可憐他哪裡撼得動分毫。法海喝道：「許仙！我佛法無邊，你休得自不量力。」說罷哈哈大笑，命韋馱將白娘子壓在雷峰塔下：「若要再出，除非西湖水乾，雷峰塔倒。」許仙悲憤至極，怒指法海道：「吃人的不是我的娘子，是你法海！」白娘子聽了，在極度的痛苦中感到莫大的欣慰：「法海，你不要得意，我夫妻恩愛豈是你這缽兒壓得住的麼！」

塔倒

若干年之後。錢塘江口，一派雲水茫茫。小青從五湖四海請來了許多水族仙子，同仇敵愾，風起雲湧，馳向雷峰塔。守塔神將不敵敗走，電閃雷鳴，雷峰塔轟然倒下。頃刻，山水明媚之中，絢麗的彩雲冉冉升起，白娘子翩翩而出。

新銳藝術05 PH0093

新銳文創
INDEPENDENT & UNIQUE

一生必讀的十五個京劇經典故事

作　　者	張　實
責任編輯	邵亢虎
圖文排版	姚宜婷
封面設計	陳佩蓉

出版策劃	新銳文創
發 行 人	宋政坤
法律顧問	毛國樑　律師
製作發行	秀威資訊科技股份有限公司 114 台北市內湖區瑞光路76巷65號1樓 電話：+886-2-2796-3638　傳真：+886-2-2796-1377 服務信箱：service@showwe.com.tw http://www.showwe.com.tw
郵政劃撥	19563868　戶名：秀威資訊科技股份有限公司
展售門市	國家書店【松江門市】 104 台北市中山區松江路209號1樓 電話：+886-2-2518-0207　傳真：+886-2-2518-0778
網路訂購	秀威網路書店：http://www.bodbooks.com.tw 國家網路書店：http://www.govbooks.com.tw

出版日期	2013年3月　初版
定　　價	360元

國家圖書館出版品預行編目

一生必讀的十五個京劇經典故事 / 張實作. -- 初版. -- 臺
北市：新鋭文創, 2013. 3
面；　公分. -- (新美學)
ISBN 978-986-5915-36-0 (平裝)

857.4　　101023021

讀者回函卡

感謝您購買本書，為提升服務品質，請填妥以下資料，將讀者回函卡直接寄回或傳真本公司，收到您的寶貴意見後，我們會收藏記錄及檢討，謝謝！如您需要了解本公司最新出版書目、購書優惠或企劃活動，歡迎您上網查詢或下載相關資料：http:// www.showwe.com.tw

您購買的書名：______________________________

出生日期：________年________月________日

學歷：□高中（含）以下　□大專　□研究所（含）以上

職業：□製造業　□金融業　□資訊業　□軍警　□傳播業　□自由業

□服務業　□公務員　□教職　□學生　□家管　□其它______

購書地點：□網路書店　□實體書店　□書展　□郵購　□贈閱　□其他

您從何得知本書的消息？

□網路書店　□實體書店　□網路搜尋　□電子報　□書訊　□雜誌

□傳播媒體　□親友推薦　□網站推薦　□部落格　□其他__________

您對本書的評價：（請填代號　1.非常滿意　2.滿意　3.尚可　4.再改進）

封面設計____　版面編排____　內容____　文／譯筆____　價格____

讀完書後您覺得：

□很有收穫　□有收穫　□收穫不多　□沒收穫

對我們的建議：______________________________

____

____

____

請貼
郵票

11466
台北市內湖區瑞光路 76 巷 65 號 1 樓
秀威資訊科技股份有限公司 收
BOD 數位出版事業部

（請沿線對折寄回，謝謝！）

姓　名：________________　年齡：________　性別：□女　□男

郵遞區號：□□□□□

地　址：____

聯絡電話：(日) ____________________ (夜) ____________________

E-mail：____